# 風の如く　水の如く

安部龍太郎



集英社文庫

風の如く　水の如く

# 目次

# 風の如く　水の如く

# 第一章　治部《じぶ》失脚

関ヶ原《せきがはら》の合戦が終わって二ヶ月後の慶長《けいちょう》五年（一六〇〇年）十一月、黒田長政《くろだながまさ》は意気揚々と豊前中津《ぶぜんなかつ》城に凱旋《がいせん》した。

関ヶ原での功によって、中津十八万石から一躍筑前《ちくぜん》五十二万石の大守《たいしゅ》に抜擢《ばってき》されたのだから、その得意や思うべしである。

長政はさっそく父如水《じょすい》に対面し、戦勝報告をした。

「かの合戦のとき、それがしは陣頭に立ち、石田《いしだ》隊の正面に立ちふさがり、ついにこれを打ち破り申した。また計略によって小早川秀秋《こばやかわひであき》を身方に引き入れ、石田方を裏切るように仕向けたために、身方の勝利が決したのでござる。このため内府《ないふ》さまの感銘浅からず、合戦後の評定《ひょうじょう》では真っ先にこの長政に声をかけられ、この手をお取りになって、こたびの勝利はひとえにそなたの働きによると、三度も押しいただかれたほどでござった」

如水は長政の話をつまらなそうに聞いていたが、

「家康《いえやす》がいただいた手は、左の手であったか右の手であったか」

と問うた。

長政はその心中を計りかね、

「右の手でござった」

戸惑いながら答えると、如水は、

「そのとき左の手は何をしておったのじゃ」

長政をひたと見据えてつぶやいた。家康を刺殺する絶好の機会がありながら、なぜ手をこまねいていたのか。そう言いたかったのだ。

以上は黒田家の旧臣が記したという『古郷物語《こきょうものがたり》』の伝えるところである。

時に長政三十三歳、如水は五十五歳であった。

一

築地塀《ついじべい》ごしに見える柿の木も大かた落葉を終え、取り残された実がしなびたまま北風にゆれている。

本多弥八郎正純《ほんだやはちろうまさずみ》は見るともなしにそれを見ながら、天満《てんま》の黒田家下屋敷に向かって馬を進めた。従うのは書記役の村岡左内《むらおかさない》と四人の家臣ばかりである。

関ヶ原の戦《いくさ》が終わって半月になる。家康と秀忠《ひでただ》はすでに大坂城《おおさか》に入り、西軍の主謀者だった石田三成《みつなり》、小西行長《こにしゆきなが》、安国寺恵瓊《あんこくじえけい》らは捕えられ、昨日六条河原《ろくじょうがわら》で首を打たれた。

これでさしもの大乱も治まり、天下は静謐《せいひつ》を取りもどしていたが、家康の側近である正純には休息の暇《いとま》はなかった。

戦の論功行賞を急がなければならなかったからである。

石田や小西のように西軍主力として戦った大名家は早々に取り潰しと決していたが、毛利輝元《もうりてるもと》のように出陣しても戦わなかった者や、上杉景勝《うえすぎかげかつ》や島津義久《しまづよしひさ》のように領国に勢力を温存したままの者もいる。

こうした者たちの処分を一刻も早く決し、身方となった者たちに恩賞を与えなければ、所領没収をおそれる大名たちが結束して再起するおそれがあったが、作業は遅々として進まなかった。

何しろ関ヶ原では、日本中の大名小名が東西両陣営に分かれて戦ったのである。西軍から東軍に寝返った者や、勝ち馬に乗ろうと模様をながめていた者、東軍にありながらひそかに西軍へ内通の約束をしていた者などさまざまである。

戦場での混乱の中でその正邪を見分けることは、いかに戦目付《いくさめつけ》が多いとはいえ至難の業である。

その上、判断をさらに難しくしている事情があった。

戦が終わった翌日から、猛烈な密告合戦が始まったのだ。誰それは東軍に身方したように見えたれども、その実、西軍へ内応の約束をしていた。そんな訴えが、続々と起こったのである。

ある者は匿名で、ある者は証拠の書状をそえて、またある者は証人まで連れて……。恩賞の分け前を少しでもせしめようと、恥も外聞もなく他家を引きずり下ろそうとしていた。

その多くが取るにも足らぬ中傷だったが、家康は訴えをすべて取り上げ、綿密に調べるように命じた。

たとえわずかな瑕瑾《かきん》であろうとも、握っておけば大名たちを意のままに操ることが出来るという老練な配慮からである。

そうした家康の態度が、いっそう密告熱をあおる原因ともなったのだが、数百通も提出された訴状の中には、見過ごすことの出来ない重大なものもあった。

黒田如水にかかわる訴えもそのひとつである。

本多正純が黒田長政に対面を求めたのは、すみやかに事の真偽をただすように家康に命じられたからだった。

黒田家下屋敷は天満橋を渡って半里（約二キロメートル）ほど北に真っ直《まっす》ぐに進んだ所にあった。

周囲に幅八尺（約二・四メートル）の濠《ほり》と銃眼を開けた塀をめぐらし、背後を天満川に守られている。一町（約一一〇メートル）四方ばかりの屋敷とはいえ、城と呼ぶにふさわしいほど堅固な構えだった。

先ぶれの使者を出していたためか、黒々とぬった表門の前には黒田家の重臣たちが二列に並んで待ち受けていた。

馬を下りると、家老らしい初老の武士が客間に案内した。中庭に面した十畳ばかりの部屋に、黒田長政が薄茶色の長 裃《ながかみしも》を着て控えていた。

「お待ち申しておりました。所用繁多《はんた》のところ、雑作をかけ申す」

下座についた長政が深々と頭を下げた。

目が大きく鼻筋が太く通ったきりりとした顔立ちである。正純より三つ下の三十三歳で、武将としての名声はすでに世に鳴りひびいていたが、加藤清正《かとうきよまさ》や福島正則《ふくしままさのり》のようにあたりを圧するような猛々《たけだけ》しさはない。背も五尺五、六寸（一七〇センチメートル弱）で、物腰もやわらかく人当たりもいい。

正純は上座につくなり用件を切り出した。

「先にお伝えした通り、先の戦で黒田家に謀叛《むほん》の企てがあったとの訴えがござった。詳しく詮議し真偽を明らかにせよとのご下命《かめい》により、こうして参った次第でござる」

「お役目大儀に存ずる。お命じ下されば、こちらから出向きましたものを」

「かかる詮議はご当家の名誉にも関わることゆえ、内々に済ませるようにとのお申し付けでござる」

「重ねてのご配慮、かたじけのうござる。得心のいくまでお調べいただき、我らの潔白を証《あか》していただきたい」

長政はあくまで丁重である。目の大きな面長の顔にはいささかの動揺もない。

正純はこの泰然たる構えをどこから崩そうかと、しばし思いをめぐらした。

長政が天下に勇名をはせた猛将なら、正純も家康の懐刀と言われた能吏《のうり》である。知恵くらべなら負けぬという自信があるだけに、目配りひとつからでも長政の嘘《うそ》をあばき出してやろうと、静かな闘志を燃え立たせた。

「ではこれより訊問《じんもん》に移らせていただく。左内、これへ」

書記役の村岡左内が、黒田家用意の小机を持って入ってきた。二人の問答を書き留め、後の証拠とするためである。

「まずたずねるが、誰かに訴えられるようなお心当たりはござらぬかな」

「ありませぬ」

「訴人《そにん》は黒田家の内情に明るい者でござる。思い当たる顔もあるのではござるまいか」

「これは本多どのとも思われぬ申され様じゃ。何者かが欲にかられて当家を讒訴《ざんそ》したからというて、その者を言い当てよという法がござろうか」

「誰が訴えたか、知りたいとは思われぬか」

訴状は匿名だったが、正純は鎌をかけた。誰が密告したかと疑心暗鬼におちいれば、つけ入る隙も見出《みいだ》せるからだ。

「それより訴状の内容についてお聞かせいただきたい。それがしがこたびの戦でどのような働きをしたかは、内府さまが一番よく存じておられるはず。よくよくの理由がなくば、我らもこのような詮議を受けて黙って引き下がることは出来申さん」

「徳川家に弓引くと申されるか」

「内府さまに理非を訴えるため、桜の馬場を拝借して家臣一同屠腹《とふく》いたす所存」

長政には何の気負いもない。当然のことを話すような口ぶりだけに、いっそう凄《すご》みがあった。

「もっともな申され様じゃ。内府さまもこのような仕儀となったことにお心を痛めておられる。くれぐれも甲斐守《かいのかみ》どのに対して非礼のなきようにと、念を押されたほどでござる」

正純は書記役を見やった。今の言葉をしっかりと書き付けておけば、万一黒田家との間にいさかいが起こった場合にも、自分一人が腹を切れば済むのである。

「ところが信じ難いことながら、訴状には黒田どの謀叛の証拠とも言うべき書状が添えられてござってな」

「その書状を拝見させていただけまいか」

「ご覧になり我らの疑いに理があると納得いただけたなら、それがしに力を貸していただけようか」
正純は慎重に念を押した。
「無論でござる」
「これが、その書状でござる」
持参の文箱《ふばこ》から取り出し、両手で広げて長政の前にかざした。
〈今般天下二分の形勢、目出度《めでた》く存じ候
我ら長年の素志《そし》を遂ぐるは今と、欣喜《きんき》致しおり候
濃尾《のうび》において両軍対決候わば、三方より兵を起こし、敵の疲れたるをば一戦にて打ち破り、天下掌中と成すこと、明々白々と存じ候
御油断なき御分別肝要に存じ候
なお詳細につきては丸《まる》申し候間、能々《よくよく》聞き召さるべく候
恐惶《きょうこう》謹言
七月十八日　如水〉
見事な楷書体《かいしょたい》でそう記されていた。
東西両軍が美濃《みの》、尾張《おわり》で激突したなら、三方から兵を起こして両軍を攻め亡《ほろ》ぼし、

天下を取ろうというのである。

署名の横には丸の中に十字架を描き、そのまわりに「SIMON JOSUI」と彫った印章が押してある。

宛名の所は四角く切り取られ、周囲に四個の割印が押してあった。

「いかがでござる」

正純は鋭く迫った。

「確かに父の手になるもののようにも見えまするが、かような書状を出すとは思いも寄らぬことでござる。宛名が切り取られているのは、どうした訳でござろうか」

「それがしも存じませぬが、あるいは訴人が身元がわれることをはばかって切り取ったのかもしれませぬ」

正純は嘘をついた。

訴状に添えてあった時には名が記されていたが、事が公けになることをおそれた家康が後日の証拠となるように割印を押してから切り取ったのだ。

わざわざこんな措置を取ったところを見るとよほどの大物にちがいなかったが、正純にはその名も誰が訴えたかも知らされてはいなかった。

「これではいかに内府さまが黒田どののお働きを高く買っておられようとも、お疑いになるのは致し方あるまいと存ずるが」

「これが本物だとすれば、もっともなことでござる」

長政はそう答えたが、本物であることは一目見たときから分っていた――。


――梅が満開だった。

中庭に植えられた白と紅の梅が、春が近いことを告げる暖かい日射《ひざ》しの中で咲いている。今年は先に白梅が、五日ほど遅れて紅梅が花をつけた。

黒田長政は書院の障子戸を開け放って、ぼんやりとそれを見つめていた。昨年の暮れに朝鮮から博多《はかた》に引き揚げ、一月の末に大坂天満の下屋敷に移った。

以後一ヶ月ちかく屋敷に閉じこもり、前後七年にわたる朝鮮での戦に疲れきった体と心をいやしていた。

飢えと寒さに家臣が次々と斃《たお》れていった地獄のような戦場からもどった身には、日本の暖かさと平穏が得がたいものに思われる。

出来ればこうしたおだやかさの中で花を楽しむ日々をゆっくりと持ちたかったが、大坂城内から伝わってくる消息は険悪なものばかりだった。

勢力拡大をはかる徳川《とくがわ》家康が、諸大名との縁組みをあからさまに進めているために、前田利家《まえだとしいえ》らと鋭く対立しているという。太閤秀吉《たいこうひでよし》が死んで半年もしないうちに、次の天下をめぐって熾烈《しれつ》な争いが始まっていたのである。

主殿の方で急にざわめきが起こり、渡り廊下をあわただしく駆けてくる足音がした。

「殿、一大事でございます」

「何事だ」

「ただ今主殿の庭先にて、明石小平太《あかしこへいた》が野村助左衛門《のむらすけざえもん》に討たれました」

若衆髷《わかしゆまげ》の小姓の袖にも、血のりがついていた。

長政は素早く立って主殿へ行った。庭先には助左衛門が三人の武士に取り押さえられている。三間（約五・四メートル）ばかり離れた所には、長政の小姓である小平太が袈裟《けさ》がけに斬られ、目をむいてあお向けに倒れていた。

「何ゆえの刃傷《にんじよう》じゃ」

長政はおだやかにたずねた。家臣を不必要に畏縮《いしゆく》させないために、戦場以外では声を荒らげないように心掛けている。

「我らが昼餉《ひるげ》に下がろうとした時、助左衛門が突然斬りかかったのでございます」

小姓仲間の一人が、驚きに上ずった声で答えた。喧嘩《けんか》口論が高じての斬り合いは日常茶飯事だが、屋敷内で起こったのは初めてだった。

「手を放せ。助左衛門にたずねておるのだ」

自由になると、助左衛門は膝を正して平伏した。百五十石取りの馬廻《うままわ》り役で、長政が日頃目をかけている若者だった。

「昨日ご城下で小平太と行き合った折、口論となり申した。その無礼許し難きゆえに斬り捨てたのでございます」

助左衛門が精悍《せいかん》な顔を向けた。死を覚悟した悪びれぬ態度である。

「遺恨あらば、何ゆえ尋常の勝負をいたさぬ」

「勝負をいどみましたが、小平太めが応じませぬゆえ、かかる仕儀となり申した。かくなる上はこの場にて腹を切り、御前を汚した罪をつぐなう所存にございます」

「殿。お情は無用でござる」

駆け付けた重臣が切腹を命じるようにうながしたが、長政は許さなかった。

助左衛門がどんな男かは、朝鮮で共に戦っているので知り抜いている。口論の遺恨くらいで小平太を斬るとは思えない。

長政は他の家臣をすべて下がらせると、助左衛門を書院に入れて理由をただした。

「さきほど申し上げた通りでございます。何とぞ切腹をお命じ下されませ」

助左衛門は体を固くしてそうくり返した。

「蔚山《ウルサン》城での戦を覚えておろう。そちはあの折、二度もわしの前に立ちはだかり、自ら楯《たて》となって明《みん》兵の銃撃から守ってくれた。寒風の中で夜営をした時、二里の道もいとわずに薪《まき》を運び、わしのために暖をとってくれた」

長政は助左衛門の忠勤を、ひとつひとつ指を折って数え上げた。

「かように尽くしてくれたそちが、己れの遺恨を晴らすためだけに小平太を斬るはずがあるまい。子細を申してみよ」

「と、殿、何とぞ……」

助左衛門は肩を震わせ掌《てのひら》を握りしめ、切腹させてくれるように訴えた。

「そなたに見限られるような落度が、このわしにあったか」

「め、滅相もございませぬ」

「ならば理由を明かせぬはずはあるまい」

「大殿の、ご命令で」

助左衛門は涙をどっと流して白状した。

「父上が……、何ゆえじゃ」

「殿のおん為《ため》でござる。御免」

助左衛門は一礼するなり中庭に飛び下り、長政の制止をふり切って脇差しを腹に突き立てた。

翌日、長政は父如水が戻るのを待って理由を問いただした。

「そうか、さすがに助左衛門よな」

茶室で話を聞くと、如水は胸の前で十字を切った。

頭に瘡《かさ》ができているために、いつも頭巾《ずきん》をかぶっている。右足の膝が曲がったままなので、点前《てまえ》を務める時にも正座ができない。

だが若い頃から戦場で鍛え抜いた体と気力は、五十歳を過ぎてもいっこうに衰えていなかった。

「何ゆえあのようなことを命じられたのか、その訳をお聞かせいただきたい」

二人の家臣を死なせたのだ。返答によっては父といえども許すわけにはいかなかった。

「小平太が家康どのの犬となっておったからじゃ」

「まさか、左様なことが……」

「この一月ばかり、当屋敷に誰が訪ねて来たか、わしがどこへ出かけて誰と会ったか、すべて筒抜けになっていた。調べてみたところあの者に行き当たったのじゃ。伊賀者《いがもの》に何かの弱みでも握られたのであろう」

豊臣《とよとみ》家から天下を奪おうと目論《もくろ》む家康は、伊賀者を使って諸大名家の動向を探らせている。目ざす家中の者の弱みを握って内通者に仕立てるのは、忍びの常套《じょうとう》手段だった。

「では、何ゆえそれがしに成敗をお命じにならなかったのでございますか」

「小平太はわしが前田利家どのの使者と会ったことを、伊賀者に知らせようとしておった。それを防ぐには、あのような手を使うしかなかったのじゃ」

「知らせていただいたなら、即座に捕えましたものを」

「そのようなことをすれば、家康どのに小平太の正体に気付いたと知らせてやるようなものじゃ。それにな、小姓の中に内通者がいたとあっては、黒田家の体面にも関わる。助左衛門が命を捨ててくれたのは、そちの身を思う一心からのことなのじゃ」

如水は不自由な右足を前に出したまま茶を差し出した。

長政は黙ってほろ苦い茶を飲んだ。元はと言えば小平太が内通していることに気付かなかった自分の落度なのだ。

「そちは朝鮮での戦から戻ったばかりじゃ。気持のゆるみが出たのも致し方あるまい。だが、そろそろ気を引き締めてもらわねばならぬ」

「申しわけございませぬ」

長政はほぞをかんだ。

秀吉を天下人《てんかびと》にまで押し上げた如水の赫々《かくかく》たる武功は、諸国に知れ渡っている。人望においても智略《ちりやく》においても父には敵《かな》わぬという思いがあるせいか、こういう言われ方をすると余計にこたえるのだ。

「わしはこの先天下は大きく動くと見るが、そちはどうじゃ。家康どのがこのまま豊家《ほうけ》の大老に納まっておられると思うか」

「おそらく、無理でございましょう」

そう答えたが、朝鮮から帰ってきたばかりの長政には政情の把握がまだ出来ていない。天満屋敷に閉じこもっていたのは、それを見極めるためでもあった。

「家康どのはやがて豊家から天下を奪うつもりでおられる。石田治部《じぶ》はそれを防ごうとさまざまの策をめぐらしておるが、あの者では家康どのを押さえ込むことは出来ぬ。いずれ天下を分ける戦をせずば事は済むまい」

「それは間近に迫っているのでございましょうか」

「おそらく二年、早ければ一年の内に戦になるであろう。その時、そちはどうする」

長政は返答に詰まった。

家康が豊臣家を亡ぼす腹を固めているとなると、秀吉に大恩をこうむっている身としては座視するわけにはいかない。

だが、石田三成には朝鮮での戦で何度も煮え湯を飲まされているので、身方をする気にはなれなかった。

「治部にはつくまい」

如水は長政の腹を見抜いている。

「だが家康どのの天下となれば、豊家は亡び秀頼《ひでより》どのの身は危うい。豊家恩顧の我らも、徳川譜代《ふだい》の大名に生涯頭が上がらぬことになる。そこでじゃ」

如水が身を乗り出して声を低くした。

「わしと共にひと博打《ばくち》打ってみぬか」

「博打……」

「天下を望んでみぬかと申しておる」

「父上が、起《た》たれるのでございますか」

「そうじゃ。わしでは不服か」

「決してそのようなことはない。如水の変幻自在の智略の冴えは、秀吉をして『あの男ならわしが生きておる間にも天下が取れる」と言わしめたほどなのだ。秀吉亡き後、家康に対抗できる武将は如水をおいて他にはあるまい。

だが、豊前中津藩はわずか十八万石なのだ。関東二百五十万石を領し豊臣家の大老をつとめる家康に対抗できるとは思えなかった。

「隠居の身で何が出来るかと思うておるようじゃな」

「家康どのとは力の差がありすぎましょう。それに兵を挙げるには大義名分が必要でございます」

「治部も家康どのも排して、我らが秀頼どのを盟主とした天下を築く。これならかなりの身方をつのることが出来ると思うがな」

如水は決して無理強いはしない。おだやかに理を説き、相手が自らの判断で動くのを辛抱強く待つ。

「無論、出来るとは存じますが」

「そちは身方をせぬか」

「父上が起たれるのなら、それがしはどこまでもお供いたしましょう。ただ、身方の人数や計略も分らずに、軽々しく同意するわけには参りませぬ」

「身方は今のところ利家どのただ一人じゃ。だが状況によっては浅野長政《あさのながまさ》どのや細《ほそ》川幽斎《かわゆうさい》どの、加藤清正や福島正則も加わってくれよう」

利家や浅野長政は如水の帷幕《いばく》の友である。清正や正則は子飼いと言ってもいいほどの仲だ。しかも豊臣家存続を願う気持は、皆が等しく持っている。

彼らを一派に結集できれば、家康や三成に対抗できるだけの勢力とすることも不可能ではなかった。

「これは私欲のためではない。治部や家康どのの天下となっては、この国のためにならぬゆえに、我らが起たねばならぬのだ」

「承知いたしました。中津十八万石、今日より父上に返上いたしまする」

戦国武将と生まれて天下を望まぬ者はいない。長政は朝鮮での戦で萎えていた気力と野心が、天下を前にして再びわき上がるのを感じていた。

「そうか。これで二人目の心強い身方を得たというわけだな」

「利家どのは病に臥《ふ》され、明日をも知れぬご容体とうかがっておりますが」

「そうじゃ。それゆえ豊家の行く末を案じ、死に花を咲かせる決意をして下さったのじゃ」

如水は前田利家と申し合わせた計略を語った。

助左衛門を犠牲にしてまで小平太を斬ったのは、その計略を家康に察知されることを防ぐためだった――。

二

近くの本願寺《ほんがんじ》で未《ひつじ》の刻（午後二時）を告げる鐘が鳴った。

正午を過ぎた頃から空には厚い雲がかかり始めていたが、今や一面の曇天と化していた。冷え込みもいつになく厳しい。

だが黒田家の陰謀をあばくことに神経を集中している本多正純は、少しも寒さを感じなかった。

「では、当方で調べた事実や集めた証言をもとに、不審の点をおたずね申す」

訴えがあった日から、正純は戦目付や伊賀者に命じて、黒田父子《おやこ》の行動を調べ上げた。その報告はわずか十日の間に帖《ちょう》十冊分にものぼっていた。

「まず慶長四年（一五九九年）二月二十九日に、前田利家どのが伏見《ふしみ》の屋敷で内府さまと対面なされた折のことでござる。この前日、黒田どのは前田どのの屋敷を訪ねておられる。これは何ゆえでござろうか」

「天下静謐を計るために、大納言どのが病をおして内府さまとの対談におもむかれた。出立《しゆったつ》前に病状を気遣うのは、豊家家臣として当然のことでござろう」

長政は少し寒さを感じていた。朝鮮の寒さに往生して以来、寒さには敏感になっていた。

「利家どのが伏見を訪ねられたのは、天下静謐のためであったと申されるか」

「天下のため、また豊家のために、内府さまと四大老、五奉行との和解をはかられたのでござる」

慶長四年の年明け早々に、家康は伊達政宗《だてまさむね》や福島正則らとの縁組みを決め、結びつきを強めようとした。これは五大老の承諾がなければ大名間の婚姻を決めてはならないという秀吉の遺言に違反する。

そのために四大老、五奉行は強硬に抗議し、家康もいったん白紙にもどしたが、両者は一触即発のにらみ合いをつづけていた。

利家が伏見の家康を訪ねたのは、こうした状況を打開するためだった。

「まことに左様かな」

正純は切れ長の冷やかな目を向けた。

「表向きは確かにそういう触れ込みでござったが、内実は利家どのは伏見にて争論を構え、内府さまに討たれる覚悟であったのでござろう」

「これはまた、突飛《とっぴ》なことを申されるものよ」

「その点については、利家どの側近の証言もござる」

証言したのは、神谷信濃守《かみやしなののかみ》だった。利家が家康を訪ねたとき近侍した六人の側近のうちの一人である。

ちなみに、この時同行した村井勘十郎《むらいかんじゅうろう》は、後に次のように記している。

〈内府此度《こたび》我等《ら》（利家一行）を斬らぬは百に一つ、斬るは必定也《なり》。その時人数そろえおきそのまま出して、弔《とむらい》合戦して勝利を得候わん事を、むね持たぬかと高らかに仰せられ候て……〉

伏見の館《やかた》で自分が斬られたなら、即座に軍勢を出して弔合戦に勝利せよ。その覚悟をしっかりと持て。利家は利長《としなが》や重臣たちにそう命じたのだ。

「またその者の言うところによれば、利家どのは大坂屋敷を発《た》たれる前に貴殿を茶室に招かれ、何やら密談なされたとのことだが」

「確かに茶室に呼ばれ申したが、密談などとは笑止の極みでござる」

「すると、何の用でござったろうか」

「我が病重きゆえに、再びまみえることはかなわぬやもしれぬ。そう申されて、別れの茶を下されたのでござる。まさかそのような覚悟があってのこととは、夢にも思わぬことでござった」

長政は眉ひとつ動かさずに答えた――。


長政が訪ねた時には、大坂城玉造口《たまつくりぐち》にある前田邸は騒然としていた。利家が急に伏見の家康を訪ねると言い出したからだ。

渦中の利家は奥の間に横になっていた。

病が相当に重いらしく、ひょうたんのように細長い顔が骨と皮ばかりにやつれて黒ずんでいた。

病床には嫡男利長と三人の側近が沈痛な面もちで座している。三十八歳の利長が、子供のように目を泣きはらしていた。

「長政どの、よう来て下された」

利家が側近の手を借りて上体を起こした。

さすがに歴戦の武士《つわもの》だけに、体は弱っても気力は衰えていない。家康と最後の決着をつけようという決意に、眼光はかえって鋭くなっていた。

「お加減はいかがでございますか」

長政は太刀《たち》を供の者に預けて側《そば》に寄った。

「利長が供をするなどと申すのでな。久々に大目玉をくらわせたところじゃが、見ての通りわしの方が参っておる。あちらで太閤殿下がしきりに呼んでおられるようじゃ」

利家が力なく笑った。二歳年上の秀吉とは、昔から競い合ってきた仲である。

「長政どの、お父上はいかがなされておる」

利長が突っかかるような言い方をした。

「たった今伏見から下って参りましたゆえ、顔を合わせておりませぬ」

「如水どのは戦上手じゃ。いつも手を汚されぬ」

「よさぬか」

利家が厳しく制して立ち上がった。

「長政どの、今生《こんじよう》の名残りじゃ。茶など進《しん》ぜようか」

利家はしっかりとした足取りで茶室に入り、茶をふるまいながら今後の行動について語った。

利家が伏見で討たれたなら、利長が前田全軍を率いて弔合戦をいどむ。これは黒田如水と相談の上で決めたことで、黒田家ではすでに出陣の仕度を整えていた。

「利長はあの通りの気性じゃ。家康どのを向こうに回して大博打を打つほどの肚《はら》はない。戦となったなら、如水どのの下知《げち》に従うようにきつく申し渡しておるゆえ、よろしくお引き回しいただきたい」

利家が深々と頭を下げた。

我が子の器量が劣ることを認めることは、戦国を生き抜いてきた武将にとって耐え難い屈辱であろう。だが戦国武将であるがゆえに、力量のない者がどれほど哀れな末路をたどるか知り抜いていた。

利家はその日のうちに百騎ばかりの供を連れて大坂を出発し、橋本《はしもと》で一泊した。淀《よど》川と木津《きづ》川、宇治《うじ》川が合流する所で、対岸の淀島には淀城が築かれている。長政は三十騎ばかりを引き連れて守口《もりぐち》で利家の一行と合流し、道中警固のためと称してその夜は橋本に泊った。

利家が家康に討たれた場合の証人となるためである。また伏見にいる加藤清正や浅野幸長《よしなが》らにいち早く連絡を取り、家康討伐に立ち上がらせなければならない。

万一そのことを家康に気取《けど》られたならすべてが水の泡となるだけに、行動には万全の注意を払わなければならなかった。

翌朝、利家は供の者をすべて橋本に残し、村井勘十郎、神谷信濃守ら側近六人とともに伏見に向かうべく川御座船《ござぶね》に乗り込んだ。

とも綱を解いて出発しようとした時、淀城の向こうから葵《あおい》の紋を描いたきらびやかな御座船がすべるように下ってきた。家康がわざわざ出迎えに来たのである。戸を開け放った屋形《やかた》の中には、家康と近臣一人が乗っているばかりである。警固の船の影とてもない。

（さすがだ）

長政は家康のしたたかさに舌を巻いた。

もし今十挺《ちよう》ばかりの鉄砲を撃ちかければ、確実に葬り去ることが出来る。だが家康は利家にはそんなつもりがないことを見抜いていたのだ。

家康は戸を開け放ったまま、利家のすぐ横に船を寄せた。

「大納言どの、病中ご足労いただきかたじけのうござる。それがしが伏見までの露払いを務めさせていただく」

家康は浅黄《あさぎ》の裃を着ていた。髪はすでに霜がおりたように白いが、丸い顔はつややかで血色が良かった。

「お心遣い、痛み入りまする」

利家も戸を開け放って応じた。こちらはやせ細った体を道服《どうぶく》に包み、肌は黒ずんでいる。

「内府どのにご足労いただいた上にそのようなことまでしていただいては、あまりに心苦しゅうござる。それがしもそちらに移り、共に船旅を楽しみたいと存ずるがいかがでござろう」

利家も負けてはいない。船を寄せるように命じると、単身家康の船に乗り移った。

「いやいや、それではあまりに畏《おそ》れ多うござる。それがしはひと足先に伏見にもどり、お出迎えの仕度をいたすゆえ、ゆるゆると参られるがよろしかろう」

家康は淀城の者に小早舟《こばやぶね》の用意をさせると、さっさと伏見にもどっていった。

御座船の中で利家に自害でもされたなら、暗殺したと言われても申し開きが出来なくなる。それを避けるための用心だった。

御座船が伏見に着くと、利家は駕籠《かご》に乗って家康の屋敷へ向かった。加藤清正、浅野幸長、細川忠興《ただおき》らが出迎え、長政とともに駕籠の側を歩いた。

家康は利家を御座の間に招き入れ、長政らを次の間に入れてもてなした。ふすまを広々と開け放ち、二人のやり取りが次の間からも見えるようにしている。

また近侍の小姓には長袴《ながばかま》をはかせ、脇差しさえおびることを許さなかった。

争論を構えて家康に斬り殺されようという計略が完全に封じられたことは明白である。利家は次善の策として、家康に伏見の城下を出て宇治川対岸の向島《むかいじま》の屋敷に移るように勧めた。

「石田治部らが伏見城の曲輪《くるわ》からこの屋敷に鉄砲を撃ちかけ、風上から火を放って攻め込む計略をめぐらしておるとの風聞がござる。すみやかに向島の屋敷に移られるべきかと存ずるが」

「お心遣いかたじけない。されど豊家の大老ともあろう者が、さような雑説にまどわされて城下を離れるわけには参りませぬ」

「雑説とは申せ、おそれなきことではござらぬ。今内府どのに万一のことあらば、豊家の一大事。危うきを未然にさけられるのも忠義の道かと存ずるが」

家康は伏見城を手に入れようとして、しきりに城代の前田玄以《まえだげんい》や堀尾吉晴《ほりおよしはる》に働きかけている。

利家が向島に移るように勧めるのはそれを防ごうとしてのことだが、家康は丁重な言葉を並べ立てるばかりで、ついに移るとも移らないとも言わなかった。

結局利家は何ひとつ成果を上げられないまま、大坂屋敷に戻らざるを得なくなったのである。

数日後、長政は天満の下屋敷にもどって事の次第を如水に告げた。

「利家どのも長くはあるまい」

如水がぽつりと洩《も》らした。

「何ゆえでございますか」

「体さえ丈夫なら、家康どのにそれほどた易《やす》くあしらわれるお方ではない。病が気力と智恵《ちえ》を奪っておるのじゃ」

如水は利家とは一年以上も会っていない。だが長政の話を聞いただけで、利家の病の具合まで察していた。

「大納言どのの病については、前々から分っておられたはずです。こうなることが見えていたなら、伏見行きなど企てるべきではなかったでしょうに」

「そう思うか」

「こたびのことは大納言どのの権威を失墜させ、病を悪化させたばかりでござる。一方で家康どのは利家どのとの和解が成ったと触れ出され、ますます諸大名の信望を集めておられます」

「そちには何の得るところもなかったと見えるわけだな」

「そうではございませぬか」

父の智恵の回りの早さについていけなくて、忸怩《じくじ》たる思いをしたことが何度もある。自然と一段下がった態度を取るのはそのためだった。

「そうとも言えるし、そうでないとも言える」

如水はにやにやしながら謎をかける。

「いかなる策があると申されるのです」

「家康どのを大坂に招く。利家どのは病をおして伏見に行かれたのだ。返礼をするのは当然の礼儀であろう」

長政は小手を一本、手厳しく取られた気がした。如水は利家を伏見にやった時から、仕損じた場合の策を考えていたのだ。

「では、家康どのを大坂で……」

「そうではない。我らがわざわざ手を下さずとも、家康どのの命を狙う者はおろう」

「石田治部に手を貸すと申されるのですか」

長政はそれだけは断じて承服できなかった。

朝鮮での戦の最中に、加藤清正が軍律違反の科《とが》で蟄居《ちっきょ》を命じられたのも、蔚山城《ウルサン》での戦いの後に明軍を追撃しなかったとして長政や幸長らが秀吉の譴責《けんせき》をうけたのも、すべて三成の讒言《ざんげん》のせいである。

日本にもどったなら三成を討とう。清正や幸長らとそう申し合わせて朝鮮から引き揚げてきたのは、つい四ヶ月前のことなのだ。

「あの者の前に家康どのを差し出せば、飢えた犬のように飛び付くであろう。それゆえ家康どのが大坂に入られたなら、我らは全力をあげてこれを守らねばならぬ」

長政は再び如水の思考の糸を見失った。家康を討つために家康を守れとは、いったいどういうことなのか。その先がまったく読めないのである。

だが、長政も天下に名を知られた武将である。ここまで翻弄されると、教えてくれとは意地でも言えなかった。

「これ」

如水が手を打つと、藍《あい》色の小袖を着た細身の女が入ってきた。つややかな髪を元結で結んでいる。ほっそりとした瓜実顔《うりざねがお》で、肌がすき通るように白い。

「樹里《じゅり》という者じゃ。今日より側に置いて用いよ」

「侍女なら、間にあっております」

「樹里はわしのために仕えてくれる者の一人でな。なまじの忍びなど足元にも及ぶまい」

連絡役に使えというのだ。使徒衆という如水直属の忍びがいることを、長政はこの時初めて知らされたのである――。

申《さる》の刻（午後四時）の鐘が鳴った。

外は小雨が降り出したらしい。障子の色が薄墨色になり、部屋の冷え込みが一段と厳しくなった。初秋にしては異常な気候である。

本多正純もさすがに背筋に寒気を覚えていたが、そんな素振りは毛ほども見せずに訊問をつづけていく。

「本多どの」

話の切れ間をついて、黒田長政が声をかけた。

「冷え込みもきつくなったゆえ、火鉢を運ばせてはいかがでござろう」

「それほど寒いとも思えぬが」

暑さ寒さを言わないのが武士たる者の心得である。正純はそう信じている。

「朝鮮の役以来、体が寒さを拒むようになりましてな。かの地では幅三町もある川が凍り付く。その上を人馬が渡れるほどじゃ。凍傷で手足を失う者や凍え死ぬ者が続出いたした。こう寒いと、その時のことを思い出すのでござるよ」

「それがしは関ヶ原の明け方の寒さを思い出すばかりでござる」

「あの日も確かに寒うござったが、骨まで痛むということはござらなんだ。書記役の方も、筆が震えて難渋しておられるご様子ゆえ、何とぞお許しいただきたい」

「そうまで申されるなら」

正純は仕方なく折れた。

三人の侍女が板火鉢を運び、それぞれの前に置いた。一人は樹里である。

樹里は長政の前に火鉢を運びながら、口の動きだけでそう知らせた。

(ショウニン、クル)

商人……。長政は一瞬そう考え、すぐに証人のことだと気付いた。

火鉢の中では熾《おき》が赤々と燃え、部屋の寒さをゆるめていく。書記役の左内は両手を火鉢にかざしてすり合わせ、正純の険しい視線に気付いてあわてて引っ込めた。

「では調べを続けさせていただく。内府さまが大納言どのの病気見舞いに大坂屋敷を訪ねられた時、石田治部が案内もなく押しかけてまいったことを覚えておられようか」

「確かに」

あの場には長政も正純も同席していた。二人が顔を合わせたのは、おそらくあの時が初めてだったはずだ。

この日の様子を、秀忠の近習《きんじゅ》だった石川忠総《いしかわただふさ》は次のように記している。

〈大納言どの煩《わずら》い散々に候処《ところ》に、権現様《ごんげん》（家康）御見舞を忝《かたじけな》がり大かたならざるのよし、御中よき衆御寄合候処へ、石田治部少《じぶしょう》へんてつ衣にてふと参候ゆえ、人々仰天候よし申候〉

家康が利家の見舞いに行った時、仲のいい大名ばかりが集まって歓談していた。そこに三成が突然現われたために、皆が仰天したというのだ。

「あの時、大納言どのはひどくご立腹になり、治部を斬れと命じられた。それを内府さまがお諫《いさ》めになり、あの場は何事もなく治まったが、いったい治部は何の目論見《もくろみ》あってあのような振舞いに及んだのでござろうか」

「それがしは治部ではござらぬ」

「あの日前田屋敷はことのほか警戒が厳重でござった。いかに治部とは申せ、大納言どののお許しなくばあのような席に顔を出せるわけがないと存ずるが」

「左様でござろうか」

「あるいは利家どのが何者かと結託し、治部をあの場におびき出したのではござるまいか」

「何のために、そのようなことを」

「内府さまの警固衆に治部を斬らせるためでござるよ」

そうすれば家康を討つ大義名分が立つ。利家は伏見で失敗した策を、治部を囮《おとり》にしてもう一度やろうとしたのではないか。

正純はそう推測していた。そうでなければ治部がやすやすと奥座敷まで入れたことや、利家があれほど激怒して治部を斬れと命じた理由が分らないのだ。

「甲斐守どの、いかがかな」

「それがしはあの夜、藤堂《とうどう》邸に泊られた内府さまの警固につき、秀忠どのから感状をいただいておる。しかと言えるのはそのことだけでござる」

「内府さまはその計略を見抜かれたゆえ、いち早く治部の無礼を許し、利家どのを諫められた。二の矢をはずされた何者かは、すかさず三の矢を放った。それが甲斐守どの、貴殿ら七将による治部襲撃だったのではござらぬか」

「本多どのは賢人でござる。智恵の回りのあまりの早さに、それがしなどは何のことやらとんと分り申さぬ」

「では、この者を見られるがよい」

正純が手を打つと、ふすまが両側から開けられ、次の間に忍び装束の小柄な男がうずくまっていた。

「半助《はんすけ》、面《おもて》を上げるがよい」

男が白髪まじりの頭をゆっくりと上げた。左の頰にはたてに一筋、生々しい刃傷の跡がある。

治部襲撃の夜、長政が斬り付けたものだった――。

三

大坂上屋敷の庭に立てた物見櫓《ものみやぐら》に登って、黒田長政は城下の様子をながめていた。西には東横堀川《ひがしよこぼり》ぞいに築かれた総構《そうがまえ》の塀がつづいている。秀頼の将来に不安を抱いた秀吉が着工を命じたもので、大坂城下を高さ三間ばかりの土塁でそっくり囲っていた。

各大名家の上屋敷はこの総構の内側にあり、人質として妻子を置くことを義務づけられていた。

目を東に転ずると、夕暮れの薄闇の中に大坂城の天守閣がそびえている。秀吉が天下人の権勢を示すために築いた三国無双の巨大な城だ。

屋根は青い瓦でふき、軒先にはあざやかな金箔《きんぱく》がほどこされているが、今は影絵のように黒くしか見えない。

昔はこの天守閣を見るたびに敬虔《けいけん》な思いに打たれたものだ。この城こそが雑兵《ぞうひょう》から身を起こして天下人にまでなった秀吉の偉大さの象徴だったからである。

だが、今の長政にはそんな感慨はみじんもなかった。

秀吉がもはやこの世にいないということもある。それ以上に、この城の主《あるじ》が朝鮮や明との無謀な戦を起こし、自分たちを七年の間地獄のような戦場に追いやったというこだわりがあった。

秀吉に対する全幅の信頼が、あの戦で崩れ去ったのだ。だが長政はそれを認めたくはない。秀吉には神の如《ごと》き存在で居つづけてほしい。その思いが石田三成への憎悪をいっそう激しくしていた。

それは加藤清正や浅野幸長など、朝鮮の地で塗炭《とたん》の苦しみをなめた秀吉子飼いの武将たちにも共通している。

ただ、そのことをはっきりと意識しているだけ、長政は彼らより醒《さ》めていた。

眼下には石田家や宇喜多《うきた》家の兵が、屋敷を包囲する形で辻々《つじつじ》に陣を構えている。

隣の加藤家、その向こうの福島家の上屋敷にも、三百ばかりの兵が出て警戒に当たっていた。

石田三成が命じたことだ。

前田利家の死と同時に徳川家康が兵を率いて大坂城に入り、加藤清正らがこれに呼応して三成を討つ。そんな流言が飛び交い、大坂城下は不穏な空気に包まれている。

これを警戒した三成は、宇喜多秀家《ひでいえ》や小西行長らと協力して城門の警備を厳重にし、辻々に兵を立てて清正らの動きを封じ込めようとしていた。

(さすがに父上だ)

長政は眼下の兵を見ながら、改めて如水の炯眼《けいがん》に感服していた。

家康が利家を見舞うために大坂に来た時、如水は家康を守れと命じた。長政はその真意が分らないまま、兵三百を率いて家康が宿所とした中之島《なかのしま》の藤堂高虎《たかとら》の屋敷を守った。

これを聞いた秀吉子飼いの武将たちは、先を争って警固に駆け付けた。

その功によって長政は秀忠直々の感状までもらったのだが、如水の真の狙いは清正らと三成との対立をあおり、三成を孤立させて政権の座から追うことにあった。

同じ豊臣家の家臣でありながら、清正らと三成が事あるごとに対立するのは、朝鮮出兵時の遺恨だけが原因ではなかった。

秀吉死後の豊臣政権をどうするかという方針のちがいが、背景にあったのである。

秀吉の右腕としてこの数年天下を動かしてきた三成は、日本全土を豊臣家の直轄領として権力を集中し、その強大な力をもって再び海外に進出しようとしていた。

だが、これでは全国の大名は豊臣家の代官と化し、実質的には三成の家臣となってしまう。

「それでは何のためにこれまで命がけで戦ってきたのか分からないではないか」

それが加藤清正らの言い分だった。

彼らは従来通り国持ち大名でいたいと願っている。しかも七年にわたる朝鮮での戦で辛酸《しんさん》をなめているだけに、再度の海外派兵には消極的だった。

両者の対立は、言わば集権軍拡路線と分権軍縮路線のちがいが生み出したものだ。

如水も長政も後者の立場に立っている。如水が石田三成の天下となってはこの国のためにならないと言ったのは、集権軍拡路線を批判してのことだった。

(今夜か、あるいは明日の明け方だ)

長政は利家の死をそう予測していた。

死の知らせが届いたなら即座に行動を起こす手はずは、加藤清正ら分権派六将と整えている。

だが、三成を討った後にはどうするのか。挙兵の大義名分を何に求め、どうやって家康と雌雄を決するのか。そこが長政には読み切れていなかった。

「殿、そのような所で何をしておられる」

下から声をかける者があった。

鎧《よろい》を着込んだ後藤又兵衛《ごとうまたべえ》が、ひげにおおわれた顔で見上げている。黒田家随一と言われた豪傑で、如水子飼いの武将だった。

「城下がどのような有様かとな」

長政は身軽に櫓を下りた。

「そのようなことは我らに任せて、でんと構えておられればよいのじゃ」

「敵を知らずして戦をすることは出来ぬ」

「これしきの囲みなど、物の数ではござらぬ。我らが手の者で、ひと息に突き破ってごらんに入れましょうぞ」

又兵衛は長政よりも八歳年上で、武芸においては一日の長がある。また如水の愛《まな》弟子《でし》だけに軍略の才もある。

如水が二人を競わせて育て上げたせいか、長政は今でも又兵衛に対して強烈な競争心を持っていた。

「事はいつ起こるやもしれぬ。備えを厳重にすることだ」

「お任せあれと申してござる。そうそう、天満からの使者がさきほどから待っておられますぞ。ゆりの花の如き、妙齢のご婦人でござる」

又兵衛が大きな声で無遠慮なことを言った。

使者は樹里だった。髪を結い上げ打ち掛けを着た姿は、りんとした気品に満ちている。色がすき通るように白いので、まさにゆりの花のようだった。

「この騒動の中を、よく通れたものだな」

「女子《おなご》が入る分には、それほどの詮議もございませぬ」

槍《やり》ぶすまの中を抜けてきたというのに、樹里は平然としている。

三成らは大名の妻子の脱出を防ごうとして警戒を厳重にしているが、入ってくる女に対しては寛容なのだという。

「では、父上の口上を申すがよい」

「大納言さまが亡くなられたなら、手はず通りに事を起こせ、と」

樹里は半間ほどに間を詰めて声を落とした。

胸元から涼やかな香りがただよってくる。小袖に焚《た》き染《し》めた香の匂いだった。

「だが、それでは家康どのを利するばかりじゃ」

「如水さまは、こう伝えよと申されました」

樹里が薄く紅をぬった唇だけを動かした。長政は唇でも合わせるように身を寄せて、その意味を読み取った。

「そうか、そういうことか」

長政は膝を打った。三成を囮にして家康を討つ大義名分を作る。そんな妙手があったのである。

「ご苦労であった。急ぎ下屋敷に戻って承知したと伝えよ」

「戻りませぬ」

「何ゆえじゃ」

「ここに残って、甲斐守さまのお役に立てとのご命令でございます」

「わしが戻れと申しておる。今ならまだ城門を抜けられよう」

「如水さまのお申し付けには逆らえませぬ」

「戦になるやもしれぬのだ。そちが巻き添えになることはない」

「死はもとより覚悟の上でございます」

樹里の澄んだ目と誇りに輝く顔が、その言葉に偽りがないことを証している。

長政は初めて樹里を美しいと思い、この女をこれほど心服させている如水にかすかな嫉妬を覚えた。

「何ゆえの覚悟じゃ」

「如水さまは神の御使いでございます。この国のキリシタンを守るために、神が遣《つか》わされたお方ゆえ、我らは如水さまに命を捧《ささ》げております。あのお方のために死ぬことは、神に殉ずるのと同じでございます」

使徒衆はすべてキリシタンである。樹里という名も、洗礼名のジュリアにちなんだものだ。

彼らはキリシタンである如水に天下を取らせるために、一命をなげうって働いているのだった。

「使徒衆か……」

信者を隠密《おんみつ》に仕立てるとは、何たる深謀だろう。長政は樹里を見ながら、かすかな哀《かな》しみさえ覚えた。偉大すぎる父を持ったばかりに、いつも我が身の至らなさばかりを思い知らされるのである。

——前田利家薨《こう》ず——

その知らせが入ったのは、閏《うるう》三月三日の午後だった。

分権派七将はかねての手はず通り、夕暮れ時を待っていっせいに行動を起こした。近くに住む浅野幸長と細川忠興が、手勢を率いて前田屋敷を包囲した。利家の弔問に訪れた石田三成を捕えるためである。

加藤、黒田ら五将は、城下の辻々と総構の城門を固め、三成救援のために駆け付ける軍勢を阻止するとともに、三成が前田屋敷の囲みを破って脱出した場合にそなえた。

三成派の将兵たちも異変にそなえて警戒を強めていたが、まさか七将が同時に決起しようとは思ってもいない。しかも百戦練磨の分権派に較《くら》べれば、彼らの兵はいかにも弱い。

七将はわずか半刻《はんとき》（約一時間）ばかりの間に集権派の軍勢を追い払い、大坂城下を掌握した。石田三成主導の豊臣政権に対する転覆工作が、完全に成功したのである。

長政は五百ばかりの兵を率いて、玉造口から京橋口《きょうばしぐち》にかけての警固に当たった。

京橋のたもとに本陣をおいた長政の元には、六将からの伝令が次々と飛び込んできた。

「石田治部どのが、前田屋敷を脱出されました」

「上屋敷には戻っておりませぬ」

「大坂城中にも、逃げ込んではおらぬ様子」

いずれも三成の行方不明を伝えるものばかりである。

そのはずだった。今夜の襲撃は、直前になって如水の手の者が三成に伝えていた。その上三成の下屋敷がある備前島《びぜんじま》までの脱出の手はずまで整えてやっている。もうじき小舟に隠れた三成が、猫間《ねこま》川を下ってくるはずだった。

「又兵衛」

長政は後藤又兵衛を呼んだ。

「何でござろう」

大柄の又兵衛がのそりと立った。

「わしはこれから玉造口に回る。この場の指揮を執れ」

「承知つかまつる」

「かがり火を絶やすな。治部を捕えたなら、鉄砲を三連射して身方に知らせよ」

長政は近習二十騎を率いて平野《ひらの》川ぞいの道をさかのぼった。

猫間川を下って平野川まで出れば、備前島は目と鼻の先である。川幅が広いので、この暗さでは発見される心配もない。三成を無事に平野川まで出してやるのが、長政の役目だった。

三成をわざと脱出させて、伏見の家康の屋敷に追い込む。それが如水がたてた計略だった。そのために備前島から伏見までの道々に野伏《のぶし》を配し、他の逃げ道を完全に閉ざしていた。

家康が三成を斬れば、それを理由に秀頼に家康討伐の命令を出させ、七将の軍勢で一気に雌雄を決するのである。

まさに一石二鳥の策だが、万一この企てが家康方に洩れたならすべてが台無しになる。他の六将はおろか家臣にさえ知られてはならなかった。

猫間川を一町ばかり上流に向かった時、二そうの小舟が岸に呼び止められて訊問を受けていた。

近在の百姓四人である。大坂城下に肥料の糞尿《ふんにょう》を買い付けに行く所で、舟には大きな樽《たる》を載せていた。

「中を改める。縄を解いてふたを取れ」

警固の兵が松明《たいまつ》の火をかざして命じた。まわりには二十人ばかりの兵がいる。

「我らは片桐《かたぎり》さまに、月に三度城下に買い付けに立ち寄ることを許されておりますので」

手ぬぐいをかぶった百姓が、片桐且元《かつもと》の焼印を押した通行札を出した。

「今夜はならぬ。ぐずぐず申さばこの槍で樽を突き破るが、それでも良いか」

「滅相もない。そんなことをすれば、使い物にならなくなります」

あわてて縄を解き、樽のふたを取った。二つとも中は空である。実は樽の底が上げ底になり、舟底との間に出来た隙間に三成らは隠れていた。

「もうよい。早く行け」

警固の兵が糞尿樽の臭《にお》いに辟易《へきえき》して命じた。

四人の百姓は手早く舟を出そうとした。

「その者、待て」

馬上で様子を見ていた長政の近習が叫んだ。

「見たような面《つら》だな。かぶり物を取れ」

「よい。行かせてやれ」

長政が歩み寄ろうとする近習を制した。

「石田家中の者によく似ております」

「これ以上の詮索無用じゃ」

「ですが、殿」

近習がなおも食い下がった時、背後で叫び声が上がった。

「忍びじゃ。忍びが小屋の陰におるぞ」

河原に建てられた掘っ立て小屋の陰から、二人が飛び出して逃げ去っていくのが見えた。

同時に長政の近習たちが動いた。二手に分かれて先回りし、忍びを河原に押しもどす陣形をとった。

一人の忍びは騎馬の間を突破しようとして斬り伏せられ、もう一人は川に向かって真っ直ぐに走った。

長政は鐙《あぶみ》を蹴って行く手をはばんだ。弓手《ゆんで》の手綱《たづな》を引き絞り、馬手《めて》に二尺五寸（約七五センチメートル）の太刀を持っている。

小柄な忍びは猛烈な速さで走り寄ると、長政に斬りかかるとみせて馬の足元にすべり込み、腹の下をくぐり抜けた。

長政は馬を返して前に回り、ふり向きざまに斬りつけた。

忍びはとんぼを切ってこれをかわしたが、左の頬を縦一文字にえぐられて覆面がはらりと落ちた。

細く切れ上がった鋭い目をした男である。男は目が合った瞬間、数本の棒手裏剣を放った。長政がこれをかわす隙に、猫間川に向かって猛然と走る。

「撃て撃て」

掛け声と共に数挺の銃が火を噴いた。

忍びは銃弾にのけぞりながら川に落ち、二度と浮き上がってはこなかった――。

その時の忍びが、目の前にうずくまっていた。頬の傷跡をこれ見よがしに長政に向け、切れ上がった鋭い目でにらんでいる。

「甲斐守どの、この男をご存知ではござらぬかな」

本多正純は長政の身ぶりのひとつからでも真偽を見抜こうとしていた。

「ござらぬ」

長政は平然と答えた。

「貴殿は閏三月三日の夜、猫間川の河原でこの半助を斬られた。そのことは覚えておられよう」

「確かにそういうこともござったが、あれは石田方の忍びと見てのことでござる。内府さまのご配下とは、思いも寄らぬことでござった」

「あの折、舟の百姓に不審を持って引き止めようとした家臣を、貴殿は制された。

これも間違いござるまい」

「左様」

「あれは何のためでござる」

「すでに樽の中も改めたゆえ、あれ以上の詮議は無用と存じたまでのこと」

「そうかな。石田治部の舟と知りながら、見逃されたのではござらぬか」

「我らはあの夜石田治部を捕えるために決起したのでござる。治部と知って見逃すはずがござるまい」

　この忍びが猫間川でのことを知らせたのだ。家康が伏見の自邸に逃げ込んできた三成を斬らず、護衛の兵までつけて佐和山《さわやま》城に送り返したのは、長政の動きに不審なものを嗅ぎ取ったからにちがいなかった。

「甲斐守どの、この半助を討ちもらしたのが失策でござったな」

　正純はそう言いながらも、長政のしたたかさに舌を巻いていた。

　生き証人を突きつけて動揺させ、一気に正体を暴くという計略がこうもた易くかわされるとは思ってもいなかった。

「そろそろ日も暮れたようでござる。本日の詮議はここまでといたそう」

「お役目、大儀にござった」

「内府さまも論功行賞を急いでおられる。後日改めて、西の丸にご足労をいただくことになるやもしれませぬ」

「身の潔白を証すためなら、どこへなりと出頭いたす所存でござる」

「ご芳志かたじけない」

正純は深々と一礼すると、書記役をともなって外に出た。

雨はいつの間にか雪に変わっていた。水気の多い重たげな雪が、夕暮れの薄闇の中を急ぎ足に降り落ちていく。

正純は長政の家臣が差し出した傘を受け取って表門に向かった。今日のところは長政の冷静な対応にかわされたが、まだまだ先手の小競《こぜ》り合いに過ぎない。本当の戦はこれからなのだ。

(いかにしらを切り通そうとも、調べ上げる手立てはいくらでもある)

正純は黒ぬりの厳重な表門を見上げながら闘志をかき立てた。

長政は玄関の式台に立って、正純の一行を見送っていた。朱色の傘をさした正純が黒門の向こうに消えても、いつまでも動こうとしなかった。

「甲斐守さま」

家臣が立ち去るのを待って、樹里が声をかけた。

「先ほどは大儀であった。礼を言う」

証人が来ることを知らせてくれなければ、あれほど隙のない態度を取ることは出来なかったにちがいない。

「徳川方は後藤さまと、竹中丹後守《たけなかたんごのかみ》さまについても内偵を進めております」

後藤又兵衛と竹中半兵衛《はんべえ》の嫡男、丹後守重門《しげかど》が、如水の密命を受けて工作に当たっていたことは、長政も関ヶ原の決戦直前に聞かされていた。

「丸という者に、心当たりはないか」

長政は如水の文に記されていた者についてたずねた。

「マルコさまのことでございましょう」

「何者だ」

「わたくしども十二人の使徒衆の一人でございます」

「その者の居場所は」

「存じませぬ」

「そうか」

如水はその男を使者として、何者かにあの文を届けたのだ。わざわざキリシタンの印章を使っているからには、相手も同じ宗旨の者にちがいあるまい。

だがそれが誰かということまでは、長政にも見当がつかなかった。

「お風邪を召しますよ。さあ」

樹里が手を取って奥に導いた。その手はたった今燠にかざしたように温かい。

表門の扉が音をたてて閉ざされ、雪は静かに降りつづいていた。

# 第二章　家康暗殺

## 一

戦目付《いくさめつけ》から出された報告書に念入りに目を通すと、本多正純は部屋を出て客間に向かった。

昨日の夕方から一刻《いっとき》（約二時間）ばかり降った時ならぬ雪が、庭の木に淡い化粧をほどこしている。さらさらとした粉雪が、石燈籠《いしどうろう》にも色づきはじめた楓《かえで》の葉にもうっすらと積っていた。

大和《やまと》郡山《こおりやま》は海から隔たっているためか、雪にも水気が少ないようだ。吹きつける風も乾いていて、身を切るように冷たい。

正純は背筋に寒気を覚えた。

昨日の夕方、大坂から郡山まで八里（約三二キロメートル）の道を早馬で駆け付けたせいか、ひどく疲れている。どうやら風邪をひきかけているようだが、休んでいる暇《いとま》はなかった。

客間では増田長盛《ましたながもり》が待っていた。頭を丸め、僧衣をまとっている。関ヶ原の戦で西軍に属した罪を問われ、高野山《こうやさん》に追放されるところだった。

「お久しゅうございます。出発間際にお引き止めして申しわけございませぬ」

正純は長盛の正面に座った。

「いやいや、別に急ぐ旅でもござらぬでな」

長盛は小柄でぷっくりと太っている。顎が二重にくびれ、細い目がたれ下がっているので、どこか七福神のえびす様に似ていた。

五十六歳だから、正純よりちょうど二十歳年上ということになる。

「それにしても、今朝はひどく冷え込みますね」

「郡山は内陸ゆえ、時々こうした日がござる。冬の寒さは、大坂などとは比べものになりませぬ」

「生駒山《いこまやま》をひとつ越えただけでも、左様にちがうものですか」

「大違いでござる。もっとも高野山の厳しさに比べたなら、こことて極楽のようなものでござろうが」

長盛が細い目を糸のようにして笑みを浮かべた。かすかに追従《ついしょう》の匂いがした。

尾張生まれの長盛は、早くから秀吉に仕え、豊臣家の年寄に任じられた。秀吉の死の二ヶ月前に大和郡山二十万石を与えられ、五奉行の一人として豊臣家を支えるように命じられたが、武の人ではなかった。検地や年貢収納などの領国経営に手腕をふるった官僚である。

関ヶ原の戦の時には毛利輝元らと共に大坂城にいたが、ひそかに家康に使者を送り、西軍の内情を知らせていた。西軍が敗れたときに備え、二股をかけていたのだ。

家康は長盛からの密書によってずいぶんと助けられ、労にむくいることを約束しておきながら、戦に大勝すると所領を没収して高野山に追放することにしたのである。

「高野山に入った後に、罪を許されて旧領を安堵《あんど》された例もございます。気を落とされぬことだ」

「ご配慮かたじけのうござる。内府どののお覚え目出度《めでた》い本多どののお言葉とあれば、百万の身方を得たような心地がいたしまする」

　長盛が露骨なお世辞を言った。

「今はまだ、先の合戦において誰がどのような働きをしたかも定かではありませぬ。それを見極めぬうちは論功行賞もままならぬゆえ、我ら一同大いに難渋しているところです」

「事によっては処分がくつがえることもあるということでござろうか」

「左様、こうして訪ねて参ったのも、その件について詳しくおたずねするためなのです」

「何なりと、何なりと聞いて下され」

　長盛が勢い込んで身を乗り出した。

「昨年の九月七日のことを覚えておられようか」

「九月七日……。九月七日というと」

「内府さまが伏見城から備前島の石田三成どのの館《やかた》に入られた日のことです」

　秀吉の死後伏見城で政務をとっていた家康は、秀頼に九月九日の重陽《ちょうよう》の祝いをのべるためにこの日大坂に下った。

　ところが大坂城内で家康暗殺の企てがあるという訴えがあり、急きょ伏見城から軍勢を呼び寄せた。

その訴えをしたのは、豊臣家の五奉行である増田長盛と長束正家《なつかまさいえ》だった。

「覚えております。あの夜のことは、とても忘れられるものではござらん」

「あの夜、お二人で備前島を訪ねられたのは真実《まこと》なのですね」

「そうそう。それがしと正家どのでござった。何しろ急なことで……。しかし、そのことについては内府さまがよくご存知のことと存ずるが」

「無論承知しておられるが、今後の仕置に正確を期すためにも、双方から事情をうかがっておきたいのです」

正純はそう言ったが、実はあの夜のことを家康はほとんど覚えていない。この一年しのぎを削る戦がつづいたために、つい一年前のことが十年も昔のことのように感じられるという。

ただ備前島の屋敷で家康が何者かに襲われ、危うく命を落としかけたことだけは、側近の証言によって明らかだった。しかも家康は、このことを公けにしてはならぬと固く命じたらしい。

この夜正純は三成邸に同行していなかったので、その間の事情がいまひとつよく分らなかった。

「我らが内府さまのお申し付けで石田邸に駆け付けたのは、夜もふけてからでござった。何しろ急な呼び出しで、取るものも取りあえず」

「呼び出し？　あの夜お二人は大坂城内の風聞を聞きつけて、内府さまに報告されたのではありませんか」

「とんでもない。城内の風聞とあの襲撃とは別でござる。我らは内府さまに呼び付けられ、初めて襲撃があったことを知ったのでござるよ」

亥《い》の刻（午後十時）過ぎに備前島の三成邸に駆け付けると、家康は二人を寝所に案内した。

縁側には六人の家臣の遺体が放置されていた。夕食を終えて寝所に引き上げたとき、何者かが中庭から弓を射かけてきたという。

遺体には短い矢が胸や腹に深々と突き立っていた。夜目にも分るほど顔の色が黒ずんでいるのは、矢尻にぬられた毒のせいだった。

家康は自ら手燭《てしょく》をかかげて一人一人の顔を照らし、一刻も早く下手人を捕えて引き渡すように求めた。

五大老のうち四人までが大坂を留守にしていた時期で、治安維持の責任は五奉行である長盛と正家にある。二人は衣の袖を血に染めて迫る家康の剣幕に圧《お》され、必ず申し付けに従うと約束した。

「我らは何とか下手人を捕えようと八方手を尽くした。そのうちに大野治長《おおのはるなが》らに、内府どの暗殺の企てがあったという噂《うわさ》を聞きつけたのでござる」

「それは、いつのことです」

「襲撃の翌日でござった。内府どのはことのほかお喜びで、我らの労をねぎらって下されたのじゃ」

「暗殺を企てたのは、浅野長政どの、大野治長どの、土方雄久《ひじかたかつひさ》どのの三人で、背後で糸を引いていたのは、加賀《かが》の前田中納言どのということでござったが」

「いや、我らが調べた時には、治長と雄久の二人が企てたということでござった。内府どのにもそう申し上げたのじゃが」

「内府さまが、他の二人にまで罪をなすり付けられたとでも」

「まさか、そんな……。滅相もない」

長盛が卑屈な笑みを浮かべ、あわてて打ち消した。

「九月七日の夜に、何者かが内府さまのお命を奪おうとしたことは事実だが、下手人は大野治長どのや土方雄久どのではなかったと申されるのですね」

「その通りでござる」

家康もそれは承知していた。だから関ヶ原の合戦の直前に二人の流罪を解いたのである。

「では、何者の仕業でござろうか」

「我らも手を尽くし申したが、先ほども申し上げた通り……」

「石田治部どのの手の者ではありますまいな」

「いや、治部は己れが疑われることが分っていながら手を下すほど愚かではござらん」

「取り調べの際、黒田如水どのの名は聞かれませんでしたか」

「い、いや」

「竹中丹後守どのは？」

「聞きませぬが、お二人が何か」

正純は答える気にもなれなかった。

竹中丹後守重門がこの一件に関わっていたことは、土方雄久の証言によって明らかになっている。一年前にもっと綿密な取り調べを行っていればすべてを明らかに出来たかもしれないのに、長盛らにはその気力も能力もなかったのである。

正純はいくらかの餞別《せんべつ》を渡し、城門まで出て高野山に向かう長盛を見送った。

長盛は別れ際に家康に取りなしてくれるように何度も頼んだが、正純の胸には届かなかった。

二

午《うま》の刻（正午）ちかくに粥《かゆ》を食した後、正純は大坂城に向けて馬を駆った。三人の供を連れたばかりで、平服のままである。

郡山城の留守役たちは、西軍の残党に襲われる危険があるので供ぞろえを厳重にするように求めたが、正純は聞かなかった。

残党たちに襲う気があるのなら、警固の厳重な一行こそ標的にするだろう。それに供が多くなるほど仕度に手間取る。正純には、その暇が何としても惜しかった。

稲の刈り取りの終わった大和平野を西に横切り、雪の残る生駒山を越える。峠からは浪華《なにわ》の海を抱き込むようにして広がる摂津《せっつ》、河内《かわち》、和泉《いずみ》の平野を一望できる。

雲間からさす陽《ひ》に照らされて、金箔《きんぱく》をほどこした大坂城の天守閣の屋根瓦が輝いている。太閤《たいこう》秀吉が天下人《てんかびと》の権勢を示すために築いた華麗な城だ。

正純は峠に立って眼下の景色をながめながら、背筋を伸ばして深呼吸をした。

やがてはあの城もこの肥沃な平野も、徳川家の手に入る。その想像に体の疲れが軽くなり、新たな気力がわき起こった。

大坂城西の丸の屋敷にもどると、書記役の村岡左内が出迎えた。

二十二歳になる実直一点張りの男である。字も性格そのままに角張った楷書《かいしょ》を用いていた。

「竹中丹後守さまが見えられ、雁《かり》の間でお待ちかねでございます」

「何刻ほどになる？」

「そろそろ半刻ばかりに」

「様子はどうじゃ」

「別段変わったところもございませぬが」

「厠《かわや》へは？」

小用を足しに行ったかどうかたずねた。人は緊張すれば小用が近くなる。緊張しているとすれば、どこかにやましいところがあるということだ。

「一度もお立ちになりませぬ」

「そうか。今しばらく待たせておけ」

正純は旅装を解くと、雁の間の武者隠しにもぐり込んだ。本来は主君の警固役を入れるためのものだが、客の様子を盗み見ることも出来る。

人は一人で待たされている時には、不用意に正体をさらけ出しやすいものだ。その様子から本心をさぐり出す極意は、家康や父正信《まさのぶ》から伝授されていた。

雁の間は上段と下段に分かれている。武者隠しは上段の間の背後にあり、下段の間に座った竹中丹後守重門《しげかど》を正面から見ることが出来た。

重門は深草色の小袖に藍《あい》色の裃《かみしも》を着て端座していた。

秀でた額を持つ細長い顔をした男である。目は細く、間が離れているので、おだやかで愛敬《あいきょう》のある感じがする。丸い鼻と薄い口ひげも、その印象を強めるのに役立っている。

天正《てんしょう》元年（一五七三年）の生まれだから、二十八歳になるはずである。

豊臣秀吉のもとにあって天才軍師の名をほしいままにした半兵衛重治《しげはる》のただ一人の子で、十六歳の時から秀吉の近習《きんじゅ》として仕えた。

秀吉の死後重門は石田三成に接近し、西軍の重要な軍議に参画するほど信頼を得ていた。

ところが関ヶ原の合戦直前になって、三成を裏切った。

尾張犬山《いぬやま》城にあって東軍の西上にそなえていた重門は、義兄にあたる加藤貞泰《かとうさだやす》らと語らって、八月末に東軍に寝返ったのである。

内通の手引きをしたのは例のごとく黒田長政で、合戦当日には黒田隊とともに笹《ささ》尾山《おやま》の石田隊と戦った。

その後、東軍諸将と近江水口《おうみみなくち》城にたてこもった長束正家を攻め、九月三十日に正家を自刃させて城を落としたばかりだった。

父の代から美濃岩手《いわで》城主として六千石を知行《ちぎょう》している。東西両軍の決戦地となった関ヶ原は、彼の所領内だった。

正純は武者隠しの中でごろりと横になり、旅の疲れをいやしつつ重門の様子をうかがった。緊張した様子はない。目を伏せたまま、瞑想《めいそう》でもするようにじっと座っている。

半刻ほど横になって様子を見た後、正純は裃に着替えて雁の間に入った。

「これは丹後守どの、長々とお待たせして申しわけござらぬ」

下段の間に入って大仰にわびた。座る位置も、対等に横に並んだ。

「郡山城の受け取りに手間取って、今しがた戻ったところでござる」

「どうぞ、お気遣い下されますな」

重門がにこりと笑った。風にゆれる柳のように無理がない。

正純は内心どきりとした。この男、武者隠しでさっきから様子を見ていたことに気付いていたのではないか……。

「水口城でのお働き、大儀にござった。本日はお疲れのところをご足労いただき、かたじけのうござる」

「恩賞の査定に当たって、確かめたいことがあるとのことでございましたが」

「左様、丹後守どののもご承知のことと存ずるが、合戦の後、他家の非を訴えるさまざまの密告がござってな。その真偽をことごとく確かめよとのご下命《かめい》ゆえ、これよりいくらかの事柄についておたずねいたす」

正純が声をかけると、村岡左内が文机《ふづくえ》を抱えて入ってきた。さきほど会ったばかりなのに、重門に親しげに会釈をする。内気な左内にしてはめずらしいことだった。

「昨年の春に石田三成どのが領国に蟄居《ちっきょ》なされた後も、丹後守どのはしばしば佐和山城を訪ねておられたということですが」

「それがしの領国は美濃にありますので、伏見や大坂への行き帰りに、時折立ち寄っておりました」

「何ゆえかな？」

「治部少輔《じぶしょう》どのとは旧知の間柄でございます」

三成は家康の勧めに従って佐和山城に引きこもったが、罪を犯して蟄居を命じられたわけではない。誰が訪ねて行こうと勝手ではないか。重門は言外にそう言っている。

「三成どのはすでにその頃から内府さまを豊臣家から追い、天下を我が物にしようと企てておられた。そのことについても話されたのでござろうな」

「そのような話は一度もなされたことがありませぬ」

「それはちと解せぬ話ではないか」

正純は居丈高な態度に出て、重門の平静さを奪おうとした。

「三成が天下に野望を持っていたことは明らかじゃ。しかも貴殿は三成が挙兵を決してからの主要な軍議に、ことごとく出席しておられる。事前に何の相談もなかったはずがござるまい」

「なかったものは致し方がありますまい。治部少輔どのは、大事の企てを打ち明けるほどにはそれがしを信頼しておられなかったのでござろうよ」

重門はそのことが無念だというように眉をひそめた。

正純はむっとした。まるで徳川家の力など屁《へ》とも思っていないようではないか。

「大事の企ての話はなくとも、小事の謀《はかりごと》には加わられたということかな」

「小事の謀？」

「昨年の九月七日、内府さまが備前島の石田三成の屋敷に入られた夜、何者かが寝所を襲った。あれは貴殿の仕業だと申す者がおる」

「ほう。これはまた思いがけない」

「事実でござる。お望みなら、その者をこの場に呼んでも構わぬが」

「是非お願いしたい。いやはや、世の中にはどこに落とし穴があるか分らぬものでございますな」

「落とし穴と思われるなら、ご自分の手で埋められることだ」

正純はゆっくりと間を取って重門の反応をうかがった。重門はちらりとふすまに目をやった。今すぐ証人が呼ばれると思ったようだ。

「ところで、黒田如水どのをご存知かな」

「無論存じております」

「どのような間柄でござろうか」

「父と如水どのは、親しい友であり良き競争相手でございました。その縁もあり、それがしが太閤殿下にお仕えするようになってからは、何かとお引き立ていただきました」

「殿下がお亡くなりになった後は?」

「何度か伏見の館を訪ねたばかりで、さしたるご厚誼《こうぎ》もいただいてはおりませぬ」

重門はそう答えた。確かに会ったのは数回である。だが慶長三年(一五九八年)十二月のあの日に、以後の運命は決まったのだ。

重門にとって如水とはそれほど大きな存在だった——。


豊前中津藩十八万石の新邸は、伏見城大手門の近くに建てられていた。門の左右に足軽《あしがる》長屋を連ねた長屋門で、みがき上げられた柱からはかぐわしい木の香りが立ち昇っている。門扉に打った黒鉄《くろがね》の乳金物《ちかなもの》もあざやかだった。

竹中丹後守重門は高さ三間(約五・四メートル)ほどもある大きな門をぼんやりと見上げた。真冬の淡い太陽が頭上にある。

数日前に向島の屋敷を出た後、どこをどう歩いたのか覚えていない。気がつくと、黒田藩邸の前に立っていた。

酔っ払いとでも思ったのだろう。二人の門番が、あからさまに眉をひそめる。それでも追い払おうとしないのは、丸に九枚笹《くまいざさ》の家紋の入った小袖を着ていたからだ。

重門は両足を頼りなげに踏ん張ったまま、いつまでも門を見上げていた。無精ひげは伸び放題で、細い目がやつれて落ちくぼんでいる。

北風が砂ぼこりを巻き上げ、しわだらけの袴《はかま》の裾をひるがえして吹き抜けてゆく。

「当家にご用でございましょうか」

門番の声で、重門は我に返った。

「黒田どのが、如水どのが来ておられると聞いたが」

「あなた様は」

「竹中丹後守じゃ。目通りを願うておると伝えて下され」

蚊の鳴くほどの声でつぶやいた。

如水はすぐに出てきた。頭巾《ずきん》をかぶり、くくり袴をはき、右手に杖《つえ》をついている。右足が不自由なために、体を振子のように左右にゆらしながら急ぎ足に歩いてくる。

それを見ると、重門の胸に熱いものがせり上がった。

「吉助《よしすけ》、久しいの」

如水が幼名で呼びかけた。

重門はふいに両手で顔をおおい、人目もはばからずにすすり泣いた。

如水は古材を集めて造った三畳の茶室に案内すると、素焼の茶碗《ちゃわん》に酒をついで差し出した。

「まあ飲め。話はそれからじゃ」

重門はひと息に飲んだ。ここ数日食事ものどを通らない。酒が空《す》きっ腹《ぱら》にしみ渡り、少し気持が落ち着いた。

「もう一杯、どうじゃ」

「いえ、もう」

「そうか」

軽くうなずいて茶の仕度にかかる。

「人を、斬りました」

重門は目を落としてぼそりとつぶやいた。

「向島の屋敷に置いていた妾《そばめ》です」

「理由《わけ》は？」

「それがしの留守の間に、出入りの医師と通じておりました」

慶長元年（一五九六年）九月、明国との和平交渉が決裂し、秀吉は再度の朝鮮出兵を諸将に命じた。

竹中重門も兵三百を率いて肥前《ひぜん》の名護屋《なごや》城に詰め、兵や兵糧米《ひようろうまい》の輸送に当たったが、翌年六月に如水が朝鮮に渡って現地の指揮を執ることが決まると、それに従って海を渡った。

慶長三年八月、秀吉が死んだ。

後事を託された徳川家康や石田三成らは、喪を秘したまま明軍と和を結び、遠征軍の撤退を急いだ。ほぼ全軍の渡海を終えたのが十二月の初旬である。

重門は二年ぶりに伏見向島の屋敷にもどり、愛妾《あいしょう》のお菊《きく》と再会した。

ひと目見た時に、お菊の様子がどこかちがうのを感じた。

悪い予感がした。お菊は何かをおそれている。それを隠そうとして、かえって快活に愛想よく振舞っているようなのだ。

予感は夜になって確信へと変わった。閨《ねや》の作法がちがっていた。以前は万事に控え目で、恥を忍びながら懸命に応じるような奥ゆかしさがあった。

ところが二年ぶりに抱くお菊は、何もかも大胆になっていた。肉付きも豊かになり、快楽のさ中に無意識にみだらな所作《しょさ》をする。口走る言葉も、初めて聞くものばかりである。

重門とて初心《うぶ》なわけではない。だがこの夜ほど哀《かな》しく、胸のつぶれるような思いをしたことはなかった。

翌日、長年つかえている侍女に事情を質《ただ》した。お菊は玄清《げんせい》という四十ばかりの医師と、一年前から密会をつづけていたという。

重門は二十六歳だった。許せなかった。お菊を愛《いと》おしんでいただけに、怒りはかえって激しかった。

「それで、手討ちにしたわけじゃな」

如水が茶せんを回しながらたずねた。

「斬るつもりはありませんでした。理非を糺《ただ》した後に、暇を出そうと考えておりました」

それが重門の最後の愛情だった。すでに相手の医師は、重門の帰還を知って逐電している。罪を悔いてわびるなら、許してやっていいとさえ思っていた。

だが、お菊はわびなかった。開き直り、重門の不在を責め、男としてのふがいなさをあざ笑った。

「この一年の幸せがそれほど大きな罪だと申されるなら、わたくしを成敗なされればいいではありませんか」

あざけるように口走った。

重門は逆上して刀を抜き放ち、苦悩の地獄に落ちることになった。

「これまでそれがしも、戦場《いくさば》で何人もの敵を討ち取りました。しかし、お菊はちがう。何の抵抗も出来ぬ女子《おなご》を、この手で斬ったのでございます」

重門は悄然《しょうぜん》と両手を見つめた。

「いつのことじゃ」

「五日前です。それ以来、自分でも何をどうしたものやら」

物も食べられないほどに苦しみ抜いた揚句《あげく》、気がついたら如水の屋敷の門の前に立っていた。

「そなたを招いたのはわしではない。神が招いたのじゃ」

「神……」

「左様。しばらく待っておるがよい」

如水は濃茶を入れた黒の茶碗を差し出して席を立った。

如水がキリシタンであることは重門も知っている。神に命を捧《ささ》げる覚悟を定めているからこそ、水が流れるように淡々とした生き方が出来るのだということも、朝鮮で共に戦ううちに分っていた。

――梁山《ヤンサン》城でのことだ。

慶長三年の年明け早々、重門らのこもる梁山城は明軍に包囲された。

それより十日ほど前に、浅野幸長、加藤清正ら二千余人がこもる蔚山城《ウルサン》が、明の軍勢三万に包囲され、猛烈な攻撃にさらされた。

梁山城にいた黒田長政は、これを救援するために主力を率いて蔚山城へ向かった。明軍八千は、その隙をついて攻め寄せてきたのである。

城兵は千五百人ばかりで、如水が防戦の指揮を執った。

梁山城は釜山《プサン》から五里ほど北にある小高い山城である。内陸部への進攻の拠点とするために半年前から築城を開始したばかりで、塀や櫓《やぐら》の構えも充分ではなかった。

曲輪《くるわ》の周囲には多聞《たもん》櫓を築く予定だったが、柱を立て屋根をふいたばかりで、壁は塗られていない。城兵は弾《たま》よけの竹束を柱に縛りつけ、その後ろに身を伏せて敵の来襲にそなえた。

明軍の総攻撃は正月四日だった。息も凍るほどの厳寒のさ中である。

明軍は五倍の兵力にものを言わせ、曲輪の真下まで迫って大砲、鉄砲、矢を撃ちかけてくる。城兵は竹束の隙間を銃眼にして応戦する。

誰もが竹束の陰に身をすくめるようにしてへばりついている時に、如水だけが兜《かぶと》もつけずに悠然と櫓の上を歩き回り、兵たちの指揮を執った。

「まだまだ撃つでないぞ。敵の鉄砲は屁のようなものじゃ。音ばかりして弾は来ぬ。

相手の射程は我らの七分ばかりしかないのじゃ。おそれることはないぞ」

不自由な足を引きずり、体を左右に揺らして歩きながら、歌でも唄《うた》うように語りかける。弾は時折如水の前後をうなりをあげて飛んでゆくが、気にもかけていない。

「如水どの、危のうござる」

重門は見かねて竹束の陰にひそむように勧めた。

「おう吉助か。懸念には及ばぬ」

手をひらひらと振って取り合おうともしない。

「わしがこうしておれば、兵たちも元気づく。はやり立って無駄弾を撃つこともない。足が不自由なわしに出来ることは、これくらいじゃからな」

「しかし、万一のことが」

「何事も天命よ。神がわしを生かそうとしておられるのなら弾は当たらぬ。当たったなら、わしなど要《い》らぬということじゃ」

重門はその意味がよく分らないまま立ち上がった。如水が危険に身をさらしているのに、自分だけが安全な場所にいることは出来ない。せめて弾よけになろうと櫓の外側を歩いた。

鋭い金属音とともに頭に衝撃が走った。兜に弾が当たったのだ。一瞬亀ちぢみに首をすくめたが、弾の威力は意外に弱い。

如水が言った通り、明軍の鉄砲の性能は日本軍に数段劣るのである。

「気持は有難いが、そこに立たれては敵の様子が見えぬ」

如水がうるさげに手を払った。敵は櫓の下一町（約一一〇メートル）ばかりに迫っていた。

「よし、今だ」

軍扇をふり下ろすと同時に、数百挺《ちょう》の鉄砲が火を噴いた。明軍の前列がばたばたと倒れていく。あわてて竹束の楯《たて》を連ね、守りを固めながら陣形を築こうとする。

「太兵衛《たへえ》、さそい出せ」

曲輪の中に控えていた家臣に命じると、三百騎ばかりが城門を開いて突撃していった。

竹束の楯を蹴散らして敵の中に割り入り、五、六合斬り結んでさっと引く。敗走すると見た敵は、勢い込んで追撃してくる。

「よしよし。敵の馬を射よ。馬なら的が大きいぞ。凍えた手でも撃ち損じることはない」

再び鉄砲が火を噴き、敵の馬はもんどりうって倒れた。明の騎兵は馬からふり落とされ、ほうほうの体《てい》で逃げ去っていく。

この機を逃さず、五百の兵が槍先《やりさき》を連ねて追撃した。三間の長槍を連ねての捨て身の突撃に敵は総崩れとなり、一千ちかい屍《しかばね》を残して退却していった。

重門はこの時以来、如水に心服したと言っていい。如水の軍略や戦術の冴《さ》えではなく、危険に身をさらしながら落ち着き払っている胆力に驚嘆したのである。

その胆力を支えているのは神への信頼だと聞き、如水が梁山城にいた間足しげく通って、キリシタンの神とはいかなるものか教えを乞うたのだった。


四半刻（約三十分）ほどして如水がもどった。

何と黒い詰襟の神父の装束で、首には銀の十字架をかけていた。

如水は小柄で肩幅の広いがっちりとした体付きをしている。曲げることの出来ない不自由な足を前に投げ出してあぐらをかくと、四角い箱のように見えた。

「どうじゃ、少しは落ち着いたか」

そう言われて、重門は胸の中に吹き荒れていた嵐が鎮まっていることに気付いた。

「心の苦しみというものは、誰かに話すことでずいぶんと楽になるものじゃ。だが、楽になったからというて、罪業から逃れたわけではない」

「どうすればよいのでしょうか」

「そなたはこの五日の間、何ゆえかほどに苦しんだか分るか」

如水が丸いくるくるとした目で重門を見すえた。

「怒りと嫉妬に狂うて、お菊を斬ったからでございます」

「そうかな。もし神の教えを知る前なら、これほどまでに己れの罪を悔いたであろうか」

「それは……」

確かにその通りだった。武家の法から言えば、不義密通の妾を斬るのは罪ではない。以前の重門ならお菊の不義を責めるばかりで、良心の呵責《かしやく》に苦しむようなことはなかったはずである。

「神が招いたというのはそのことじゃ。そなたはすでに神の何たるかを会得しておる」

「…………」

「それゆえ神に救いを求めたのじゃ。考えてみるがよい。たとえこの苦しみから解き放たれたとしても、今までと同じようには暮らしてはいけまい」

無理だった。我が身の醜悪さに慄然とし、一時は死のうとさえ思い詰めたのだ。

今までと同じ価値を信じて生きてゆくことは、もはや出来なかった。

「そうであろう」

如水は正確に重門の心を見抜き、自分にもまったく同じ経験があると語った。

天正六年（一五七八年）、三十三歳のときだ。秀吉の播磨《はりま》攻略戦に従っていた如水は、三木《みき》城にこもる別所長治《べつしよながはる》を攻めていた。ところが別所軍の抵抗は激しく、西からは三木城救援のために毛利の大軍が迫っていた。

そんな時、有岡《ありおか》城の荒木村重《あらきむらしげ》が毛利方に寝返ったのだ。如水は村重に翻意をうながすために単身有岡城を訪ねたが、かえって土牢《つちろう》に閉じこめられた。

湿気が多く陽もささぬ土牢で、如水は一年もの間過ごした。そのために瘡病《そうびょう》が悪化して瘡《かさ》頭となり、右膝は曲がったまま動かなくなった。

荒木村重は如水の才を惜しみ、身方になるなら五千石を与えようと誘ったが、如水は頑として拒みつづけ、有岡城落城のときにからくも家臣に救出されたのだった。

「あの牢屋の中で、わしは人の世とは何であろうかとつくづく考えた。たとえ十万石、百万石の大名になろうとも、あるいは天下人となろうとも、人はいずれ死ぬ。この五尺（約一五一・五センチメートル）の体こそが牢屋なのじゃ。そう気付くと、それまでの自分が出世欲に狂って敵を殺してきただけの亡者《もうじゃ》に思えてな。牢屋の水たまりに映った顔をしげしげと見つめたものじゃ。さきほどのそなたは、水たまりの中のわしと同じ顔をしておった」

「キリシタンの教えを学ばれたのは、それからですか」

「学んだのではない。神がわしを招いたのだ」

土牢の中にいると、時折、神の声が聞こえた。神を信じ、教えを広めると誓うなら、かならず生きてここから出してやろう。どこからともなくそう語りかけてきたという。

「助け出された後、わしはキリシタンの先達《せんだつ》である高山右近《たかやまうこん》どのを訪ねてこの話をした。右近どのはそれこそ神の示された奇蹟《きせき》であると申され、その場に神父を呼んで洗礼をさずけて下されたのだ」

洗礼とはキリスト教に入信するしるしに、額に三度聖水をかけることである。

「そなたもすでに神に招かれたのじゃ。この先は洗礼を受け、神の使徒となって生きてはみぬか」

「それがしにも、出来るのでしょうか」

「やってみなければ分るまい。信仰は己れとの闘いなのだからな」

「お願いいたします」

重門はそう答えていた。如水への信頼が、新しい道へ踏み出す決断をさせたのである。

如水が声をかけると、勝手口から銀の水盤を持った若侍が現われた。十六、七の美しい顔立ちをした若者である。名を杉森新左衛門《すぎもりしんざえもん》といった。

「わしは神父ではないが、この際致し方あるまい」

如水が床の間の板壁を下にずらした。横一尺、縦一尺半ばかりの明り窓が現われた。

ただの窓ではない。何色かの美しい色ガラスがはめ込まれている。ガラスが外からの光に照らされ、十字架にかけられた男の像がおごそかに浮き上がった。

「神の御子《みこ》、イエス・キリストのお姿じゃ」

如水が胸の前で十字を切った。

「願わくは父と子と聖霊に栄えあらんことを。はじめにありし如《ごと》く、世々にいたるまで。アーメン」

祈りを終え、水盤を持って重門の前に立ち、額に三度水をたらした。十字架をはずし、重門の首にかける。

「これでそなたも我らの同朋《はらから》じゃ。わしに続いて神に祈りを捧げるがよい。天におられる我らの父よ」

「天におられる我らの父よ」

重門は如水の後について祈りの言葉を口にした。

「御名《みな》が崇《あが》められますように。御国《みくに》が来ますように。御心《みこころ》が行われますように。天におけるように地上にも、我らに必要な糧《かて》を与えて下さい。我らの罪を赦《ゆる》して下さい。我らも罪ある者をすべて赦します。我らを誘惑にあわせず、悪者から救って下さい」

祈りを終えた瞬間、重門は何か強い力が体を突き抜けてゆくのを感じた。重い衝撃に頭の中が真っ白になり、全身が粟立《あわだ》っている。

その日から重門はロジオンという洗礼名を持ち、神の試練を生きる身となったのだった――。

三

生玉口《いくたまぐち》大門から、着到を告げる武将の声が聞こえてきた。

本多正純が拝領した屋敷は関ヶ原の合戦までは増田長盛が住んでいたもので、生玉口大門のすぐ側《そば》にある。

近江の水口城攻撃からもどった大名たちが、西の丸御殿の徳川家康に伺候するために上げる名乗りが、さきほどからひっきりなしに聞こえていた。

家康も心得たもので、一人一人と対面して酒を振舞い、丁重にねぎらいの言葉をかけている。

正純は誰が来たのか気になって、ふっと名乗りの声に耳を傾けた。

「本多どの、まことに恐縮ですが」

竹中重門が遠慮がちに申し出た。

「膝をくつろげても構いませぬか」

「どうぞ」

正純は長々と待たせた手前そう答えたが、自分は正座の姿勢を崩そうとはしなかった。

「いささか足がしびれました。武士たる者、危急に際して足のしびれなどで遅れをとってはならぬと、常々父に教えられたものですから」

重門は立ち上がって膝を伸ばした。やせてはいるが、六尺ちかい長身である。

重門は両手を突き上げて思いきり背伸びをすると、だらしなくあぐらをかいた。しかも足の指の股を、しきりにさすっている。

正純も腰のあたりに疲れを感じていたが、こうした傍若無人な態度をとられると、彼我《ひが》の立場を明らかにするためにも膝を崩すわけにはいかなくなった。

「こたびの黒田どのの一件については、我らもほとほと困惑いたしておる。さまざまの巷説《こうせつ》も飛び交っておるようじゃが、丹後守どのはどう思われる」

「巷説と申されますと」

「先の戦の折、黒田どのに謀叛《むほん》の企てがあったという噂《うわさ》でござるよ」

「らちもない。黒田どのともあろうお方が、石田方に与《くみ》されるはずがありますまい」

なかなかに用心深い。正純は腹の中で舌打ちをした。

如水が東西両軍を戦わせて漁夫の利をねらう戦略を立てていたことは、今のところ家康周辺の数人しか知らない。

謀叛と聞いて重門がその計略について一言でも口にしたなら、如水に一味していたという何よりの証拠になる。

それを狙って誘いをかけたのだが、重門はいち早く罠《わな》に気付いて石田方に与するなどと言ってのけたのだ。

「内府さまもそう信じておられるが、証拠の密書まで添えて訴えがあったゆえ、こうして丹後守どのにもご足労いただき、正邪を糺《ただ》そうとしておるのでござる」

正純は黒田長政に見せたのと同じ、「SIMON JOSUI」というキリシタンの印章を押した密書を示した。

重門はまったく表情を変えずに、じっと見入った。

「どうじゃ」

「いや、これは思いも寄らぬことでござる」

「丹後守どのは、甲斐守どのとも親しいと聞いたが」

「幼少の頃、長政どのは織田《おだ》家の人質として近江の長浜《ながはま》城におられました。ところが故あって我が父が長政どのをかくまうことになり、当家に移ってまいられた。その頃からの知り合いでございます」

天正六年十一月、荒木村重が信長に叛旗《はんき》をひるがえした時、黒田如水は有岡城に村重を説得に行き、かえって幽閉の身となった。

秀吉方ではこれを知らず、如水が村重と通じたと見た。激怒した信長は如水が人質として差し出していた嫡男松寿丸《しょうじゅまる》（長政）を斬れと命じたが、如水の無罪を信じる竹中半兵衛は、ひそかに美濃の岩手にかくまったのである。

幽閉一年にして救出された時、如水は半兵衛の義心を知って号泣した。

信長も松寿丸の無事を知って狂喜したというが、すでに半兵衛はこの世にいなかった。生来病弱だった彼は、如水が救出される四ヶ月前に、三十六年の生涯を終えていたのである。

長政と重門が岩手で兄弟のように遊んだのは、ちょうど如水が幽閉されていた一年の間である。長政は十一歳、重門は六歳だった。

「それほどの間柄であれば、こたびの企てについても何か相談にあずかったのではござらぬか」

「ありませぬ」

「では、何ゆえ関ヶ原の戦の直前に西軍を裏切り、甲斐守どののもとに走られた」

「その理由については、投降を許された折に内府さまに申し上げ、了解をいただいております」

「その時とは事情が変わったゆえ、こうしてたずねておる」

「それがしの事情は何も変わっておりませぬ」

重門はまったく表情を変えず、判で押したようなことを言う。おだやかで愛敬のある顔なので、少しも刺《とげ》の立った印象を与えない。

「ならば三成どののことを伺おうか」

正純は次第に苛立《いらだ》ってきた。郡山から馬を飛ばしてきたせいか、腰と膝がいつになく痛み出している。

「そなたは三成どのが佐和山城に蟄居《ちっきょ》してから関ヶ原の合戦が起こるまでに、三度も城を訪ねておる。半年の間に三度も訪ねたのは、いかなる理由があってのことじゃ」

「治部どのには太閤殿下にお仕えしていた頃から何かと引き立てていただきましたゆえ、隠棲《いんせい》の無聊《ぶりょう》をなぐさめようと思ったまででございます」

重門は前と同じ答えをくり返しながら、やはり三成の家中には家康の密偵がいて、来客の顔ぶれを逐一報告していたのだと思った。

前々から察していたことだが、こうして三度という正確な数字を突き付けられると、改めて家康が張りめぐらした密偵網の凄《すご》さに驚嘆せずにはいられなかった――。

佐和山城の大手門を入ると、前方に三鈷《さんこ》のように三つに分かれた峰がそびえていた。

内懐を深くして敵を呼び込む天然の要害である。尾根には曲輪をもうけ、堅固な石垣の上に城が築かれている。

中央が二の丸で、右が三の丸、左が出丸である。本丸は三つの尾根がひとつに交わる山頂部にあり、五層の天守閣がそびえていた。

多聞櫓で囲まれた大手口には、城主の居館と武家屋敷が建ち並んでいる。通常城主はここにいて領国経営と家中の統率に当たるのだが、石田三成は分権派七将によって大坂を追われて以来本丸に引きこもっていた。

伏見から領国に帰る途中佐和山城に立ち寄った竹中重門は、城番の家臣に案内されて本丸に向かった。

閏《うるう》三月中頃のことである。

山の斜面には若草が芽吹いている。鮮やかな緑の山にそびえる真っ白な花崗岩《かこうがん》の石垣は、たとえようもなく美しい。織田信長が畿内《きない》進出の足がかりとするために築いた城で、縄張りの規模では安土《あづち》城に勝るとも劣らない。

天正十八年（一五九〇年）に三成は十九万四千石を与えられてこの城に入ったが、一国の大名の城としては構えが大きすぎた。

三成に過ぎたるものが二つあり

島《しま》の左近《さこん》と、佐和山の城
そう謡《うた》われた所以《ゆえん》である。

本丸の御殿に三成はいた。昨年八月の秀吉の死後に頭を丸めて以来、強情に坊主頭を通しているので、小柄な体がよけいに小さく見える。

三成は縁側の陽だまりに座り、身を乗り出して庭を見ていた。側には過ぎたるものと言われた島左近が控えている。

取り継ぎの武士が重門の来訪を告げると、

「おお、丹後か」

ちらりと顔を向けただけで、すぐに視線をもどした。

庭では闘鶏《とうけい》が行われていた。

蓆《むしろ》を立てて作った直径一間ばかりの丸い土俵の中で、二羽の軍鶏《しゃも》が激しく闘っていた。

首を真《ま》っ直《す》ぐに立てた軍鶏が、体の大きさとは不つり合いな短い羽を羽ばたいて跳躍し、相手の頭に蹴りかかる。鋭いくちばしで突きかかり、敵がひるんだ隙に頭をなぎ払うような蹴りを出す。

先に鳴き声をあげるか、土俵の外に逃げるか、地面に倒れた方が負けである。二羽とも恐ろしいほどに鋭い目で敵を見据え、容赦のない攻撃をくり返す。

重門は三成の横に座って勝負をながめた。

一羽は黒地に茶、もう一方は黒地に白と青のまざった美しい羽根をしている。茶の方がかなり体が大きいが、白青の方が動きが速く跳躍力が強い。

二羽はほとんど同時に飛び上がり、空中で蹴り合い、地上に降り立って突つき合う。長い首をからめて押し合い、隙を見ては蹴りかかる。

両者声もない。激しい動きに息を切らし、ぜいぜいと息をつぐ音をたてながら、ひたすら相手を倒そうとする。それは戦場での武士の姿そのものだった。

最初は茶の方が圧倒的に有利だった。

体の大きさにものを言わせて相手を押し込み、押し込んだ勢いをつけて重い蹴りを放つ。白青は下がりながら飛ぼうとするが、茶より低くしか飛べず、体勢を崩しているために蹴りも空《くう》を切るばかりである。

白青のとさかは見る間に血に染った。蹴破られたのである。茶はそこを狙ってくちばしで突きかかり、執拗《しつよう》に蹴りをくり出す。

白青は平衡感覚を失って首を傾け、大きく横によろけた。

「どうやら勝負あったようでござるな」

島左近が低い声でつぶやいた。

「まだじゃ。まだ負けてはおらぬ」

三成はむきになっている。左近は茶に、三成は白青に賭けているらしい。

確かに白青は危うい瀬戸際で踏ん張っていた。体はぼろぼろになりながらも闘志を失ってはいない。切れ上がった鋭い目で相手をにらみ付け、蓆ぎわまで下がって跳躍力の強さで対抗しようとする。

二羽は同時に飛び上がり、空中で一瞬静止して蹴りを出す。息を切らしながら、果てしなく蹴りまくる。

四半刻ほど過ぎると、次第に形勢が逆転してきた。茶が疲れてきたのだ。体の大きさ体重の重さが、跳躍に不利をもたらし始めたのである。

白青はそれを見るや、敢然と土俵の中央に打って出た。高々と飛び上がり、茶の頭を両足ではさみ込むようにして猛烈に蹴る。

茶は対抗しようにも飛び上がる力を失っている。体を寄せ首をからめて逃れようとするが、白青の動きの速さについていけない。

白青の右からのひと蹴りが勝負を決めた。脳天をまともに打たれた茶は、かくんと膝を折り前のめりに胸から倒れた。

「でかしたぞ、青」

三成が膝を打って叫んだ。

重門を歓迎するためにもうけた酒席でも、三成は上機嫌だった。

「茶が家康で、青がわしというところじゃ」

四十歳になり、智謀《ちぼう》の冴えは天下に知れわたっているというのに、餓鬼のようにむきになる癖がある。己れの信じた道を真っ直ぐに進もうとする、壮気に満ちた男だった。

「軍鶏は卵からかえってほぼ一年で土俵に上がるようになる」

だから有望な鶏《とり》同士をかけ合わせて、強い鶏《とり》を生ませることが出来る。親のすぐれた資質が、子や孫、曾孫《ひまご》にどう受け継がれていくか、何世代にもわたって見られるのだ。

その中から、ある時突然天性の強さを持った軍鶏が生まれてくる。それを見定めることが、闘鶏の一番の醍醐味《だいごみ》なのだ。

「さっきの青は十年に一羽の逸材でな。今日の戦は、さしずめ信長どのの桶狭間《おけはざま》というところよ」

三成は夢中で軍鶏についての蘊蓄《うんちく》をかたむけた。佐和山に退去を余儀なくされて沈み込んでいるかと思いきや、意気軒昂たるものだ。

この日は政治向きの話はいっさいしなかったが、以後重門は自由に佐和山城に出入りすることを許された。

こうした状況下に城を訪ねて来ることが、何より雄弁に胸中を語っている。そう取るだけの度量を、三成は持っていたのである。


重門の居城である岩手城は、かつて美濃の国府がおかれた垂井宿《たるいじゆく》の北西にあった。伏見まで出るには中山道《なかせんどう》を通るが、佐和山城の大手門は中山道の鳥居本宿《とりいもと》から半里ほど上って西に折れた所にあるので、城に立ち寄ったとしても徳川方にも、そして三成にも、それほど怪しまれることはなかったのである。

三度目に城を訪ねたのは、八月中頃のことだった。

上杉景勝の重臣直江兼続《なおえかねつぐ》が、会津《あいづ》にもどる前にひそかに佐和山城を訪ねた。そんな知らせが黒田如水からあり、帰郷を装って真偽を確かめに行ったのである。

三成は本丸御殿にいた。

文机に向かって書状をしたためている。

琵琶湖《びわこ》からの風が吹き抜けるので、書院は思いがけないほど涼しかった。

「どうじゃ、上まで付き合うか」

三成は書状を書き終えると、先に立って天守閣に行った。

五層の天守閣は上になるほど階段が急になる。壮年の重門でも最上階についた時には息を乱していたが、三成はけろりとしている。

「治にいて乱を忘れずとは、何に説かれていたかな」

「易経《えききよう》です」

君子は安くして危うきを忘れず、存して亡を忘れず、治にいて乱を忘れず。これをもって身安くして国家を保つべきなり。

重門は即座に易経の一節をそらんじた。

「そうじゃ。それゆえこうして体を鍛えておる」

毎日三度、天守閣の階段を登り下りしているらしい。

「乱は近うございますか」

「近い。間近にある」

三成は眼下に広がる湖を見やった。

対岸には比叡《ひえい》の山並みが連なっている。湖は西南に行くに従って幅をちぢめ、大津《おおつ》までつづいている。

「琵琶湖は川じゃ。周辺の水を集め、瀬田《せた》の唐橋《からはし》を過ぎて宇治川へとそそいでおる。この流れの先には伏見があり大坂がある」

そこでは徳川家康が天下を狙って策謀をめぐらしている。それを叩《たた》きつぶさなければ、秀吉の志を継ぐことは出来ぬ。

三成は遠い彼方《かなた》に目を向けたままそう言った。

「されど上杉どの、宇喜多どの、毛利どのと、相ついで国元に帰られました。このままでは豊臣家は家康どのの意のままになりましょう」

「それで良い。月末には前田どのも加賀にもどられ、大老は家康だけということになる」

「それでは……」

四人の大老がそろって大坂を留守にするのは、三成の策だったのだ。

四人の留守中に万一大坂で何事か起これば、すべて大老である家康の責任になる。あるいは家康は権力を独占したこの機会に、天下を狙って露骨な行動に出るかもしれない。

それを理由に四大老を中心とした討伐軍を起こし、一気に家康を葬り去る計略である。

「あれを見よ」

三成がふり返って天守のふすま絵を指した。

ポルトガルの宣教師が伝えた世界地図が精巧に模写してある。ヨーロッパからアフリカの喜望峰《きぼうほう》を回り、インド、東南アジアを経て日本に到《いた》る海の道が、赤い線で太く描かれている。

海岸ぞいの土地に点々と赤い丸があるのは、ポルトガルやスペインが拠点としている要塞である。武力によって占領した土地を要塞化し、船の寄港地とすることによってヨーロッパから日本までの航路を確保したのだ。

飛石のようにつづくこの要塞を奪い取ったなら、日本人もヨーロッパまで行くことが出来るではないか。それが信長がひそかに抱き、秀吉へと受け継がれた夢だった。

三成はその方針を引き継ぎ、日本をスペインやポルトガルと対等に競うことの出来る国にしたいと夢見ていた。

先の朝鮮出兵が失敗したのは、事前の準備が不充分だったことと、陸上軍の力に頼りすぎて朝鮮や明を性急に征服しようとしたからである。

だから今度は強大な水軍を作り上げ、各地の港だけを占領して要塞化し、貿易によって徐々に相手国に浸透していく。そうして貿易の利を水軍力のさらなる強化に当てれば、西欧諸国にも充分に対抗できる。

三成が豊臣家を中心にした強力な中央集権国家を作り上げようとしているのは、この策を実行に移すためだった。

「世界の広さに比べれば、この国はいかにも小さい。その小さな島国で、我が所領、我が領民などと言ってみたところで何になる。家康はそこが分っておらぬ。加藤や福島のごときは論外じゃ」

この話になると三成は焼け火箸のごとく熱くなる。軍鶏の白青に似て、赫々《かくかく》たる闘志をむき出しにする。

「家康どのさえ除けば、事は決すると存じますが」

重門はそれとなく暗殺をほのめかした。今日の来訪のもうひとつの目的は、その同意を得ることだった。

「それはならぬ」

三成は言下に拒んだ。

潔癖さのせいではない。今家康を殺しても、徳川家をつぶす名分が立たない。また三成が豊臣家の奉行として復帰する道も閉ざされかねない。

将来の大名対策のためにも、豊臣家の総大将として家康と雌雄を決する構図を作り上げなければならなかった——。

# 四

塀の向こうを、鎧《よろい》武者の一団が通り過ぎる気配がした。

声高に雑談を交わし、金具の音をたてながら歩いている。砂利を踏みしだく音も誇らしげだ。

水口城攻めの将兵たちが、家康への目通りを済ませて引き揚げるところである。三河《みかわ》なまりがあるところをみると、池田輝政《いけだてるまさ》の家中の者のようだ。

本多正純はわずかに腰を浮かし、足の親指を重ね合わせた。こうすると正座の姿勢がいくらか楽になるのだが、今日はまったく効果がなかった。

郡山城までの早馬での往復が、やはりひどくこたえている。足はしびれて感覚を失い、尾骶骨《びていこつ》のあたりに鈍痛がある。

胃の腑《ふ》を下からゆるく突き上げてくるような痛みが、ゆっくりとした間をおいてくり返し襲ってくる。

それでも正純は膝を崩そうとしなかった。徳川家の威光を背負う者は、あくまで端然としていなければならない。

「あの頃多くの大名は、内府さまの手前をはばかって佐和山城へは近付かなかった。それを丹後守どのだけ三度も訪ねておられるのは、無聊をなぐさめるためだけではあるまい」

「挙兵の企てでもめぐらしておったと申されるか」

重門はあぐらをかいたまま涼しい顔をしている。

「貴殿が西軍の主要な軍議に参画を許されたのは、三度の訪問によって三成どのの信頼を得ていたからでござろう」

「そう見られても致し方ないとは存ずるが」

「見られるのではない。事実その通りであったのじゃ」

正純は重門の飄々《ひょうひょう》とした対応にかっとなった。

「しかも三成どののためではない。三成どのに忠勤をはげむと見せて、黒田如水どののために働いておった。そなたは三成どのの動きを探るために送り込まれた間《かん》諜《ちょう》だったのだ」

「今のお言葉も、書記の方は記されておりますか」

重門が文机におおいかぶさるようにしている村岡左内を見やった。

「無論じゃ。それがどうした」

「いや、後ほど内府さまがこの記録をご覧になった時、どう思われるかと思ったまででござる」

「それがしは多くの者の証言と調書をもとに、確信あって申し述べておる。左様な心遣いは無用じゃ」

「なるほど、そうですか」

「昨年の九月七日に内府さまは伏見城から大坂に下られた。貴殿はその直前に大野治長の屋敷を訪ね、内府さまを暗殺する企てをもちかけた。しかも、三成どのの指示で動いている風を装い治長をそそのかしたのじゃ」

「…………」

「血気にはやった治長は、土方雄久どのを誘って内府さまが大坂城に登城なされた時に刺殺する計略を立てた。貴殿も行動を共にする約束をしていたらしいが、真の目的は別にあった。九月七日に備前島の石田邸で内府さまを襲ったのは、丹後守、そなたであろう」

「いやはや、共に水口城を攻めた諸将は内府さまの供応にあずかっておるというのに、それがし一人がこのような所でかような疑いをかけられようとは、思いも寄らぬことでございました」

「ならばこちらも人を呼んで、終わりの宴《うたげ》でも開くこととといたそうか。勘兵衛《かんべえ》どの、これへ」

正純は勝利の歓《よろこ》びに上ずった声をあげた。

ふすまが開いて八の字ひげを黒々と生やした五十がらみの武士が現われた。

土方勘兵衛雄久だった――。


――重門は夢を見ていた。

「ええ、通じました。通じましたとも。月に二度は理由を作って、逢瀬《おうせ》を楽しんでおりました」

お菊は横を向いて座ったまま、切口上に罪を認めた。

「けれども、それがどうしたというのです。殿方は多くの女子と枕を交わしておられる。何ゆえ女子だけが、ただ一人の男に縛られて生きねばならぬのですか」

「そなたがこうして安穏《あんのん》にしておられるのは誰のおかげだ。私はこの二年朝鮮に渡り、指も凍り落ちるほどの寒さの中で異国の敵と戦ってきたのだぞ」

重門は両足を踏ん張って立ち、菊におおいかぶさるようにして迫った。

「だったらわたくしを追い出せばいいではありませんか」

「なにっ」

「あなたなどに頼らずとも、わたくしは生きていけます。その方がかえってせいせいするくらいです」

「あの医師の所へ行くつもりだな」

「だったらどうだというのです。あなたは一度でもあの人ほどわたくしを慈しんでくれたことがありますか」

「おのれ、売女《ばいた》めが」

「ええ売女ですとも。この一年の幸せがそれほど大きな罪だと申されるのなら、わたくしを成敗すればいいではありませんか」

お菊は長い髪をゆらしてふり向き、瓜実型《うりざねがた》の細い顔にあざけりの笑みを浮かべた。斬る度胸があるなら斬ってみろ。そう言わんばかりである。

重門は怒りに我を忘れて太刀《たち》を真横にふるった。うなじからのどにかけて刃《やいば》が走り、おびただしい血が噴き出した。

お菊の首は皮一枚で胴とつながり、胸の前にぶら下がっていた。ぶら下がって左右に揺れながら、声をかみ殺して笑いつづけている。

重門ははっと目を覚ました。首筋に冷たい汗をかいている。縁側で横になっているうちに、ついまどろんでいたのだった。

重門は体を起こし、袴の裾をつかんで両手をもみしだいた。掌《てのひら》にもびっしょりと汗をかいている。腕には菊を斬った感触が生々しく残っていた。

殺すくらいなら、通じた男のところへ行かせてやれば良かった。

そんな後悔が胸をえぐる。

だが、菊があざけりの笑みを浮かべた瞬間、重門の中で何かが爆発した。それまで意識さえしていなかった狂暴な獣《けだもの》が、思慮と分別の鎖を断ち切って刀をふるわせたのだ。

「天におられる我らの父よ」

重門は胸にかけた銀の十字架を両手に持って神に祈った。

「御名が崇められますように。御国が来ますように。御心が行われますように。天における ように地上にも、我らに必要な糧を与えて下さい。

我らの罪を赦して下さい。

我らも罪ある者をすべて赦します」

祈りを口にするたびに、清冽《せいれつ》な気が呼びさまされ、生きる勇気がわき上がってきた。

「殿」

小姓が来客を告げた。

客は杉森新左衛門だった。髷《まげ》を町人風に短く結い、書籍の行商人に姿を変えている。重門が洗礼を受けた時に水盤を運んで来た、如水直属の使徒衆だった。

「すぐに伏見にお戻りいただきたいとのおおせでございます」

「何事じゃ」

「内府さまが、大坂城に登城なされます」

「家康どのが、何ゆえ」

「秀頼公に重陽の祝いを申し述べるためとか」

「そうか。いよいよ動かれたか」

家康の失策を誘うために、三成は四大老と図って大坂を政治的空白地帯にする策を取った。四大老がいっせいに国元に引き揚げ、家康の手に政治の権をゆだねたのである。

家康も危険は充分に感じ取っていたらしい。だがたとえ罠だとしても、豊臣家を意のままにする絶好の機会を、みすみす見逃すことは出来ない。

さまざまに思い巡らした末に、ひとまず九月九日の重陽の節句に登城して、さぐりを入れてみることにしたのである。

「如水どのは、どうなされるおつもりじゃ」

「そのことについて、ご相談したいと」

「分った。明日には伏見にもどる」

重門はそう答えた。重陽の節句までは、あと七日しかなかった。

大野修理亮《しゆりのすけ》治長の屋敷は、大坂城二の丸の京橋口大門の側にあった。

治長は馬廻《うままわ》り衆として秀吉に仕え、一万石の禄《ろく》を食《は》んでいたが、秀吉の死後は秀頼の御詰衆《おつめしゆう》筆頭となっていた。

治長と淀《よど》殿は乳兄弟に当たる。秀吉の死後大坂城中において淀殿が発言力を強めるにつれて、治長の地位も上がっていた。

竹中重門が治長の屋敷を訪ねたのは、九月四日のことだった。

表門で取り継ぎを願う間にも、御詰衆の若侍たちがひんぱんに出入りする。家康の登城を目前にひかえ、城内は緊迫した空気に包まれていた。

遠侍《とおさぶらい》で待たされている若侍を尻目に、重門は真っ直ぐに治長の居室に向かった。重門が石田三成の信任を得ていることは知れ渡っているので、治長も粗略にはしなかったのである。

治長は脇息《きょうそく》によりかかっていた。六尺ちかい上背があり、体格もがっしりとしている。重門より三つ年上だが、丸くきりりとした童《わらわ》のような顔立ちなのでずっと若く見えた。

「いささか疲れた」

治長が足を投げ出した。重門とは十年以上前からの知己である。

「客の切れ間がなさそうですね」

「内府どのを登城させては豊家の一大事と、異口同音に申し立てるばかりでな。あれで忠義のつもりでおる」

「家康どのに何かの計略があると案じているのでございましょう」

「治部どのは、どう考えておられる」

「重陽の祝いに登城されたくらいで、目くじらを立てることもあるまいと」

「そうかな。あの古狸《ふるだぬき》のことゆえ、何かの理由をつけてこの城に居座るつもりかもしれぬ」

「家康どのは伏見城に詰めるようにと、太閤殿下が固く命じておられます」

「ふん」

治長が鼻で笑った。そんなものを守るつもりがないことは、最近の家康の動きを見れば明らかだった。

「それで、急用とは何じゃ。まさか目くじらを立てるなと伝えに来たわけではあるまい」

「お耳を」

重門は治長ににじり寄ると、家康暗殺の計画を持ちかけた。九日に家康が登城した時、物陰にひそんで刺殺しようというのである。

「それは……」

家康嫌いの治長でさえ、一瞬ぎょっとして重門から体を遠ざけた。

「それは、治部どののお考えか」

「それがしの一存にございます」

「このような大事を、そなただけで決められるはずがあるまい」

「いいえ、それがし一人の考えでございます」

重門は落ち着き払って言い切った。

治長は四大老を引き揚げて家康の失策を待つという三成の計略を知らない。重門が強く否定すればするほど、三成の名を表に出さないための配慮だと受け取るはずだ。

「なるほど。そなたの一存のようだ」

治長が心得顔をする。重門の手にまんまと乗ったのである。

「それで、身方は」

「家康どのは兵を率いて参られるわけではありませぬ。老人一人を葬るくらい、さして人数もいりますまい」

「私とそなただけか」

「成功したとしても、豊家の大老を刺殺したとあらば生きてはおれませぬ。身方は少ないに限ると存じます」

「そうか。死はまぬがれぬか」

治長の丸い頬がうっすらと上気した。豊家のために家康と刺し違えるという想像に、血がかっと燃え立っているのだ。

「されどその名は、始皇帝《しこうてい》を狙った荆軻《けいか》のように後々まで語り継がれることとなりましょう」

重門は治長の心の動きを冷静に読んでいる。こうした才は、調略の天才と言われた父ゆずりのものだ。

「分った。死のう」

長い沈黙の後で、治長が断を下した。

「だが、二人だけではいささか心許《こころもと》ない。御詰衆の中に腕もたち信用もおける者がおるゆえ、その者を一味に加えよう」

「若侍でござるか」

「いいや。数多《あまた》の合戦に手柄を立てた土方勘兵衛雄久という古強兵《ふるつわもの》じゃ」


慶長四年（一五九九年）九月七日、わずかの供廻《ともまわ》りを連れた徳川家康は、伏見城を出て備前島の石田三成邸に入った。

備前島は大和川と大川が合流するあたりに出来た縦長の中洲《なかす》で、大坂城とは京橋で結ばれていた。

家康が石田邸を宿所としたという報が伝わると、大坂城中に衝撃が走った。

備前島の屋敷には、石田家の重臣しか知らない武者隠しや抜け穴がいくつもある。三成がこの機会に家康を殺そうと思えば、これほどた易《やす》いことはないからだ。

家康とてそんなことは百も承知である。なのにあえて三成邸に入ったのは何ゆえか？

備前島が伏見からの軍勢を呼び寄せるのに都合がいいからだとか、三成との仲が修復したことを天下に示すためだという臆測が飛んだが、真意は謎のままだ。それだけに大坂城中の者たちはいっそう疑心暗鬼にかられたのだった。

あるいはそうした反応こそ、家康の狙いだったかもしれない。

三成邸で何ごとか起こったなら、誰もが三成の仕業だと思う。家康もそう主張することが出来る。とすれば、三成はかえって手出しが出来なくなる。

家康はそう考えたのではないだろうか。あるいは三成の屋敷にあえて飛び込むことで、三成側の暴発を誘ったのかもしれない。

いずれにせよ水面下で虚々実々の駆け引き、凄《すさ》まじいばかりの化け化け騙《だま》し合いが行われたことだけは確かである。

そこに平然と命を張るところが、戦国の修羅場を生き抜いてきた家康の面目躍如たるところだが、さすがの家康も黒田如水の野望には気が付いていない。如水の動きはそれほど慎重で、迅速だった。

家康が三成邸に入った申《さる》の刻（午後四時）、竹中重門は三成邸の地下の抜け穴にいた。

寝込みを襲われた時にそなえて、三成の寝所には二つの抜け穴があった。ひとつは寝所の床下から大和川に、もうひとつは庭先から隣の宇喜多秀家の屋敷につづくものだ。

重門は杉森新左衛門ら五人の使徒衆とともに、宇喜多邸からの抜け穴を通り、夜を待って息をひそめていた。

ここで家康を殺せば、誰もが三成の仕業と見る。伏見城に残った家康の家臣たちは、報復のために佐和山城に攻めかかるだろう。

そうなれば私戦を禁じた秀吉の法度《はっと》にそむいた罪で、両家をいっきょに叩き潰すことが出来る。

如水からの計略を聞かされた時、重門は自ら望んでその実行を引き受けた。

名誉や出世のためではない。家康がこの国の覇者となったなら、キリシタンに対する弾圧を強化することは目に見えている。それを未然に防ぐために、あえて神の教えに背く道を選んだのだ。

大野治長に家康暗殺を持ちかけたのは、重門一人の才覚だった。

治長に暗殺の動きがあることが外に洩《も》れれば、家康は登城の日ばかりに警戒を集中するだろう。その分、他の日に隙が生まれやすい。また犯人の探索が始まった時にも、この噂が如水を守る隠《かく》れ蓑《みの》になるはずだ。

「主《しゅ》よ、我らの罪をお赦し下さい」

重門は抜け穴の壁によりかかったまま、胸の中で祈りをとなえた。首には如水からもらった銀の十字架をかけていた。

五人の使徒衆は、膝の間に高さ三尺ばかりの十字架状のものを立てて時を待っている。火縄銃の銃身の先に一尺半ばかりの薄板の鋼《はがね》を交差させた鉄弓だ。鋼に特製の弓弦《ゆづる》を張って弓にする。

西洋の射台付き弓《ボウガン》を真似《まね》て作ったもので、鋼の弓は短いながらも強烈な殺傷力を発揮する。分解して持ち運ぶことが出来、鉄砲のように音もしない。暗殺には最適の武器だった。

暗くなるのを待って、重門は抜け穴の出口をふさいでいる半畳ほどのふたを持ち上げ、あたりの様子をうかがった。

大きな岩で作った築山《つきやま》の間から、三成の寝所が見えた。家康はかならずここに泊るはずだ。暗殺の機会は、長い廻り縁を歩いて寝所に入る一瞬しかない。

重門は背後に合図を送った。五人の使徒衆が鉄弓に弓弦を張り、矢をつがえた。

矢はそれぞれ三本ずつ持ち、矢尻には猛毒がぬってある。

屋敷の方々にかがり火が焚《た》かれ、要所に警固の武士が立っていたが、寝所の前の庭だけはひっそりと静まりかえっていた。

重門は抜け穴から庭に転がり出た。黒装束に身を包んだ使徒衆が後につづき、築山や植え込みの陰に腹ばいになって鉄弓を構えた。

やがて廻り縁を明りが近づいてきた。前後の二人が手燭を持ち、その間を六人の武士が歩く。

三人ずつ二列に並んでいる。内側の列の二番目が家康であることは、夜目にも鮮やかな装束と小柄で太った体形から分る。

重門は鉄弓の暴発止めをはずし、引き金に指をかけて待ち構えた。

寝所まではわずか十五間ばかりの距離しかない。五人の大柄な近習が楯となっているので、このままでは家康を倒すことは不可能である。

だが、重門もこうした事態を予想して対策を立てていた。

手燭の明りはゆっくりと寝所に向かって進む。家康はよほど上機嫌らしく、声高に戯言《ざれごと》を言った。近習たちが控え目に笑い、二つ三つ言葉を返す。

一行が寝所の前まで来た時、三人の使徒衆が家康の後方から矢を射かけた。

鉄弓から放たれた矢が音もなく飛び、手燭を持った中間《ちゅうげん》と二人の近習の背中をえぐる。

中間は手燭を取り落として倒れたが、二人は踏みとどまって家康を守ろうとした。後方から襲撃すれば、他の三人も後方に向かって戦闘の陣形を組む。その瞬間前方に隙が出来、家康を射殺することが出来る。

重門はそう読んで、使徒衆を二手に分け、前後から狙える位置に配していた。ところが三人の動きはちがった。戦闘の陣形を組むどころか、刀も抜かずに家康の周りにぴたりと体を寄せた。

狼《おおかみ》に襲われた羊の群れが本能的にひと固まりになるように、瞬時に背中を寄せて家康を守ったのである。

重門と五人の使徒衆は次々に矢を放った。かくなる上は一人ずつ射殺し、家康から引きはがすしかない。

だが三人は胸や腹に矢を受けてもびくともしない。互いにしっかりと腕を組み、命を捨てて家康を守ろうとする。

重門らは用意していた矢をすべて射つくしたが、ついに家康を倒すことは出来なかった――。

重門は土方勘兵衛雄久を見てもうろたえなかった。愛敬のあるおだやかな笑みを浮かべ、あぐらをかいたまま足の土踏まずをさすっている。

（こ奴《やつ》めが）

本多正純は胸倉をつかんでねじり上げたい衝動にかられた。

腰と膝の痛みはすでに限界に達している。腰から胃の腑に突き上げてくる鈍痛の間隔が短くなり、額には脂汗がにじまんばかりである。

それだけにだらしなく足を崩した重門に、訊問《じんもん》の本筋とは離れた憎しみを感じていた。

「九月九日の計略はそなたが持ちかけたものだと、大野治長から聞いた。土方どのはそう申されておる」

正純は正座の痛みなど露ほども見せずに話をつづけた。

「土方どの、左様相違ござるまい」

「ござらぬ」

雄久が肩をいからせて断言した。

「これは内府さまのお耳に入れなければなるまいと存ずるが、丹後守どの、どう思われるかな」

「それは本多どののご勝手でござろう」

「土方どのの証言を事実と認めるのだな」

「人の口に戸は立てられぬゆえ、いかなる讒言《ざんげん》をされようとも致し方ないと申しておるのです」

「讒言ではない。わしが直《じか》に治長どのから聞いたことじゃ」

「では証拠を見せていただきたい」

「そのようなものはない。わしのこの耳が証拠じゃ」

雄久が兇ずれしてだんごのようになった耳を引っ張った。

「ならばそれがしもこの口が証拠です。断じてそのようなことはございませぬ」

「おのれ、わしが虚言をろうしておると申すか」

「そうでなければ、治長どのが嘘《うそ》をつかれたのです。それがしが本当にそのような企てに加担していたのなら、家康どのの暗殺を企てた科《とが》によって貴殿と治長どのが取り調べられた時に、何ゆえそのように証言なさらなかったのでしょうか」

「そ、それはだな」

雄久はぐっと詰まった。

重門の名を出せば石田三成との共謀まで疑われ、流罪くらいの刑では済まなくなる。二人はそれをおそれて口を閉ざしたのだ。

「しかも、貴殿らは前田利長どのと浅野長政どのの意を受けて動いておられたとおおせられたではありませんか。それがしなどが持ちかけた話であるはずがございますまい」

「うっ、うう……」

雄久が顔を真っ赤にしてうなった。

「もうよい」

正純が見かねて間に入った。

実は前田と浅野が背後で糸を引いていたと自白したのは雄久である。前田家討伐の理由とするために、家康が言えとそそのかしたのだ。常陸《ひたち》流罪という軽い罰で済んだのは、そのためだった。

「聞くべきことは充分に聞いた。後日内府さまの御前で決着をつけてもらうことになるやもしれぬが、今日のところは双方ともお引取りいただいて結構じゃ」

「さて、水口城攻略の酒宴にでも加えていただくとしますか」

重門がちくりと皮肉を言って立ち上がった。

二人の足音が遠ざかるのを待って、正純は足を伸ばした。猛烈なしびれが来た。感覚を失った足先にどっと血が流れ込み、意識が薄れそうになった。

「いかがなされましたか」

書記役の左内がいぶかしげな顔をする。

「遠乗りがこたえたらしい。足腰がしびれてな。少しさすってくれぬか」

意地も張りもかなぐり捨てて横になった。

「しかし丹後守どののように温厚な方が、お疑いのような大それたことを本当に企てられたのでしょうか」

左内が腰をさすりながらたずねた。

「あれは仮面じゃ」

「は？」

「本心を隠すための仮面よ。丹後守は何者かのために仮面をつけてこの世を生きる肚《はら》らしい」

正純は鋭くそう察している。だが、その何者かが異国の神であることまでは見抜けなかった。

「ならば、殿も負けてはおられません」

「何ゆえじゃ」

「これほどの痛みがありながら、毛の先ほども外にはお見せになりませんでした」

「そうさな」

正純は苦笑した。確かに自分も仮面をつけている。それは家康という偉大な男の手足となるための仮面《もの》だった。

重門は本多家の家臣に見送られて門を出た。

さすがに疲れている。正純の推測はほぼ正確に真実を突いているので、わずかでも尻尾《しっぽ》をつかまれれば、すべてを明らかにされそうな気がする。それだけに緊張し、神経がすり切れていた。

「丹後守どの」

生玉口大門をくぐって三の丸に出た時、背後から声をかけられた。

水口城攻めでいっしょだった池田輝政である。ふるまい酒に酔ったのか、赤ら顔をしている。

「お姿が見えぬと思っておったが、鎧もつけずにどこに行っておられたのじゃ」

「本多どのが、城攻めの様子を聞かせて欲しいと申されるのでな」

「それは大儀なことでござった。虎の間にはもう参られたか」

「いいや。何かあったのでござるか」

虎の間は千畳敷御殿の脇にある遠侍で、一画には首実検の間があった。

「さきほど長束正家どのの首が届いたのじゃ。これから皆で検《あらた》めに行くところだが、ご一緒にいかがかな」

「ちと、先を急ぎますゆえ」

「左様か、では」

輝政はきびすを返して立ち去った。

重門は重い気持で先を急いだ。

九月七日の夜、長束正家と増田長盛は備前島の三成邸に呼びつけられ、家康に草の根分けても襲撃犯を捕えるように命じられた。

二人は家臣を総動員して探索をつづけ、大野治長と土方雄久にその企てがあったことを突き止めた。

だが、治長らは七日の夜の襲撃には加わっていない。真犯人を求めて苦悶《くもん》する二人に、家康はささやいたのだ。治長らを操っている者を突き止めたなら、襲撃を受けたことは不問に付すと。

豊家奉行の要職にあった正家と長盛が、前田利長と浅野長政が暗殺に加担していたという家康のでっち上げを黙認したのは、そうした弱味があったからだ。

その正家の首がさらされているという。増田長盛もすでに所領を没収され、高野山に追放されている。

だが、重門には二人に同情している余裕はなかった。これからの対応を誤れば、我が身に、そして師とあおぐ黒田如水や全国の同志に、同じ運命が落ちかかってくるのだ。

戦は、始まったばかりだった。

# 第三章　加賀征伐

## 一

大坂城西の丸の御座《ござ》の間に入ると、徳川家康と本多佐渡守《さどのかみ》正信が額を寄せ合っていた。気心の知れた幼なじみが、嬉々《きき》として悪だくみに興じているような雰囲気である。

「お呼びでございましょうか」

本多正純は入口に平伏した。

「そのような所で畏《かしこま》らずとも良い。側《そば》に寄らねば、話が聞こえぬ」

家康は上機嫌だった。

九月十五日の関ヶ原での戦《いくさ》に大勝し、二十二日には西軍の総大将だった毛利輝元を大坂城から退却させ、二十七日には豊臣家の大老という名目で大坂城西の丸に入ったのである。乾坤一擲《けんこんいってき》の戦を勝ち抜いた自信と余裕が、色つやのいい丸い顔に現われていた。

正純は父正信をちらりと見やると、二間（約三・六メートル）ばかり膝を進めた。

「もそっと寄れ。もそっと」

「いえ、ここで承ります」

家康はもはや天下人《てんかびと》に等しい。君臣の礼をふみはずすわけにはいかなかった。

「佐渡、そちの倅《せがれ》は何とも堅物《かたぶつ》じゃの」

「世間にもまれておりませぬゆえ、練《ね》れておらぬのでございます」

小僧をあしらうような正信の言い方に、正純は内心むっとした。幼い頃から家康の小姓として出仕していたために、父との間柄は遠く交わりは浅い。今になって父親面《づら》されるのは心外だった。

「いやいや、これからは正純のような者こそ当家の宝になろうて」

家康は正純の不快をさっしたのか、やんわりと肩を持った。

「諸大名の仕置について話していたところじゃ。こちらを立てればあちらが立たぬが、いつまでも恩賞を引きのばすわけにはいかぬからの」

「犬とて時分を見て餌をやらねば、飼い主の手を咬《か》みますからなあ」

正信が品のない戯言《ざれごと》に悦に入りながら、縦一尺半（約四五センチメートル）ばかりの巻き紙を正純に差し出した。

上段には全国の主な大名の名が連ねてあり、下段には関ヶ原以前の領国と石高が記されている。

朱筆で消されているのは西軍に属して取り潰しと決まった者、下段に書き込まれているのは加増や減封の分だった。

石田三成や小西行長、大谷刑部《おおたにぎょうぶ》（吉継《よしつぐ》）など西軍の主立った大名たちの処分は関ヶ原直後に決まっていたが、島津や毛利、上杉など、西軍に加担しながら未《いま》だに主力軍を温存している大名たちの扱いは決まっていない。それが決まらなければ、東軍大名への恩賞も確定することが出来ないのだ。

正純は長大な名簿の中から、毛利、島津、上杉の名を拾った。

毛利輝元は全領没収、かわって一族の吉川広家《きっかわひろいえ》に長門《ながと》、周防《すおう》を与える。島津家は全領没収、恭順の意を示した場合には、奥州《おうしゅう》に二十万石ばかりを与える。

上杉景勝は現在の所領百二十万石から六十万石に削る。ただし石田三成と共謀して事を企てた筆頭家老直江兼続《なおえかねつぐ》を切腹に処すること。

投げやりに書きなぐったように見える崩し字は、正信の筆《て》である。どうやら正信が案を立て、家康に示したものらしい。

「どうじゃ」

家康が正純に意見を求めた。

「毛利家の処罰は、いささか手厳しいのではございませぬか」

家康は毛利輝元が大坂城から退却したなら、今の領国をすべて安堵《あんど》すると約束している。また数日前には徳川秀忠を総大将として島津討伐軍を起こすと公言し、毛利輝元に先鋒《せんぽう》を命じたばかりである。

その舌の根も乾かぬうちに全領を没収しては、家康の信用にも関わるはずだった。

「毛利と島津を戦わせ、両軍疲れたところに処分を下せばよい。島津討伐は所領没収の布石じゃ」

正信が代って説明した。

家康は涼しい顔で脇息《きょうそく》にもたれかかっている。戦国大名にとって約束など無に等しい。相手に約束を守り通させるだけの力があってこそ、約束も意味を持つのだ。

「ところで九州の一件はどうじゃ。如水の企てを暴く証拠はつかめたか」

家康がたずねた。

「黒田長政どのと竹中重門どのが、手足となって働いておられたことは間違いないのですが、確たる証拠はございませぬ」

「甲斐守がのう。父子《おやこ》とはつくづく難しいものと見ゆるのう」

家康が正信と顔を見合わせた。

秀忠は関ヶ原の戦に遅参するという大失態を演じ、正純と正信の仲は冷えきっている。二人が同病相あわれむ視線を交わしたのはそのためだろうが、如水と長政の関係がそれに近いものかどうかは正純には分らなかった。

「実は黒田家中でもう一人、不穏の動きをした者がございます」

「名は」

「後藤又兵衛基次《もとつぐ》どの」

「虎退治の又兵衛か」

「細川越中守《えっちゅうのかみ》どのの夫人が大坂屋敷で自害なされた時、又兵衛どのはこれを助けんとして駆け付けておられます」

夫人とはキリシタンとして知られた細川ガラシアのことだ。黒田藩士である又兵衛がガラシアを助け出そうとしたことに不審を抱いた正純は、又兵衛と細川家のつながりを詳しく調べさせた。

すると慶長四年（一五九九年）十月に、丹後宮津《みやづ》の細川家を訪ねていることが明らかになったのである。

「ほう、加賀征伐の折にの」

家康は興味を引かれたのか、少し考え込む様子をした。

「そこで又兵衛どのを問い質《ただ》す前に、細川越中守どのに大よその事情を確かめたいのですが、差しさわりはございませんでしょうか」

「それは構わぬが、越中守は食わせ者じゃ。容易なことでは本心など明かすまい」

「差し出がましゅう存じますが」

目を半眼にして聞き入っていた正信が、おもむろに口をはさんだ。

「越中守の鼻先に、ひとつ餌をぶら下げてみてはいかがかと存じますが」

「恩賞か」

「左様。越中守が望んでおる所領を、黒田甲斐守も欲しておるとお洩《も》らしいただければ」

越中守忠興は甲斐守を蹴落とすために、正純の取り調べに協力的な態度を取るはずだという。

「なるほど、越中は食わせ者じゃが、佐渡は食えぬ奴《やつ》よの」

家康は突き出た腹をゆすって笑い、越中守を呼ぶように命じた。

家康との対面を終えた忠興が訪ねて来たのは、正純が屋敷に下がって一刻《いっとき》ばかりたってからだった。

「内府どのがこちらに立ち寄るようにと申されたが、どのようなご用件でござろうか」

取り継ぎの小姓に案内されて、裃《かみしも》姿の忠興が書院に入ってきた。

背がすらりと高く、鼻筋が細く通った面長の男である。突き出た目が油断のない光を放ち、薄い唇を不機嫌そうに引き結んでいる。

「ご足労かたじけのうござる。黒田どのの戦功について少々不明のことがあり、越中守どのにお知恵を拝借したいと存じた次第でござる」

「何かご不審の点でも？」

「そうではござらん。参考までにお伺いするまでのこと」

「なるほど」

忠興が薄い唇を皮肉そうにゆがめた。

永禄《えいろく》六年（一五六三年）の生まれだから、三十六歳の正純よりは二歳上ということになる。父幽斎に似ていかにも聡明《そうめい》そうだが、体中の血が冷めているような印象があった。

「つまり筑前五十二万石がかかった詮議ということでござるな」

「いやいや、そのようなことは」

正純はそれが家康が投げた餌だと知っていたが、あえてそ知らぬふりをした。

「隠されずとも結構。武士と生まれて豊かな領国を望まぬものはござらぬ。詮議ひとつで筑前一国が当家に与えられるとあらば、この越中、いかなる話にも応じる所存でござる」

忠興は眉ひとつ動かさずに言ってのけた。

その率直さはかえって小気味いいほどだが、出世のためならどんな機会も逃すまいとする貪欲さの現われでもあった。

「これはご内聞に願いたいが、黒田如水どのに謀叛《むほん》の企てがあったという訴えがござってな」

「ほう、それは突飛《とっぴ》な」

忠興がかすかに笑った。

「このところそのような訴状が日毎《ひごと》に届けられておるゆえ、あるいは根も葉もない讒言《ざんげん》かもしれませぬ。されど黒田どののほどのお方となると、このまま捨ておくわけにも参り申さぬでな」

正純は忠興の心中を測りながら歩を進めた。

「越中守どのは、甲斐守どのとは昵懇《じっこん》の間柄とかうかがいましたが」

「左様、共に朝鮮で戦い、共に石田治部を討とうと誓った者同士でござるゆえな」

「ならば後藤又兵衛どのも存じておられましょう」

「何度か顔を合わせたことはござる」

忠興がきな臭い顔をした。何か良からぬ心当たりがある証拠である。

「それがしはまだお目にかかったことはござらぬが、朝鮮では虎を討ち取られたほどの剛《ごう》の者とうかがいました」

「剛力が自慢なだけの猪《いのしし》武者だと、甲斐守どのも常々申されておる。それがしもそのように見受けたが」

「その又兵衛どのが、昨年の十月に細川どののご城下を訪ねておられるが」

「丹後の宮津でござるか、それとも豊後《ぶんご》の杵築《きつき》でござろうか」

忠興は今年の二月に豊後の杵築六万石を加増され、二ヶ所に城を持っていた。

「宮津でござる。又兵衛どのが宮津城下で刃傷沙汰《にんじょうざた》に巻き込まれたとの報告がござった。このことについてお聞き及びではござるまいか」

「いや、初めてうけたまわる」

「その頃、越中守どのはどちらに」

「宮津にいたはずじゃが」

「ならば、噂《うわさ》なりと聞かれたのでは」

「本多どの」

忠興が鋭く制した。肉の薄い顔から血の気が引いている。

「この詮議は、何か当家にご不審あってのことでござろうか」

「決してそのようなことはござらぬ」

「前田どのに謀叛の企てがあったとき、当家は連座を疑われて内府どのから譴責《けんせき》を受け申した。されどあの折に我が子忠利《ただとし》を江戸に人質に差し出し、内府どののお許しを得ておる。のみならず、前田どのを恭順に導いた功によって杵築六万石をご加増いただいた。それを今さらご不審を持たれるとは、心外極まりないことじゃ」

「細川どののお手柄は、内府さまも存じておられまする」

正純は少しもあわてない。忠興の怒りがこの場をつくろうためのものだということを見抜いていた。

「しかし、一時期前田どのと通じて謀叛を企てられたことは事実でござる。だからこそ人質を出して許しを乞われたのでござろう」

忠興は用心深く黙り込み、秀でた額に汗を浮かべて考えを巡らした。

「だとするなら、如水どのがその時期に又兵衛どのを宮津に遣《つか》わされたのも、あるいは何か特別の意味があったのやもしれませぬ。こうしてお伺いしているのは、それを証《あか》すためでござる」

「分り申した。されどその件については、それがしの与《あずか》り知らぬこと。さっそく家中の者に命じて、当時のことを調べることといたしましょう」

「それから、ご内室のことでござるが」

「何か」

忠興が目をむいてにらみ付けた。うかつなことを言ったならただではおかぬ。そんな狂暴なばかりの怒りがみなぎっている。

「こたびはまことにお気の毒なことでござった。さぞやご無念でございましょう」

「あれは敵の人質となるよりは死を選んだのでござる。武将の妻らしいあっぱれな最期と、感じ入っておるばかりでござる」

「実はその時にも、又兵衛どのが細川どのの屋敷に駆け付けておられる。その理由もお調べ願えまいか」

「承知」

忠興はそう吐き捨てると、一礼して退出した。

キリシタンの宗旨では、自殺は神に背く大罪として禁じられている。熱心なキリシタンだったガラシア夫人が、自ら死を選ぶはずはない。正純はそう考えていたが、引き止めてまで追及しようとはしなかった。

忠興は宮津の一件を知っていて、暴露されるのをおそれている。そのことが分っただけで、今日のところは充分だった。

二

部屋の戸板にはめ込んだ南蛮渡来のガラスに、蜂が一匹とまっていた。

縦横八寸（約二四センチメートル）ばかりの真四角の透明なガラスにへばりつき、しきりに出口をさがしている。蜂も目が見えるのか、それとも明るい方に向かって飛ぶ習性があるのか、外に飛び出そうとして、そのたびにガラスに頭をぶつけている。

後藤又兵衛基次は寝転がったまま、あきずにそれをながめていた。

蜂の奴、さぞかし焦っているだろう。何もない所をどうして通り抜けられないのか不思議でたまるまい。

又兵衛は自分の術中にはまった敵でもながめるように、勝ち誇った気分になっている。この苦難を蜂がどう切り抜けるか、胸をおどらせながら見つめていた。

黒田如水からこのガラス板をもらった時、又兵衛も不思議でたまらなかった。板なのに透き通っている。どうしたらこんな物が作れるのかしつこくたずねたが、さすがの如水もそこまでは知らなかった。

ただ西洋の教会では、これを戸板に取り付けて明り窓にしているという。又兵衛はさっそく大坂屋敷に持ち帰り、大工に命じて戸板に取り付けさせた。

これが便利なのである。戸を閉めきっていても外が見える。雨や風を防ぎながら、外だけはちゃんと見えるのだ。

又兵衛はガラスの魔法に夢中になった。昼でも戸板を閉めきり、暗い部屋から外をながめてみる。すると日頃見慣れた景色が、まったく違って見える。子供の頃に戸板の破れ目から外をながめた時のように胸がときめくのだ。

蜂は羽根を休め、ガラスを縦横にはい回っている。どうやら強行突破は無理だと悟ったようだ。どこかに脱出の手がかりはないかと、触角をふり動かしながらはい回る。

又兵衛は気分が良かった。ガラスというものの不思議さを、蜂と分かち合っている気がしてきた。

「そろそろお仕度を」

近習《きんじゅ》の若侍が入って来た。薄暗い部屋が急に明るくなり、又兵衛は現実に引きもどされた。

「仕度？　何の仕度じゃ」

「巳《み》の刻（午前十時）までに、本多正純どのの屋敷を訪ねる約束でございます」

「ああ、そうであったな」

又兵衛は蜂に熱中するあまり、呼び出しがあったことを忘れていた。

近習の手をかりて裃に着替えていると、天満屋敷の黒田長政から使いが来た。樹里という長政の侍女である。

「本多どのは切れ者でございます。くれぐれもご油断なきように」

長政は又兵衛が審問に呼び出されたことを知って、うかつなことを口にせぬかと心配になったらしい。

「先日も申し上げました通り、本多どのの取り調べはかなりの所まで進んでおります。また相手の胸中を読む術《すべ》にも長《た》け、思わぬ証人を引き出して動揺をさそう手管《てくだ》も用いられます。お口を慎まれることが肝要かと存じまする」

「分っておる」

又兵衛は不機嫌に吐き捨てた。長政の名を聞いただけで腹が立つ。親父《おやじ》どのの爪の垢《あか》でも煎《せん》じて飲めと言ってやりたかった。

「万一御酒の振舞いがございましても、ご辞退なされるようにとも」

「分っておると申しておる」

「豊前表《おもて》のことでございますが」

「何か知らせがあったか」

「去る二日、富来《とみく》城を手中になされ、引きつづき小倉《こくら》城を目ざして兵を進めておられます」

豊前の中津城に残った黒田如水は、東西両軍が美濃、尾張あたりで激突することが明らかになると、独自に兵をやとい集め、西軍大名の所領を切り取りにかかった。

九月九日、中津城を九千の兵を率いて出陣した如水は、十三日に大友義統《おおともよしむね》を大将とする西軍と石垣原《いしがきばる》に戦って大勝し、十五日に立石城《たていし》、十九日に安岐城《あき》、十月二日には富来城を攻め落とし、豊前、豊後の二ヶ国を手中に収めたのである。

その勢いに乗じて、毛利方の居城である小倉城を攻略しようと目論《もくろ》んでいた。

「祝着至極《しゅうちゃくしごく》じゃ。わしのことは案ずるには及ばぬと、甲斐守どのに伝えてくれ」

又兵衛は仕度を終えると、駕籠《かご》を仕立てて大坂城西の丸へ向かった。

（親父どのも、さぞお困りであろうな）

如水が窮した時に見せる愛敬《あいきょう》のあるしかめっ面を思い出して、又兵衛は苦笑いを洩らした。

当初の計画では、関ヶ原で東西両軍が対峙《たいじ》し、膠着《こうちゃく》状態に入っている間に九州を制圧し、大軍を率いて大坂城に入るつもりだった。

秀頼を総大将として関ヶ原の勝者を叩《たた》きつぶし、キリシタンの布教が自由に出来るゆるやかな分権国家を作りたいと夢見ていた。

だが、思いがけぬ裏切者が出て関ヶ原の戦がわずか一日で終わったために、如水の計略は水の泡と消えたのである。

（瘡《かさ》頭でも掻《か》くしかあるまいて。のう、親父どの）

又兵衛は駕籠にゆられながら、遠い九州にいる如水に語りかけた。

如水と初めて出会ったのは、もう二十年も前のことだ。

又兵衛の父後藤将監基国《しょうげんもとくに》は、三木城主別所長治の重臣だった。

東播磨《はりま》一円を領有していた別所長治は、信長の命を受けて播磨に侵攻してきた羽柴《はしば》秀吉と一年半にわたって戦ったが、天正八年（一五八〇年）正月に力尽きて落城した。大軍を擁する秀吉の兵糧《ひょうろう》攻めに抗しきれなくなったのである。

この時、二十歳の又兵衛も城内にいた。

落城が目前に迫り、討ち死にを覚悟して最後の酒宴を張った夜、又兵衛は父基国に別室に呼び出された。直垂《ひたたれ》姿の基国は、又兵衛に鎧《よろい》をぬいでついて来るように命じた。

見回りにでも行くような様子で大手門を出て、城下への道を急ぎ足に下って行く。又兵衛は立ち止まり、城を抜けるつもりかと詰問したが、基国は一言も答えずに城下を抜け、秀吉の本陣を訪ねて黒田如水に面会を求めた。

如水は本陣近くの百姓家にいた。二ヶ月ほど前に有岡城の土牢《つちろう》から救出されたばかりで、体調が回復しきっていなかったからだ。

基国は如水の前に出ると、又兵衛を預かってくれるように頼んだ。

「拙者は明朝主《あるじ》とともに果てる所存でござる。されどこの者だけは生かしてやりたい。貴殿の薫陶を受けたなら、必ずや名のある武将となりましょう。何とぞ、お頼み申す」

地べたに膝をつき、深々と頭を下げた。

如水は杖《つえ》をついて庭先に下りると、基国の手を取った。

「将監どの、よう参られた。播磨随一の猛将とうたわれた将監どののご子息、なんでおろそかにいたしましょうぞ」

「ならば、お聞き届けいただけようか」

「無論でござる。ゆくゆくは国持ち大名ともなる器量と拝見いたした」

「かたじけない。官兵衛《かんべえ》どの。老いの未練と笑うて下され」

基国は感極まって声を震わせると、又兵衛に今日からは如水を主とも師とも思えと命じて立ち去った。

又兵衛は後を追おうとしたが、ふり返った基国に牛のような目でにらみつけられて動くことが出来なかった。

「又兵衛どの、今日よりはわしがそなたの父じゃ」

如水がおだやかに言った。

以来又兵衛は如水を親父どのと呼ぶようになったのである。

大坂城二の丸の本多正純の屋敷につくと、すぐに奥の間に通された。又兵衛は部屋の左右に目をやり、武者隠しがないことを確かめた。天井にも人を伏せている気配はない。

万一追及を逃れきれない場合には、正純と刺しちがえるつもりだった。太刀《たち》は遠侍《とおさぶらい》に預けてきたが、四、五人の相手なら脇差しでも充分である。いざとなればのど笛を食い破ってでも正純の命はいただく。そう思い定めた又兵衛には、もはやおそれるものはなかった。

しばらく待つと、本多正純が藤色の小袖に袴《はかま》という出《い》で立《た》ちで入ってきた。中背ですらりとやせた姿のいい男である。

「本多正純でござる。本日はご足労いただきかたじけのうござる」

話すたびに突き出たのど仏が上下する。食い付きやすそうなのどだった。

「黒田家中にその人ありとうたわれた後藤どのとは、いかようなる御仁かと思うておりましたが、聞きしにまさる武士《もののふ》ぶりでござる」

「お誉《ほ》めにあずかり、かたじけない」

又兵衛は相好をくずしてあごのひげに手をやった。目も鼻も大きく、唇は厚い。仁王のようないかめしさだが、笑うと憎めない顔付きになる。

これなら黒田長政や竹中重門よりも扱いやすそうだ。正純はそれと気付かれぬように瀬踏みをしていた。

「朝鮮での虎退治のことは、当家でも知らぬ者はおらぬほどでござってな。後藤どのが参られると聞いて、是非ともお近付きになりたいと望む者が多く、難渋いたしております。ご迷惑でなければ、後ほど会うてやっては下さるまいか」

「お易《やす》いご用でござる」

「かたじけない。酒肴《しゅこう》の仕度もいたしておりますゆえ、本日はゆるりとお過ごしいただきたい」

「その前に、ご用の筋をうけたまわりたく存ずるが」

「先の戦の折、黒田如水どのが謀叛を企てておられたとの訴えがあったことは、お聞き及びでござろうな」

「甲斐守どのより知らせがござった。本多どのは切れ者ゆえ、くれぐれも用心するようにと、今朝も釘《くぎ》を刺されたばかりでござる」

「訴えがあった件については、残らず取り調べよとのご下命ゆえこうしておたずねする次第でござる。ご無礼の段、何とぞご容赦いただきたい」

「お気遣いは無用でござる。何なりとおたずね下され」

「まずは、去る七月十七日のことでござるが、貴殿が細川家の大坂屋敷を訪ねられたとは真実《まこと》でござろうか」

「いかにも」

「越中守どののご内室を助けるためだったとか」

「左様」

又兵衛は短く答えた。

徳川家康が大軍を率いて上杉征伐に向かった留守をついて、石田三成は家康討伐の兵を挙げた。と同時に、大坂屋敷にいる諸大名の妻子に人質として大坂城内に入るように命じた。

このことあるを予想していた大名たちは、さまざまの手段を用いて妻子を大坂から脱出させた。黒田家でも如水の妻や長政の妻が端女《はしため》に姿を変えて城外に逃れた。

ところが、細川忠興の妻玉子《たまこ》だけは逃げ遅れ、三成配下の兵に包囲された。玉子は人質となることを拒み通し、屋敷に火を放って果てたのである。

この時、又兵衛は大坂屋敷にいた。

如水父子の妻を落とす任務を終えた彼は、細川屋敷の窮状を聞いて救出に向かったが、着いた時にはすでに屋敷は炎に包まれ、手の施しようがなかったのである。

「あのような非常の折に駆け付けられるとは、余程の理由があったのでござろうな」

「細川家と当家は、共に石田治部を討つために立ち上がった仲でござる。その妻子が治部のために苦難におうておられるのを、座視することは出来ますまい」

「なるほど、それは道理」

正純はひざを打ってうなずくと、外に向かって声をかけた。

二人の侍女が酒肴をのせた折敷《おしき》を運んで来た。

「屋敷を移ったばかりでたいしたもてなしも出来ませぬが、酒ばかりは勝ち戦の祝いに秀頼さまから拝領したものが山をなしておりまする。存分にお召し上がり下されし」

「これは何やら思いがけぬことで」

又兵衛は恐縮した。酒は大の好物だが、飲み過ぎて失敗したことも多い。長政がわざわざ飲むなと忠告してきたのはそのためだった。

「訊問《じんもん》とはほんの形だけのことでござる。酒でも飲みながら話をうかがった方が、それがしも気が楽でござるゆえ、ささ、盃《さかずき》をお取り下され」

「ならば、まあ、据え膳食わぬは何とやらとも申すゆえ」

又兵衛は迷いながら大ぶりの盃を取った。

二十歳ばかりの美しい侍女がなみなみと酒をついだ。ひと息に飲み干すと、たおやかな手付きですかさずつぎ足していく。

「さすがに見事な飲みっぷりじゃ」

正純もそろいの盃に酒を満たして飲んでいるが、こちらは半分以上も上げ底になっている。

そうとも知らぬ又兵衛は、正純が同じ調子で飲むことに安心して盃を重ねていった。

「ところで昨年丹後の宮津を訪ねられたと申されたが、これも玉子どのと何か関係があったのでござろうか」

酔いが回った頃を見計らって、正純はさりげなく切り出した。

「あったとも言えるし、なかったとも言えるのではありますまいか」

「はて、いかなる謎かな」

「それがしは玉子どのに頼まれて、千世《ちよ》どのの侍女お孝《たか》を宮津まで連れて行ったのでござる。貴殿は千世どのをご存知かな」

「無論存じております」

千世は利家の娘で、細川忠興の嫡男忠隆《ただたか》に嫁いでいた。前田利長が家康暗殺を企てたとの疑いをかけられた時、細川家も一味と見なされたのは、両家に強いつながりがあったからだ。

「あの頃は世上物騒で、宮津に帰るにも道中何が起こるか分らぬ有様でござった。そこでお孝を送ってくれと頼まれたのじゃ」

正純がこれくらいのことはすでに調べ上げていることは、又兵衛も見抜いている。相手が酔わせて聞き出そうとするなら、こちらは酔ったふりをして真実を語っていると見せかけよう。

そんな肚《はら》づもりだったが、秀頼下賜の酒は思った以上に旨《うま》く、酔いの回りも早かった。

「又兵衛どの、先ほども申し上げた通り、お近付きになりたいと申す者がござってな。誠に申しわけござらぬが、盃を受けてやっては下さるまいか」

「お易いご用じゃ」

反射的にそう答えた。

頭の片隅で危険を告げる鐘が鳴っていたが、酔い始めていた又兵衛は耳を傾ける慎重さを失いつつあった――。

三

黒田如水は不自由な右足を投げ出し、脇息にもたれかかったまま、長々と黙り込んだ。焦点の定まらない目をして、右手でしきりにあごをさすっている。

思案にあまった時の癖である。考えが定まらない場合には、如水は決して無理をしない。呆《ほう》けたようになっていつまでも考え抜き、納得がいくまで行動を起こさない。

長年の付き合いでそれが分っているだけに、後藤又兵衛は根気よく待った。

「加賀征伐か……」

如水がため息まじりにつぶやいた。これで三度目である。

「左様、加賀征伐でござる」

又兵衛も同じ返事をくり返した。

豊臣秀頼に重陽《ちょうよう》の祝いをのべるために、徳川家康は九月七日に備前島の石田三成邸に入った。ところがその夜家康暗殺の企てが発覚し、家康は急きょ伏見城から二千の兵を呼び寄せた。

九月九日、予定通り大坂城に登城して秀頼と対面した家康は、暗殺の詮議をするためと称して大坂に留《とど》まり、九月二十八日には大坂城西の丸に入った。

伏見城において政務を執るようにとの秀吉の遺言を、暗殺事件をきっかけにして公然と破ったのである。しかも秀吉の妻高台院《こうだいいん》に自分の住居を提供させるという周到さだった。

西の丸において豊臣家の大老として政務を執りはじめた家康は、十月二日に暗殺の企てに加担していたとして、大野治長、土方雄久を流罪、浅野長政を領国蟄居《ちっきょ》に処した。

翌日、事件の黒幕は前田利長だったとして、加賀征伐の意向を表明したのである。

大坂屋敷にいた又兵衛はその動きをいち早くつかみ、伏見の屋敷にいる如水に注進した。如水が長考に入ったのはその直後からだった。

「風呂にでも入るか」

如水が不自由な右足をくの字に曲げて立ち上がった。

「たまには背中でも流してくれ」

「ははっ」

又兵衛は喜び勇んで従った。

湯屋は主殿の北側にあった。外の釜でわかした湯を、樋《とい》を使って湯舟に引き入れる。檜《ひのき》の厚板で張った湯舟は、縦横一間ばかりの広さがあり、二人で入っても充分に手足を伸ばすことが出来た。

如水は湯舟に入っても頭巾《ずきん》を取らなかった。瘡《かさ》にただれた頭を見られたくないらしい。肩幅の広い頑丈そうな体には、数ヶ所に刀傷や矢傷の跡があった。

「又兵衛、そちはどう見る」

湯舟にあお向けに体を投げ出したまたずねた。

「前田どのに濡《ぬ》れ衣《ぎぬ》を着せ、加賀征伐をちらつかせながら他の大名の出方をさぐる策と存じます」

又兵衛も湯舟の縁《へり》を枕にして寝そべっている。

「いいや、家康どのは好機と見たなら兵を動かす肚であろう。豊臣家の兵を使って前田を討てば、家康どのの懐は少しも痛まぬ。たとえ討たぬまでも、前田家を屈服させておけば後々の仕事がやり易かろうて」

「前田家はどう出るでしょうか」

「利長どのでは、ちと荷が重かろうな」

「しかし加賀には、利政《としまさ》どのも高山右近どののもおられます。それに前田家を支援する大名衆もおられましょう」

「うむ。宇喜多秀家どのは利家どのの娘をめとっておられるゆえ、総力をあげて支援されるであろう。石田治部が他の大老をうまく動かしたなら、面白いことになるやもしれぬ」

上杉景勝、毛利輝元、宇喜多秀家が結束して前田利長を支援したなら、家康と五分以上に戦える。三成もそれをねらって四大老を大坂から引き揚げさせたのだが、家康もたやすく策にはまるほど甘くはなかった。

輝元と秀家に越前府中《えちぜんふちゅう》城の留守居役を命じたのは、両者を加賀征伐の先陣に立てて動きを見極めるためだった。

「いずれにしても、軍勢を動かすのは来春の雪解けを待ってということになりましょう。それまで親父どのはいかがなされる」

「そうさな。狸《たぬき》と狐《きつね》がこの先どう動くか、じっくりと見極めねばなるまいて」

「こちらからは仕掛けませぬか」

「二度も仕掛けて仕損じたのじゃ。うかつに動けば、こちらの正体を悟られよう」

「それにしても、家康どのはさすがでございますなあ。暗殺の企てをこれほど見事に逆手に取られようとは」

「家康どのは恐ろしいお方よ。さればこそ、倒し甲斐《がい》もあるというものではないか」

如水は湯舟に体を浮かしたまま、しきりにあごをさすっている。家康にしてやられたことが、どうにも悔しいのである。

「ともかく加賀の様子をさぐることじゃ。又兵衛、これからガラシアどのを訪ね、その足で丹後に回ってはくれぬか」

「丹後というと、細川どのでござるか」

「そうじゃ。幽斎どのに歌を届けてもらいたい」

二十年前に命を助けてもらって以来、又兵衛は如水を親父どのと呼んで慕っている。兵法、軍学の師でもある。

行けと言われれば、死地にでも飛び込む覚悟は日頃から定めていた。

大坂城玉造口にある細川家の屋敷を訪ねると、すぐに奥に通された。裁《た》っ着《つ》け袴《ばかま》に脚絆《きゃはん》を巻き、ぶっ裂き羽織を着た又兵衛は、客間で緊張して待った。

玉子の美しさはかねて聞き及んでいたが、本人に会ったことはなかった。謀叛人明智光秀《あけちみつひで》の娘だという理由で、忠興が誰とも面会を許さなかったからだ。

玉子はガラシアという洗礼名を持つキリシタンでもあった。

高山右近の教えを受けて入信し、今では教義について記したポルトガルの本を、日本語に訳すことができるほど熱心な信者になっていた。

又兵衛がすんなりと面会を許されたのも、日頃キリシタンとして親交のある如水の使いだからである。

又兵衛自身はキリシタンには興味も関心もなかったが、今日ばかりは如水の信心に感謝したい気分になっていた。

玉子はすぐに現われた。淡い紫の打ち掛けを着て、長く豊かな髪を垂髪《すべらかし》にしている。背は五尺一、二寸（一五五センチメートル前後）ばかりで、瓜実顔《うりざねがお》の頬のあたりがふっくらとしている。

目許《めもと》は涼しく唇はきりりと引き締っているが、評判ほどの美人ではない。まあ十人並というところか。又兵衛はいささか気落ちした。

「これから丹後を訪ねられるそうですね」

玉子の声は高く澄んでさわやかである。

「親父どのの使いで、幽斎どのに歌を届けにまいります」

「歌集の添削《てんさく》でもお頼みになるのでしょうか」

細川幽斎は当代随一の歌人である。玉子ならずともそう思うはずだった。

「歌の上《かみ》の句だけを託され、下《しも》の句をいただいて来いとのおおせでござる」

如水が託したのは、〝舟人もしらずはるけき浪路《なみじ》をば〟という句である。これが加賀征伐とどんな関係があるのか、戦一筋に生きてきた又兵衛には分らなかった。

「まあ、シメオンさまらしいなされようでございますこと」

玉子が目を細めて笑った。

又兵衛はおやっと思った。三十七歳になるというのに、童女のように屈託のない笑顔である。人なつっこく愛らしい。よく見ると黒い瞳が生き生きと輝いて、いかにも聡明そうだ。

さっきは十人並と見えた容姿が、次第に美しさを増し、気高くさえ感じられてきた。

「どうかなされましたか」

玉子が黒い瞳を真《ま》っ直《す》ぐに向けた。又兵衛は胸にひと槍《やり》くらったような痛みを感じた。

「宮津に行く前にこちらを訪ね、ご用をうけたまわるようにとのことでござったが」

「当家でも宮津に戻る者がおりますので、ご迷惑でなければ同道していただきたいのですが」

「無論構いませぬ。いかような御仁でござろうか」

「千世どのに仕える者でございます」

「千世どのと申されると、前田どのの」

「前《さき》の大納言利家どののご息女でございます。嫡男忠隆に輿入《こしい》れなされて以来、宮津の城におられましたが、このたび大坂屋敷に移られることとなり、使いの者を下見に遣わされました。こちらでも受け入れの仕度が整いましたゆえ、その旨を宮津にお伝えすることとなりましたが、道中物騒な折柄、又兵衛どのに同行していただければこれに勝る安心はございませぬ」

「物騒と申されると……、もしやその御仁は」

「孝と申す侍女でございます。足弱の者ゆえ難儀をかけるとは存じますが、何とぞよしなに」

玉子が軽く頭を下げた。

又兵衛は内心まずいことになったと後悔したが、如水の命令とあれば仕方がない。

「お孝、お許しをいただきましたよ。そなたからもお礼を申し上げなさい」

玉子が鈴のように響く声を上げた。

次の間のふすまが開き、乗馬用の袴をはいた女が平伏していた。男物の小袖を着て、髪を短く束ねている。

「孝でございます。何とぞよろしくお願い申し上げます」

ゆっくりと上げた顔を見て、又兵衛は驚きの声を上げそうになった。二十四、五歳とおぼしき娘は、玉子と瓜二つだった。


丹波亀山《たんばかめやま》に入ると、又兵衛は馬を止めた。一人ならこのまま園部《そのべ》あたりまで足を伸ばすところだが、お孝のことを考えて亀山で宿を取ることにしたのである。

「疲れたろう。今夜はここに泊る」

又兵衛は旅籠《はたご》の馬丁に馬の手綱《たづな》を渡した。

「私はまだ大丈夫でございます」

お孝は馬上から声をかけた。乗馬の腕も確かだが、気性も男勝りである。

「どうせ明日には宮津に着く。急ぐことはない」

又兵衛はさっさと旅籠に入った。あいにく混み合っていて、部屋はひとつしか空いていないという。それでも構わないかとたずねようとすると、お孝はすでに上がり框《がまち》に腰を下ろして草鞋《わらじ》をぬぎ始めていた。

風呂から上がって用意の小袖に着替えると、お孝はさすがに美しかった。若いだけに華やかさがある。外見だけなら玉子よりはるかに上だった。

「そなたはガラシアどのの縁者なのか」

又兵衛は同じ部屋にいることが気詰まりになった。

「いいえ、似ていると言われることもありますが、血のつながりはございません」

「他人の空似か。それにしてもよう似ておる」

「又兵衛さまは、鍾馗《しょうき》さまに似ておられます」

「ならば、疫病神でも祓《はら》ってやるか」

「ええ、宮津に着いたならお願いいたします」

敵を想定したようなお孝の強い言い方が、又兵衛は気にかかった。

「千世どのを迎えに参ると申したな」

「はい」

「この時期に、何ゆえそのようなことをしなければならぬのだ」

加賀の前田家は徳川家康暗殺未遂の濡れ衣を着せられ、討伐を受けようとしているのだ。千世にとっては大坂に送られることは、人質に差し出されるも同然だった。

「越中守さまのご命令でございます」

お孝はしばらく迷った末に打ち明けた。

「細川家は前田家を見限るということだな」

「そうではございませぬ。千世さまを宮津においたままでは、徳川方からどんな疑いをかけられるやもしれぬと案じておられるのでございます」

徳川方と言うからには、家康のやり方に敵意を持っているのだろう。とすれば細川家も去就をめぐって揺れているのかもしれぬ。又兵衛はそう判断した。

「越中守どのは思慮深いお方よの。幽斎どのの血は争えぬと見える」

「大殿と越中守さまはちがいます。志の高さにおいても、思いやりの深さにおいても」

お孝は言い過ぎたことに気付いたのか、視線を落として口ごもった。

「千世どのはいくつになられる」

又兵衛は話題を変えた。

「十三歳でございます」

「そなたは前田家から輿入れの供をしてきたのか」

「はい」

「ならば、こたびのことは気がかりでなるまい」

「いいえ、心正しき者が敗れるはずはございませんから」

「親父どののようなことを言う」

又兵衛は如水の口ぐせを思い出して苦笑した。

「妙に冷えますね。お酒でも運ばせましょうか」

「いや、それは」

「少しお待ち下さい。ただ今申し付けて参ります」

お孝が髪をゆらして出て行った。丸い腰のふくらみがまばゆいばかりである。

又兵衛は酒に酔っても心正しき者でいられるかどうか、はなはだ心許《こころもと》なくなってきた。

四

翌日の夕方、二人は何事もなく宮津に着いた。

丹後十二万石を領する細川家の主城である宮津城は、丹後半島の東側を深くえぐって湾入する宮津湾の奥まった場所にあった。

町の中心を流れる宮津川を西の濠《ほり》に当て、北は海に面している。東と南は幅六間の外濠、幅十一間の内濠で守られていた。

全長四町二十九間（約五〇〇メートル）の内濠の中に本丸と二の丸がある。内濠と外濠の間が三の丸で、細川家の重臣たちの屋敷が並んでいた。

又兵衛とお孝は宮津川にかかる中橋のたもとの番所で改めを受け、馬場先門から城中に入った。

「なかなかに、見事な城じゃ」

又兵衛は曲輪《くるわ》の配置や濠の掘り方に感心した。

外濠は外敵にそなえて何ヶ所も直角に曲がっている。こうしておけば、城中から外に向かって大砲や鉄砲を撃ちかける場所を広く確保できる。

これに対して内濠がほぼ真四角に掘られているのは、本丸や二の丸へ海から物資を搬入する作業を容易にするためだ。

「さすがに幽斎どのの築かれた城よの」

「大殿さまは、手勢二千ばかりでこの城に立て籠ったなら、三万の軍勢を相手にしても半年ばかりは支えきれると申しておられます」

お孝は誇らしげだ。余程幽斎に心酔しているのだろう。

「当代一の数奇者《すきしゃ》で並びなき戦上手。その上築城の名手とくれば、どことのう親父どのと似ておられるの」

「はい、大殿さまも以前そのようなことを申されました」

お孝は余程の顔らしい。二の丸の枡型《ますがた》門も本丸の大門も、手形も示さず通り抜けていく。姿を見るなり、番兵が直立の姿勢を取るほどだった。

本丸は高さ二丈（約六メートル）ばかりの石垣をめぐらした曲輪で、東西四十六間、南北三十三間の広さがあるという。

周囲には白壁の塀をめぐらし、五つの矢倉《やぐら》を築いて守りを固めていたが、天守閣はなかった。城主の住居である奥御殿と、政務を執るための表御殿があるばかりである。

「それでは、わたくしはここで」

表御殿まで案内すると、お孝は暇乞《いとまご》いをした。

「千世どのは本丸にお住まいではないのか」

「本丸でも、奥御殿でございますので」

入口がちがうのだという。又兵衛はお孝に好意を持ちはじめていただけに、このまま別れるのが惜しくなった。

「大坂屋敷にはいつ頃戻る」

「千世さまのお供をいたしますが、いつになるかは分りませぬ」

お孝は軽く一礼して立ち去った。

玄関口で足を洗うと、幽斎の隠居所だという藤の間に案内された。

番所から知らせがあったらしく、幽斎は端然と座って迎えた。頭を僧形《そうぎょう》にしたやせた老人だが、面長の顔立ちや背筋を伸ばして座った姿には、落ち着きと気品があった。

「遠路大儀じゃったの。相変わらずの武士《もののふ》ぶりじゃ」

幽斎は気さくだった。天満の如水の茶室で会って以来だから、八年ぶりということになる。

「お懐しゅうございます」

「朝鮮では大そう名をあげたそうやないか。忠興からも聞いておるぞ」

「結局敗《ま》け戦《いくさ》でござった。お恥ずかしいかぎりでござる」

「もともと無茶な戦やった。お前たちに罪はない」

「親父どのがこれをお届けせよと」

又兵衛は如水直筆の短冊《たんざく》を差し出した。

「舟人もしらずはるけき浪路をば」

幽斎は声に出して読んだ。

都なまりのある声の抑揚が、歌にみやびやかな命を吹き込んでいる。さすがに当代一の歌人と評されるだけのことはあった。

「如水どのも、なかなかにご健在のようじゃのう」

幽斎が目尻の下がった目を細めて笑った。どうやらこの歌だけで何もかも察したようである。

「いったい、どのような意味でございましょうか」

「あれや」

幽斎が眼下に広がる宮津湾をさした。

夕暮れの迫った静かな海には、漁師の船が五、六そうただよっている。はるか向こうには天《あま》の橋立《はしだて》が細く連なっていた。

又兵衛には何のことか分らなかったが、それ以上問うのはさすがに気が引けた。

「こたびの家康どののなされ様を、如水どのはどう見ておられるかな」

「利長どのにあらぬ罪を着せ、隙あらば加賀まで攻め込まれるつもりかと」

「そうやろな。毛利と宇喜多に前田を攻めさせれば一石二鳥や。問題は治部の出方よな」

「四大老と連絡を取り、家康どのと対決するつもりのようではございますが、今のところどう動くかは分りませぬ」

「いずれにしても出兵は来春や。それまでにどんな絵を描こうとしているのか、はっきりしてくるやろ」

「下の歌をいただいて来るようにとのことでございましたが」

「これか」

幽斎が頭を後ろに引いて手にかざした短冊を見た。六十六歳になるせいか、老眼がすすんでいるようだ。

「こちらもいろいろ忙しゅうてな。四、五日待ってくれるか」

話がすむと、細川忠興、興元《おきもと》兄弟をまじえての酒宴になった。

細川家の家督は三十七歳の忠興が継ぎ、三歳年下の興元は丹後半島の真ん中にある峰山《みねやま》城の城主として兄の治政をたすけていた。

興元は幽斎に似た端整な顔立ちで、下がり気味の目尻に愛敬があったが、忠興は出目にまぶたが半分ほどかぶり、いかにも油断なく人をうかがっているような印象を受ける。

「又兵衛どの、貴殿が見えられると聞いて、峰山から飛んで参りましたぞ」

興元が嬉《うれ》しそうに盃を干した。

「玄蕃《げんば》どのもたまには大坂に出て来られるがよい」

朝鮮に出陣していた時に、又兵衛はこの兄弟とは何度も顔を合わせている。特に玄蕃頭興元とは打ち解けた間柄だった。

「そうも参らぬて。何しろ丹後も何かと問題がござってな」

治政に対する批判とでも取ったのか、忠興が薄い唇をゆがめて興元をじろりと見やった。

「越中守どのも、ご壮健で何よりじゃ」

又兵衛が話を向けた。

「又兵衛どのこそ。こたびは孝をお送りいただき、かたじけのうござった」

「お易いご用でござる。千世どのが大坂屋敷にお移りになるとか」

「まあ、そのうちに」

忠興が再び不機嫌そうに黙り込んだ。盃にもあまり手を伸ばさない。

「又兵衛どの、しばらく宮津におられるのなら、見物などしていって下され」

興元が気を回して話を変えた。

「そうじゃ。孝どのに天の橋立でも案内させましょう。のう兄上」

「うむ、それが良かろう。わしはちと所用があるゆえ、失礼とは存ずるがこれにて」

忠興が丁重すぎるほど深々と頭を下げて中座した。

興元はどこかほっとした顔になり、幽斎は無言のまま見送った。

秋の空を映して青く輝く海に、緑色の橋がかかっている。

遠目に見る天の橋立は松の緑と海の色の対比が鮮やかだが、砂洲《さす》に立って見る景色もまた素晴らしかった。

広い所で幅一町、狭い所では十間ばかりの白い砂洲が、北に向かって真っ直ぐに延びている。

道の両側には松の並木がつづき、右手には与謝海《よさのうみ》、左手には阿蘇海《あそかい》が横たわっている。深さのちがいからか、海の色がちがう。阿蘇海のほうはかなり緑がかっていた。

「これはどれほどの長さつづいておるものじゃな」

又兵衛は横を歩くお孝をかえりみた。文珠《もんじゅ》の集落から渡し舟に乗り、天の橋立に下り立ったところである。

「二十四、五町とか申します」

「それにしても奇怪な景色じゃ。まさに天が作りたもうた橋ではないか」

天の橋立は外海から宮津湾に流れ込む潮流と風向きの関係で出来たものらしいが、又兵衛はそんなことには興味はない。宮津に着いて三日目にようやくお孝と遠乗りに出られたことに、満足しきっていた。

「このような美しい所に住めば、人の心も自然と和《なご》やかになろうというものではないか」

「又兵衛さまのお生まれになった所に、どのような土地でございますか」

「わしか」

ふと播磨の三木城を思い出した。

又兵衛はこの城で生まれて人となったが、秀吉の兵糧攻めにあい、数百人の餓死者を出した後に落城した。

生きのびるために死馬の肉を奪い合い、果ては死人までむさぼり食う幽鬼のような男たち。城を抜けようとした仲間を捕え、なぶり殺しにする男たち……。

　落城寸前の三木城内の凄惨な光景は、今も又兵衛の脳裏に黒々と焼き付いている。酒に我を忘れたくなるのは、その思い出をふり払うためかもしれなかった。

「わしの生まれ在所は戦場《いくさば》じゃ。それ故、戦に出ると我が家に帰ったようでの。元気と勇気がみなぎってくる」

「わたくしは戦は嫌でございます」

「わしは好きじゃ。強い者が勝ち、弱い者が敗ける。戦場ほど正直に遇してくれる所はない」

「されど敗れた者は殺されます。女子《おなご》や子供まで道連れにされるではありませんか」

「それゆえわしは妻子を持たぬ。敗れたなら己れ一人で死ぬ」

「それではお淋《さび》しくはありませんか」

「そんなことはないが」

　又兵衛はふとお孝の切迫した視線を感じ、胸のあたりが熱くなった。

「そなたのような者が側にいてくれるなら、また別の生き甲斐を見出《みいだ》せるやもしれぬな」

「又兵衛さまのように強いお方が側にいて下されば、どれほど心強いことでございましょう」

「そうか、真実《まこと》にそう思うか」

又兵衛の胸に希望の灯がともった。この女を妻にしたなら、親父どのもさぞ喜んでくれるだろう。そんな考えまで頭をよぎった。

ちょうど磯の清水という井戸の横を通りかかったところである。又兵衛は水をくみ上げて柄杓《ひしやく》に一杯飲み干した。柄にもなく、緊張にのどが渇いている。

二人はしばらく松並木の道を散策した後、渡し舟に乗って文珠へと戻った。

船着場の近くには、見物の客を相手の茶店がある。そこに立ち寄って、橋立だんごという粒の小さな団子を食べた。

長い串にいくつも刺した団子には、青海苔《のり》がふりかけてある。どうやら天の橋立を模した趣向らしい。いつもは団子など口にしない又兵衛が、神妙な顔で串にかじりつく。

その時、表の道を激しく馬に鞭《むち》を当てて走り去る者がいた。宮津から峰山に向かう道である。

「あれは……」

騎乗用の袴をはいたお孝が、砂ぼこりの舞う道に出て後ろ姿を見送った。

「知っている者か」

「気にかかることがあります。同行願えますか」

「無論じゃ」

二人は近くにつないでいた馬に乗って、峰山に向かった。小高い山をぬってつづく幅一間ばかりの道を半里ほど走ると、お孝が急に馬を脇道に乗り入れた。

色とりどりに紅葉した雑木林に分け入って、馬をつなぎ止め、獣道ほどの小径《こみち》を登っていく。

「どこへ行くのじゃ」

「しっ」

人差し指を唇に当てて制した。

なおも登ると、街道が眼下に見渡せる場所に出た。両側を山にはさまれた狭い道が、大きく右に曲がっている。曲がりきった所に、三十人ばかりの武士がたすき掛けで集まっていた。

輪の真ん中に、さっき馬で駆け抜けていった武士がいる。槍や刀を手にした者たちは、何やら説明を受けると、二手に分かれて雑木林の中に消えた。

「何者だ」

又兵衛は身を伏せて眼下の様子をのぞいている。

「興元さまのお命を狙う者たちです」

「どういうことだ」

「家中には興元さまを快く思わない者がおります」

やがて蹄《ひづめ》の音が聞こえた。近臣四人を従えた興元が、馬を連ねて峰山に向かっている。雑木林にひそんだ武士たちの背後に回り込んだ二人は、目をこらして様子をうかがった。

風の流れが変わり、かすかに火薬の匂いがした。道の側の栗《くり》の大木の上に、鉄砲を構えた者がひそんでいる。興元が馬を止めたところを狙い撃ちするつもりなのだ。

又兵衛はお孝に無言でそのことを知らせると、太刀の柄《つか》に差した棒状の細い手裏剣を抜いた。

武士たちが覆面で顔をおおって道に飛び出した。十人ばかりが槍を構えて道をふさぎ、両側に抜刀した者たちが控えている。

曲がりを抜けた興元らは、突然の敵の出現にあわてて手綱を引き絞った。五頭の馬が高くいないて棹《さお》立《だ》ちになり、思い思いの方向に向きを変えた。

「何者じゃ。玄蕃頭興元と知っての狼藉《ろうぜき》か」

陣笠《じんがさ》を目深《まぶか》にかぶった興元が、よく通る声で一喝した。

栗の木の上の男が、中腰になって鉄砲の狙いをつけた。

又兵衛は身を起こして手裏剣を投げた。

長さ七寸ばかりの棒状の武器が、こめかみに深々と突き立った。

男は短い叫びを上げて木の上から転げ落ちた。

暴発した鉄砲の乾いた音が、あたりの山々にこだました。

「後藤又兵衛、見参《けんざん》」

又兵衛は二尺六寸の太刀を抜いて躍り出た。思わぬ場所からの思わぬ男の出現に、覆面の武士たちはぎょっとして振り返った。

「ええい、討ち取れ。皆殺しにせよ」

馬で駆け付けた武士が叫んだ。意外な成り行きに動揺したのか、声が上ずっていた。

又兵衛は真っ先にその男を狙った。疾風の速さで男に駆け寄ると、斬りかかってくる四、五人の武士を豪快な太刀さばきで両断し、恐怖に立ちすくむ相手を袈裟《けさ》がけに斬り伏せた。

興元も強い。ひらりと馬から下りると、槍で突きかかって来る敵のけら首を落とし、斬りかかって来る者の太刀をはね落とした。

同じ家中の者だと分っているのか、四人の近臣も決して深手を負わせようとはしない。

首領を失った襲撃者たちは、我先にと逃げ出した。残ったのは又兵衛が斬った六人の遺体と、けら首を落とされた槍ばかりだった。

「又兵衛どの、かたじけない」

興元が太刀を鞘《さや》におさめた。十字架《クルス》の紋章を刻んだ鍔《つば》を用いている。

「なんの。手柄は待伏せを見抜いたお孝どののものでござる」

「そうですか。礼を申します」

興元は敬語を使って礼を言った。

お孝は頬を染めてうつむいている。又兵衛には何とも解せぬ成り行きだった。

近臣たちが遺体の顔を改め、興元に何事か耳打ちした。興元は哀《かな》しげな顔をして二、三度うなずいている。

「何者でござるか」

又兵衛はそうたずねながらも興元の刀の鍔を気にしていた。興元がキリシタンだとは、如水からも聞いたことがなかった。

「つまらぬことで恨みを買っておりましてな。意趣返しのようでござる。それにしても細川家の侍がこんな腰抜けばかりとは思うて下さるな」

興元は笑みを浮かべたが、表情は相変わらず暗かった。


又兵衛が幽斎に呼び出されたのは、宮津に着いてから七日目のことだった。

三の丸の客殿に投宿していた又兵衛は、小姓に案内されて本丸に行った。門の警固の人数が、来た時よりも増えていた。行き交う武士たちの表情も険しく厳しい。城内が合戦を前にしたような緊迫した空気に包まれていた。

「長いこと待たせて、済まなんだな」

幽斎は藤の間で待っていた。

「先日は興元を助けてくれたそうで、礼を申す」

「それがしなどが出しゃばらずとも、興元どのなら自力で切り抜けられたことでしょう」

「まあ、当家にもいろいろあるということや。伏見にもどったなら、これを如水どのに渡してくれ」

幽斎が短冊を差し出した。〝いは木の山の名を頼みても〟と記されている。

「この先まだまだ面白いこともあるやろ。また歌を詠《よ》んで届けてくれるように如水どのに伝えてくれ」

「先日来、城中が何やら騒がしゅうございますが、それがしのせいでしょうか」

六人を斬ったことが原因ではないかと、気にかかっていた。

「そうやない。細川家にも謀叛の疑いがかかったんや」

「謀叛とは……、豊臣家に対してでござるか」

「先に家康どのは、前田家に濡れ衣を着せて加賀征伐を行うと触れられた。今度は細川家が前田家と通じて豊臣家に弓を引くつもりや言うてな。あのお方は調略の名人や」

幽斎が眼下に広がる海を見やってつぶやいた。

別れの酒宴でほろ酔いかげんになった又兵衛は、三の丸の客殿にもどって早々に床についた。

細川家にまで謀叛の疑いがかけられたとなると、政情は急速に動き出すにちがいない。かくなる上は親父どのに一刻も早く幽斎どのの歌を届けねばなるまい。又兵衛はそう考えながら眠りについた。

夜半を過ぎた頃、廊下を忍び足で近付いて来る者がいた。又兵衛はかすかな物音に目を覚まし、刀の柄に手をかけた。

足音は部屋の前で止まり、ふすまが静かに開いた。ひと筋の月の光が畳の面《おもて》を走り、部屋が急に明るくなった。かすかに香の匂いがする。

「又兵衛さま」

灰色の頭巾をかぶったお孝が声をひそめてにじり寄った。半面を月の光に照らされた姿は、あやしいばかりに美しい。

「おお、そなたか」

このような時刻に忍んで来る理由はひとつしかない。又兵衛は嬉しさのあまり思わず大きな声を出した。

「お静かに。すぐにここをお立ち退《の》き下されませ」

「どこへ行く」

又兵衛はまだ恋の夢から覚めていない。

「刺客が参ります。内濠に舟の用意がございますので、城を逃れて下さいませ」

「この間の仇討《あだう》ちか？　ならば望むところじゃ」

「これ以上騒ぎを大きくすれば、興元さまのお立場に関わります。ここはひとまず」

「非は向こうにある。何ゆえわしが逃げねばならぬ」

又兵衛はへそを曲げた。

「細川家には越中守さまと興元さまの家督争いがございます。越中守さまは徳川方と誼《よしみ》を通じておられますが、興元さまはそうではございません。それゆえ前田家に身方するかどうかを巡って意見が対立し、家中が二つに割れて争っているのでございます」

「ならば、越中守どのがわしを討てと命じられたのか」

「そうお考えになって結構です」

「なるほど。それで、幽斎どのは?」

「興元さまを推《お》しておられるようですが、胸の内は誰にもお洩らしになりません。さあ、お急ぎ下さいませ」

「やれやれ、とんだ逢《あ》い引《び》きだわい」

又兵衛はしぶしぶ仕度にかかった。

客殿の裏口から出ると、二人は武家屋敷の間の狭い路地を内濠に向かった。

広場を抜けて二の丸御門の横の舟溜《ふなだま》りに向かおうとした時、二の丸から出て来た三人の武士と出くわした。

どうやら見張り役らしい。三人は思いがけない相手の出現に棒立ちになった。

「来るか、今夜のわしは機嫌が悪いぞ」

又兵衛は刀の柄に手をかけてずんと一歩踏み出した。

二人は腰を抜かさんばかりにして二の丸に取って返し、もう一人は三の丸の門を固めた仲間のもとに走った。

内濠につないだ小舟に乗ると、お孝が櫂《かい》を器用にあやつり、幅十一間の濠を悠然と水門へ向かっていく。濠の片側には二の丸の石垣と白壁の塀がそびえ、三の丸には見事な枝ぶりの松並木がつづいている。

月の光をあびた水面は鏡となって輝いている。どこかで鈴虫の澄んだ音がする。

「あの水門でわたくしは降ります。海に出たら真っ直ぐ東に向かって下さい。三町ばかりで城下に出ます」

「そなた、やはり玉子どのの縁者だな」

そうでなければこれほど家中の大事に通じているはずがない。

「母はちがいますが、妹になります」

明智光秀の娘ということだ。幼い妹が謀叛人の娘として肩身の狭い思いをすることを案じた玉子が、光秀が亡《ほろ》んだ後にお孝を加賀の高山右近に託した。

成人したお孝は、二年前に前田利家の娘千世が細川忠隆にとついだ時に、侍女として細川家に来たのだという。

「そなたはキリシタンだな」

「はい」

「興元どのもか」

「四年前にジュストさまの教えに従って洗礼を受けられました」

義人《ジュスト》とは高山右近の洗礼名である。

「惚《ほ》れておるのか」

「お慕い申し上げております。されど興元さまには奥方さまがおられますゆえ」

お孝が櫂をこぐ手を止めて月を見やった。

神は側室となることも、姦通《かんつう》することも禁じている。お孝は興元と同じ教えに身を捧《ささ》げることで、ひそかに心を通わせているのだろう。

(畜生)

又兵衛は兜《かぶと》を脱いだ。

このまま海に連れ出して手込《てご》めにでもしてやりたかったが、月の光をあびたお孝の姿には、邪《よこしま》な心を持って近付くことを許さない気高さがあった――。

## 五

本多正純の家臣は、入れ代り立ち代り現われ、又兵衛と二、三度盃のやり取りをして次の者と交代した。お近付きになりたいと言うが、これでは一人で酒の相手をさせられているようなものだ。

十二、三人目の男が現われた時、又兵衛もさすがにおかしいと思ったが、豪傑だの日の本無双だのとおだて上げられた後だけに、これ以上は駄目だと言えなくなった。

ままよ。この又兵衛を酒でつぶせるものならつぶしてみよ。そんな意地もあって、三十人全員の相手をした。その間にも、問われるままにいろいろと語っている。

「さてさて、次はどちらの御仁かな」

人が途切れたのを見て、又兵衛は赤ら顔でさいそくした。

「ただ今の者で終わりでござる。まことにかたじけのうござった」

正純は内心驚嘆していた。すでに四升以上は飲んでいるのに、さして乱れたところもない。

「ならば、本日はお暇《いとま》つかまつる。結構な馳走《ちそう》にあずかり、この又兵衛生涯の面目をほどこし申した」

ゆらりと立ち上がった。さすがに応《こた》えている。又兵衛は酔いを気取《けど》られないようにゆったりとした足取りで西の丸の屋敷を出た。

玉造口大門を出て、細川屋敷のあった越中町へと回ってみた。

七月十七日に全焼した屋敷跡は、さら地のまま放置されていた。所々に焼け焦げた柱や板が転がり、庭園を形造っていた石だけが当時の面影を残している。

細川ガラシア夫人、玉子が殺されたあの日、又兵衛は二十人の手勢を率いてこの場に駆け付けた。

だが屋敷を包囲した石田三成の軍勢にはばまれ、中に入ることも出来ずに炎上する館《やかた》を見上げる外《ほか》はなかったのである。

幸い千世とお孝は隣の宇喜多秀家の屋敷に逃げ込んで無事だった。秀家の妻のお豪《ごう》は、千世の姉である。危険を察した玉子が、いち早く二人を隣家へ脱出させたのだ。

あれからまだ三ヶ月もたっていない。だが天下は大きく変わり、屋敷跡は荒れ果てている。

又兵衛が如水とともに目ざした天下取りも、うたかたの夢と消えたのである。幽斎の下の句を持って如水を訪ねたのは、昨年のちょうど今頃だった。

「なるほど、そうか」

如水は短冊の歌を読んで仕方なさそうにつぶやいた。

「親父どのの上の句といい、この下の句といい、いったいどのような意味なのでござるか」

「なあに、どちらも幽斎どのの歌でな」

如水が送ったのは、「舟人もしらずはるけき浪路をば　ただ吹く風に身をやまかせむ」であり、幽斎の返歌は「秋かぜに紅葉《もみじ》やちらんつれもなき　いは木の山の名を頼みても」の、上の句と下の句だった。

伝えたい心は、両者とも伝えなかった句の中にあった。

如水は家康の加賀征伐に際して「ただ吹く風に身をやまかせむ」と伝えた。これには機会が来たなら一緒に立とうという意味が込められている。

これに対して幽斎が伝えた「秋かぜに紅葉やちらんつれもなき」には、今は機会が去っていかんともし難いという意味があった。

「前田家が家康どのを討つために起《た》つなら、幽斎どのは忠興どのを廃嫡《はいちゃく》して興元どのに家を継がせ、細川家の総力をあげて前田家を支援しようと考えておられた。ところが前田家が頼みとしていた宇喜多家に内紛が起こったために、前田家も挙兵を断念せざるを得なくなったのじゃ」

家康が加賀征伐を命じたのと時を同じゅうして宇喜多家の御家騒動が起こったのは、決して偶然ではない。姻戚関係にある前田と宇喜多が同盟することを恐れた家康が、宇喜多家の老臣である浮田左京亮《うきたさきようのすけ》や戸川逵安《とがわみちやす》をあやつって反秀家の行動を起こさせたのだ。

家康は返す刀で細川家に前田家と通じているという疑いをかけた。幽斎はやむなく忠興の三男忠利《ただとし》を人質として江戸にさし出すことで異心なきを誓い、前田家と家康との調停役まで務めたのである。

「家康どのには関東二百五十万石の後ろ楯《だて》があるゆえ、我らとは押し出しがちがう。このままでは勝負にならぬ」

「親父どのともあろうお方が、弱音を吐かれるとは情ない」

「誰が弱音など吐くか。わしはこれから中津にもどり、足場を固めて機をうかがう。家康どのに関東があるなら、わしは九州三百万石を切り従えて決戦をいどむ。そtwelvejhなたは大坂屋敷に残って、中津との連絡に当たれ」

如水はそう命じると、十二月の初めに豊前中津城に引き揚げたのだった。

「殿、そろそろ」

供の者に声をかけられて、又兵衛は物想《ものおも》いから覚めた。

「いかん、ちと酔ったらしい」

屋敷には正純との対面の結果を知りたくて、長政が使者を寄こしているだろう。あるいは自ら出向いているかもしれぬ。たらふく酒を飲んだと聞いたならさぞ不快な顔をすることだろうが、なあに構うものか。

又兵衛は秋の風に吹かれ、肩をそびやかして歩き始めた。


又兵衛を送り出すと、本多正純は配下の五人を部屋に呼んだ。

「どうじゃ。今の話に不審なところはないか」

正純も成り行き上五合ばかりの酒を飲んでいる。頭はしっかりしていたが、顔がかなり青ざめていた。

「我らが調べたところと、ほぼ相違ございません」

組頭が答えた。

又兵衛の宮津での行動を調べに行った五人が、又兵衛から盃を受けながら、あるいは受けた後に次の間に控えて、話を逐一聞いていたのだった。

「違ったところがあるのだな」

「我らは数多くの者たちから話を集めておりますゆえ、又兵衛どのが話された以外のことも聞き及んでおりまする」

「もっとも食い違うのはどこじゃ」

「幽斎どのと忠興どのの仲はむつまじく、家中での争いごとなど一切ない。宮津城下では皆がそう申します。子細については、一昨日差し上げた書き物に記した通りでございます」

「分った。下がってよい」

正純は急に疲れを覚えた。事前に忍びを入れていたのならまだしも、事が終わってから事実を突き止めようとしても不可能に近い。誰もが己れに不都合なことには口をとざし、偽の事実さえ作り上げるからだ。

そう考えると、自分のしていることが影を追うような果てしない徒労に思えてきた。

翌朝、家康の御殿へ向かう途中で細川忠興とばったり出くわした。

「これは越中守どの、お早うございますな」

「内府さまに、筑前の儀について念入りにお願い申し上げようと存じましてな」

忠興はさらりと言ってのけた。あからさまなことを言っても嫌味を感じさせないのは、家柄と育ちの良さのせいである。

「ところで、先日お約束いただいた件については、いかが相成りましたでしょうか」

「戦目付《いくさめつけ》に調べさせておるところでござる。何しろ大坂屋敷に残った家臣の大半が自刃しておる。玉子の最期を見届けた者も生き残ってはおらぬゆえ、難渋しておりましてな」

忠興は横目でじろりとにらんで歩み去った。

昨年の十月に加賀征伐が問題となった時、幽斎が前田家と通じていると密告したのは忠興だった。

忠興は家康にあてた密書に、細川家の行く末を案じてあえて父の非を訴えたのだと記していた。

家康は密書を受け取ると即座に細川家に詰問の使者を出し、忠興の三男忠利を江戸に人質に取ることで和解した。

あの時には正純は忠興の決断に感じ入ったものだが、密告は家康への忠義のためばかりではなかったのである。

あのままでは忠興は幽斎によって廃嫡され、興元に家督を奪われる危機に直面していた。だから幽斎を密告することで、形勢の逆転を図ったのだ。

おそらく家康もそれを察して、忠興の三男を人質にとったのだろう。細川家の当主として人質を出しているからには、幽斎といえども忠興を廃嫡することは出来なくなるからである。

ガラシア夫人の死には、忠興のそうした微妙な立場が影を落としているにちがいない。あるいはガラシアは、黒田如水の企てに加わっていたために、忠興から死を命じられたのではないか。

正純は真相を突きとめることの難しさを改めて感じながら、家康の待つ御座の間へ向かった。

# 第四章　上杉挙兵

## 一

空はどんよりと曇り、肌寒い風が吹きつけてくる。鉛色の雲の下では、青い瓦をふき壁を黒くぬった大坂城の天守閣は、ひどくくすんだ色に見える。金箔《きんぱく》をふんだんに使って縁取った軒も、金泥《きんでい》で描いた虎も、灰色がかってみえるだけだった。

御座《ござ》の間の前まで来ると、中から本多忠勝《ほんだただかつ》の嗄《か》れてひび割れた大声が聞こえた。酒の匂いもただよっている。

昨日後藤又兵衛を籠絡《ろうらく》するために酒を過ごし、二日酔いのむかつきを覚えていた正純は、一瞬息をつめてふすまを開けた。

家康と父の正信、忠勝ら重臣六人が、車座になって茶碗酒《ちやわんざけ》をのんでいた。肴《さかな》は目刺しとたくあんだけだ。

家康は若いころからこうして重臣たちと膝を交じえて話すのが好きで、天下の覇者となった今も時々宿老たちをあつめて四方山《よもやま》話にふけることがあった。

「さきほど、奥州の伊達どのから使者がまいりました」

正純は場ちがいな堅苦しさを肩にためて報告した。

「ほう、何事じゃ」

家康はいつになく機嫌がよく、顔がうっすらと赤い。髪が真っ白なだけに、よけいに血色のよさが目立つ。

「去る九月十七日、最上義光《もがみよしあき》どのは上山《かみのやま》城において上杉景勝どのの軍勢二万を撃退された由にございます」

「上山？　はて、上山とはどこであったかな」

「最上どのの居城山形《やまがた》城から四里（約一六キロメートル）ほど南に下ったところでございます」

「それで景勝は兵を引いたか」

「陣構えを強固にして、山形城の攻略を目論《もくろ》んでおられます。伊達どのはこれを救援すべく、一万五千の兵を山形城に送られるとの由にございます」

三月前の六月十六日、家康は会津の上杉景勝を討つために、福島正則や黒田長政ら豊臣恩顧の諸大名をひきいて江戸に向かった。

かねて上杉家としめし合わせていた石田三成は、この機に乗じて挙兵したが、家康は江戸で軍勢の編制をすると、当初の予定通り七月二十一日に会津に向けて進撃した。

七月二十四日、先発していた徳川秀忠の軍勢三万八千と下野《しもつけ》の小山《おやま》で合流した家康は、翌日諸将をあつめて軍議を開き、会津征伐を中止し、石田三成を討つために西国へ向かうことに決した。

この時、家康軍の背後を上杉景勝が急襲したなら、その後の展開はかなりちがっていただろう。

だが、上杉景勝は南ではなく北に向かった。家康との決戦のときに背後をつかれる不安があったのか、直江兼続《なおえかねつぐ》を総大将とする二万の軍勢を山形城の最上義光に向けたのである。

その間に関ヶ原の戦《いくさ》がおこり、西軍はわずか一日で壊滅した。知らせを受けた直江兼続が米沢《よねざわ》城まで退却するのは、九月二十九日のことである。

伊達政宗が最上勢を救援するために出陣すると伝えてきた書状の日付は、九月十九日。この時には、まだ関ヶ原の戦の結果は奥州にはとどいていない。

「伊達どのからの書状をこれに」

正純が懐に入れた立て文を取り出した。

「無用じゃ。そちが目を通しておけ」

家康が固太りの腕をひらひらとふった。

「されど、会津の仕置のためにも」

「そちが心得ておけば充分じゃ。伊達は忠義面《づら》をつくろっているにすぎぬ」

最上領に上杉軍が攻め込むのを、九月十九日まで座視していたことが、家康には不快らしい。

「北と南で、せいぜい尻ぬぐいの戦をさせることでござるな」

正信が口をはさんだ。南とは九州の黒田如水を指している。

「そういえば、甲斐守の詮議はどうなっておる」

家康が右手で膝頭をゆすった。

「明日、西の丸にご足労を願い、話をうかがう所存にございます」

「その方らの駆け引き、わしも見てみたいものじゃ」

「詮議とは、何のことでござろうか」

本多忠勝が赤ら顔でわり込んだ。

徳川四天王の一人で、生涯五十数度の合戦に出て一度も不覚をとったことのない猛将である。

「なに、合戦のおり陣場争いがあったのだ。勇み立っての小競《こぜ》り合いじゃ」

「そのようなことで甲斐守どのを咎《とが》めてはなりませぬぞ」

忠勝の大声にふすまがふるえた。戦場できたえた声は、虎のように凄《すさ》まじい。

「関ヶ原において、甲斐守どのは島左近どのを打ち破られた。山すそに鉄砲隊を伏せて左近どのを討ち果たすという奇計がなければ、あの戦はどうなっていたか分り申さぬ。第一の手柄は甲斐守どのでござる」

当日軍監《ぐんかん》をつとめていた忠勝が、ためらいもなく言い切った。

手柄は戦場だけではない。小山の軍議のときに福島正則を動かしたのも、小早川秀秋、吉川広家《きつかわひろいえ》を内応させたのも、長政の工作によるものだった。

「甲斐守は我が婿どのじゃ。決して粗略にあつかったりはいたさぬ」

家康は忠勝の剣幕に辟易《へきえき》した顔をして、正純に話を向けた。

「それより弥八郎、いま世継ぎの話をしておったところじゃ。秀康《ひでやす》、秀忠、忠吉《ただよし》の中から誰をえらぶべきか、そちの存念を申してみよ」

「そのような大事、それがしごときに存念のあろうはずがございませぬ」

「無礼講じゃ。遠慮にはおよばぬ」

「お言葉ではございますが、一度たりともそのようなことについて考えたことがございませぬゆえ、何とぞご容赦のほどを」

「ならばこの場で考えよ。皆それぞれに存念を口にしたところじゃ」

そこまで言われれば、答えないわけにはいかない。正純はしばらく間をおいてから口を開いた。

「おそれながら、薩摩守《さつまのかみ》さまがご適任かと存じます」

家康の四男松平《まつだいら》忠吉のことだ。忠吉は二十一歳ながら、井伊直政《いいなおまさ》とともに関ヶ原の戦の先陣の火ぶたを切った。

敵中突破する島津義弘《しまづよしひろ》の軍勢を防ごうとして、自ら負傷したほどの勇猛な武将だった。

「ほう、何ゆえじゃ」

家康の表情がかすかに曇った。

「知勇仁、かねそなえたお方と拝察いたしております」

「正純、これへ」

正信が手まねいた。何事かと膝をすすめると、扇で手厳しく額を打った。よく響くかわいた音とともに、正純の面目はこなごなに打ち砕かれた。

「蠅《はえ》め、逃げうせたわ。額の蠅にも気付かぬようでは、そなたもまだまだじゃな」

正信が飛び去った蠅を追うように目を泳がせた。

正純は蒼白《そうはく》になって御座の間を出て、正信が下がって来るのを待った。

やがて正信が酔って機嫌よくもどって来た。

「父上、それがしの額にとまっていたのは、いかなる蠅でございましょうか」

正純の腹は屈辱に煮えている。主君のまえで武士の面を打たれたのだ。返答によっては父といえども許すわけにはいかなかった。

「驕慢《きようまん》と無知の夫婦《めおと》蠅じゃ。二匹でむつみおうて、そなたの頭に破滅の卵をうみつけるところであったわ」

「それがしは殿のおおせに従ったまででございます。何ゆえ驕慢と申されますか」

「たとえ何と申されようとも、自分に存念のないことを口にしてはならぬ。答えても答えなくとも無礼なら、答えぬ方を選ぶべきじゃ」

「あのようには申しましたが、存念がなかったわけではございませぬ」

「それゆえ無知だと申しておる」

「ならば父上はどうお答えになりますか」

「わしは秀康どのと言う。だが、そなたは秀忠どのと答えるべきじゃ」

「しかし」

　秀忠は徳川軍の主力三万八千をひきいて中山道を関ヶ原に向かいながら、真田昌幸《さなだまさゆき》、幸村父子《ゆきむらおやこ》のたてこもる上田城《うえだ》の攻略に手間取り、決戦に遅参するという大失態を演じている。

　徳川家をつぐ器ではないことを、天下にさらけ出したも同然だった。

「そちには、わしの力量さえ見えぬようだな」

「…………」

「わしがお側《そば》についておりながら、大事の戦に遅参などさせるはずがあるまいが」

「では、予定の行動だったと」

「小山で殿と申し合わせてのことじゃ。だが他にこれを知るのは秀忠どのばかりゆえ、秀忠どのに対する風当たりが強くなる。殿が世継ぎの話をなされるのは、それを防ごうとしてのことなのじゃ」

遅参の真の理由を公けに出来ない以上、秀忠に非難があつまるのはさけられない。そこで家康は、真っ先に秀忠を譴責《けんせき》する姿勢を見せることで、家臣や他の大名たちの溜飲《りゅういん》を下げようとしているという。

「わしが秀康どのを推《お》すのは、それが殿の策にかなうからじゃ」

正純には思いもかけないことだった。

六月十六日に大坂を出てから関ヶ原の戦まで、正純は常に家康と行動をともにしてきた。だがそのような策があるとは一度たりとも聞かされてはいない。

「上杉征伐に発《た》つまでのことをよく思い返してみよ。殿がこのような策を取られたわけが分る。もし分らねば、この先近習《きんじゅ》筆頭として殿につかえることなど出来ぬ」

正純を混乱の渦に突きおとしたまま、正信は屋敷を出て行った。

翌朝もどんよりと曇っていた。

本多正純はお忍《しのび》駕籠《かご》に乗って生玉口三の丸の城門を出た。

黒田長政の訊問《じんもん》は西の丸で行う予定だったが、思うところあって黒田家上屋敷に変更した。

めずらしく駕籠を用いたのは、たびたび黒田家を訪ねていることが知れると、あらぬ噂《うわさ》をたてられるおそれがあるからだ。

本町筋を西に下る駕籠に揺られながら、正純は父がかけた謎を懸命に解こうとしていた。

中山道を関ヶ原に向かった徳川秀忠の軍勢は遅参したのではなかった。合戦当日には、ある目的をもって信州の馬籠宿《まごめじゆく》にとどまっていたのだ。

そうした策を取らなければならなかった理由は、六月十六日に家康が上杉征伐に出るまでのことを考えてみれば分るという。

明け方まで考え抜いて正純がえた結論は、黒田如水と伊達政宗に何らかの密約があったということだ。

北と南で尻ぬぐいの戦をさせるという正信の言葉も、このことを指している。また黒田如水の密書には次のように記されていた。

〈今般天下二分の形勢、目出度《めでた》く存じ候
我ら長年の素志《そし》を遂ぐるは今と、欣喜《きんき》致しおり候
濃尾において両軍対決候わば、三方より兵を起こし、敵の疲れたるをば一戦にて打ち破り、天下掌中と成すこと、明々白々と存じ候

御油断なき御分別肝要に存じ候〉

「濃尾において両軍対決候わば」とは、すでに如水が七月十八日の段階で決戦場は関ヶ原のあたりになることを読んでいたということだ。

その時をねらって「三方より兵を起こし、敵の疲れたるをば一戦にて打ち破り、天下掌中と成す」という計略を立てていた。

問題は「三方より」ということだ。一方は如水、もう一方は政宗として、残る一方は誰なのか？

そもそも如水と政宗に密約があったとするなら、両者はいつそのように密接な連絡をとり合ったのか？

一夜知恵を絞り抜いた末に、正純は両者が密約を結んだのは、黒田家上屋敷で長政と家康の養女栄姫《えいひめ》との婚礼が行われた六月六日にちがいないと思った。

祝いの酒宴の後で如水が政宗に茶をふるまったことが、配下から出された報告書に記されていたのだ。

正純が訊問の場所を変更したのも、当日と同じ場所に立って確かめたいことがあったからだった。

東横堀川にかかる大手橋のちかくに、黒田家上屋敷はあった。

門前で駕籠をおりると、雨がぽつりと月代《さかやき》を打った。大粒の雨が、ぱらぱらと降りおちてくる。

正純の背筋を寒気が走った。

関ヶ原の決戦の前夜、正純は諸将との連絡のために雨の中を走り回った。雨に打たれるとあの時の狂おしいばかりの緊張と恐怖が、反射的に寒気となってよみがえるのだ。

黒田甲斐守長政は、主殿の対面の間で待っていた。深い藍《あい》色の小袖の上に裃《かみしも》を着ている。

「急にお訪ねして申しわけござらん。例の訴えの件について、二、三お伺いしたいことがござったものでな」

正純は用意された上座を遠慮して、長政と並んで座った。

「ご足労いただき恐縮でござる。一昨日は又兵衛が馳走《ちそう》にあずかり、かたじけのうござった」

「なんの。当家の者たちが天下に名高い又兵衛どのから、ぜひとも盃《さかずき》を頂戴《ちょうだい》したいと引きも切らぬゆえ、長々とお引き止めいたした。かえってご迷惑をおかけした次第でござる」

「あの者は武勇、智略《ちりやく》かねそなえておるが、酒に足を取られることがござってな。無礼の振舞いがあったとしたなら、ご容赦いただきたい」

互いにさしさわりのない挨拶を交わした後で、正純は訊問に入った。四方のふすまを厳しく立てきった部屋には、書記役の村岡左内が同席しているばかりだった。

「先日持参した如水どのの密書でござるが、あの中に三方より兵を起こしと記されていたのをご記憶でござろうか」

「覚えております」

「そのことについて、何か心当たりでもござるまいか」

「心当たりと申されると？」

「如水どのは、いったいどなたを身方と頼んでおられたのかということでござる」

「それがしには未《いま》だにあの密書が父の手になるものとは信じられませぬ。それゆえ誰を頼んでいたかなどとは、想像することさえ出来申さぬ」

長政が太い目を真《ま》っ直《す》ぐに向けた。肚《はら》の据わった男だけに、虚言を吐いている様子は露ほども見せない。

「長政どのは初め、上杉征伐には反対の立場をとっておられたと存ずるが」

「左様」

「福島どのや細川どのと謀り、三中老、三奉行に征伐を中止せよと迫られたのでござったな」

「おおせの通りでござる」

上杉景勝の重臣直江兼続からの返書を読んだ家康は、五月三日に諸大名に上杉征伐を行うことを告げた。長政ら分権派七将はこれに反対で、家康に中止の進言をするように増田《ました》長盛らに働きかけていた。

この結果、五月七日に三中老、三奉行連名の書状が出されたのである。

「ところが貴殿は一転して、上杉征伐を支持する立場をとられるようになり、他の大名にさきがけて内府さまのご養女と祝言《しゅうげん》をあげられた。これはいかなるわけでござろうか」

「内府さまのお考えに従うことが、豊臣家の安泰をはかる道だと分ったからでござる」

落ち着き払って答えたが、長政が急に立場を変えたのは、密書に記された通りの計略を父に告げられたからである。

その後あまりに多くのことがあったせいだろう。わずか四ヶ月前のことが、何年も昔の出来事のような気がした――。

# 二

赤い牡丹《ぼたん》の花が、風にゆれている。

細い枝先についた大ぶりの花が、大儀そうに身をゆすっている。

書院の文机《ふづくえ》に座った黒田長政は、ふとその花のあざやかさに目をとめた。

机の上には、貴子《たかこ》からの文が開かれたまま置かれている。療養先の有馬《ありま》温泉からのもので、近頃はだいぶん具合もよくなったので、五月の初めには大坂にもどるつもりだと記されていた。

貴子は蜂須賀小六正勝《はちすかころくまさかつ》の娘で、体の大きな華やかな顔立ちをした女だった。

長政は十七歳のときに貴子をめとり、十六年間ともに暮らしてきたが、どうしたわけか子宝に恵まれなかった。しかも貴子は三年ほど前から病気がちになり、たびたび有馬温泉へ療養に出かけるようになった。

胸苦しくて食事ものどを通らないと言うので、方々の医師にみてもらったが、どこが悪いのか分らない。おそらく気うつが原因だろうというので、長政も貴子の好きにさせていた。

若い頃の貴子は、ちょうど赤い牡丹の花のように華やかで気性も激しかった。女だてらに槍《やり》を使い、緋《ひ》おどしの鎧《よろい》を着て戦場《いくさば》に出たこともある。

だが近頃は頬骨が突き出るほどにやせて、体付きも貧しいものになっている。ちょうどしぼんでいく牡丹の花のようだ。さかりの頃があざやかだけに、枯れていく姿がよけいにみじめだった。

（あるいは、わしのせいか）

長政はこれまで二十数度の合戦に出て、数多くの敵を殺した。その祟《たた》りが、貴子の病となって現われたのではないか。時折そんな考えが頭をよぎる。

だが、武将として生まれた宿命を変えることは出来ないので、せめて貴子には好きなようにさせてやりたかった。

「お殿さま」

涼やかな声がして、樹里が入ってきた。

「ただ今、奥州に遣《つか》わしていた者がもどりました」

「うむ」

「豊臣家から上杉家に送られた使者が、先ほど大坂城西の丸に入ったそうでございます」

「景勝どのはどうなされる？」

「使者に返書をたくされたそうでございますが、内容までは分りませぬ」

「その者に会う。連れて参れ」

「おそれながら、大殿さま以外には顔をさらさぬのが我らの決まりでございます、覆面のままでよろしゅうございましょうか」

「構わぬ」

「ならば、こちらに」

樹里が先に立って納戸に案内した。

食器などを入れておくぬり込めの部屋で、戸を閉めると昼間でも真っ暗になる。

奥州からもどった男は、たて長の部屋の片隅にうずくまっていた。

「どうぞ、こちらに」

樹里が床几《しょうぎ》を立てた。長政が腰を下ろすと、外側から戸を閉めた。

「会津の様子はどうじゃ。見たままを語ってくれ」

「国をあげて戦の仕度にかかっております」

男が覆面にくぐもった低い声で答えた。

一月前、徳川家康は上杉景勝に使者を送り、謀叛《むほん》の風聞があるので上洛《じょうらく》して釈明するように求めた。使者は伊奈昭綱《いなあきつな》と川村長門《かわむらながと》である。

使徒衆の一員である男は、如水の命令で二人を尾行し、会津の様子をつぶさにさぐっていた。

「ひとつには人夫数万人を集めて新城をきずかれておること。ひとつには会津七口すべてに通じる道を整備し、橋を作っておられること。また天下に名のある牢人《ろうにん》を数多く召し抱えておられること。いずれも謀叛の風聞を裏づけることばかりでございます」

それればかりではない。旧領である越後《えちご》の地侍と連絡を取り、合戦となったなら上杉家に身方して挙兵するよう工作しているという。

「領国の様子はどうじゃ」

「二年つづきの不作にて、下々は難儀いたしております」

「たとえ戦となっても、領国から打って出ることはないということだな」

会津百二十万石の動員兵力はおよそ四万だが、兵糧米《ひょうろうまい》が欠乏していては外征はできない。その上戦が長引けば、雪で補給路を断たれるおそれがあった。

「会津七口に砦《とりで》をつらね、守りを固めておられます。領国を城としてたてこもる考えかと見受けます」

「使者の扱いはどうじゃ。上杉どのには和解される考えはないか」

「ないものと見受けられます」

「理由は？」

「使者が立ち去った後にも、城や道橋の工事はつづいております」

目が暗さになれるにつれて、長政には男の姿が見えるようになった。肩や腰幅が広いがっしりとした体付きをしている。右の肩の肉が左より盛り上がっているのは、槍の使い手である証拠だ。

「そなた、名のある武士であろう」

そうでなければこれほど的確に上杉領の様子を見抜くことは出来ないはずだが、男は無言のまま闇の中にうずくまるばかりだった。

翌日、徳川家康は豊臣家の大老の名において、諸大名を大坂城西の丸の大広間にあつめた。

長政も福島正則らと連れ立って出席した。百人ちかくが大広間に整然とならぶのを待って、五奉行の一人である増田長盛が声をはり上げた。

「会津に遣わした使者が、上杉どのの返書をたずさえて昨夜もどった。各々方《おのおのがた》にもこの場にて使者の口上をお聞きいただきたい」

家康は一段高くなった上段の間にゆったりと座っている。大老という身分でありながら、すでに天下人《てんかびと》のように振舞っていた。

「ご両人、これへ」

声がかかって、伊奈昭綱と川村長門が進み出た。長門は返書を入れた文箱《ふばこ》を捧《ささ》げ持っている。

「上杉中納言どののお言葉を申し上げまする。すべては家老直江山城守《やましろのかみ》の書状に記されたとおりである。秀頼さまに対していささかの叛心《はんしん》もなきことは、天の知るところであるゆえ、しかとお伝え願いたい。かように申されておりまする」

昭綱が復命すると、長門が膝行《しっこう》して長盛に文箱を差し出した。

長盛が文を取り出して渡そうとすると、家康はその場で読み上げるように命じた。

「されば」

長盛は文をはらりと開いた。

一間（約一・八メートル）ばかりもある長大な文である。大名たちは不吉な予感に体を固くした。

「今朔日《ついたち》の尊書、昨十三日に到着、拝見多幸候」

直江山城守兼続はそう書き出していた。

朔日の尊書とは、相国寺《しょうこくじ》の僧承兌《しょうたい》が四月一日付で兼続あてに送った書状のことだ。上杉の暴挙をいさめるように家康から頼まれてのことである。

「ひとつ、当国の儀そこもとにおいて種々雑説申し候につき、内府さまご不審のよし、もっとも余儀なく候えども、伏見の間にてさえいろいろ雑説止《や》むときなく候、いわんや遠国といい景勝若年といい似合いたる雑説と存じ候、苦しからず儀候条、尊意安んじらるべく候」

会津に謀叛の企てがあるという噂があって、内府さまが不審を持っておられるとのことだが、今は伏見の家康が豊臣家にそむくという噂があるような時節ではないか。

会津が遠国であることや景勝が若輩であることに付け込んだ根も葉もない噂なので、どうか安心してもらいたい。

以下十六ヶ条にわたって承兌の書状に答える形をとり、謀叛の疑いが事実無根であることを訴えているが、内容は家康に対する挑戦状だった。

承兌が一刻も早く上洛して謀叛の疑いを晴らすように求めたのに対しては、

「去年国替《くにがえ》早々に上洛したのに、今また上洛していては領国を治めている暇《いとま》がないではないか。また会津は雪国で十月から三月までは上洛の道が閉ざされることは、この国を知る者にたずねてみればすぐに分ることだ」

と一蹴している。

景勝が太閤《たいこう》秀吉に忠義をつくしていたことは家康もよく知っているので、申し開きさえしたなら疑いも晴れるだろうという忠告に対しては、

「景勝の忠義心は今もまったく変わっていない。世の中にはころころと態度を変える者もいるようだが、同列に見てくれるな」

と、家康になびく大名たちを鼻で笑っている。

この春加賀の前田利長に謀叛の企てがあり、あわや戦という事態になったが、家康の温和なはからいによって事なきを得た。上杉家もこれにならって和を求めるべきだという呼びかけには、

「前田家を思うままに処分して、さぞ気分がいいことでしょう。たいしたご威光でございますな」と、家康の専横を皮肉っている。

全文これ皮肉と嫌味とからかいに満ちた内容で、読みあげる増田長盛が家康をはばかって冷汗をかいているほどだった。

「中……、中納言さまか内府さま……、ご下向のよし候間、万端ご下知《げち》次第につかまつるべく候。以上」

書状を読み終えると、大広間は不気味な沈黙につつまれた。

大名たちは凍りついたように身動きひとつしない。このあからさまな挑戦状に対して家康が何と言うか、固唾《かたず》をのんで見守っている。

だが、家康は口を開かなかった。目をつぶり腕組みをしたまま、じっと何事かを考え込んでいる。

沈黙の時が刻々とすぎてゆく。

大名たちの重心は次第に前に傾き、家康一人の肩にずしりとのしかかっていく。我知らず家康に決断をゆだねる気持になっている。

その頃合いを充分に見計らって、家康はすっくと立った。

「わしは齢《よわい》五十九になるが、これほど無礼な文は初めてじゃ。会津中納言がわしに来いというのなら、行くほかはあるまい」

怒りをおさえた低い声で言うと、大名たちにただちに出陣の仕度にかかるように命じた。

翌日、黒田長政は玉造にある細川忠興の屋敷を訪ねた。茶会を開くのでご参集いただきたいとの触れがあったのだ。

茶室にはすでに忠興と池田輝政、福島正則がいて、少しおくれて加藤清正、加藤嘉明《よしあきら》、浅野幸長がつれ立って来た。

「本日の茶会は肥後守《ひごのかみ》どのの発案によって開いたものでござる。不肖ながらそれがしが茶頭《さどう》をつとめさせていただく」

忠興が口を開いた。

石田三成を失脚に追い込んだ分権派七将の会合である。議題は上杉征伐についてどう対応するかということだった。

「まず、いかような事態になろうとも、我ら七人結束して事に当たることを申し合わせておきたいと存ずるが、いかがでござろうか」

忠興が座を見わたした。分権派のまとめ役となって家康に売り込もうと目論んでいるので、突き出た目を油断なく光らせている。

「異存はない」

清正が低い声で応じた。

身の丈六尺五寸（約一九七センチメートル）ちかい巨漢である。清正がいるだけで茶室が窮屈に感じられた。

「わしも、同意じゃ」

福島正則が猛々《たけだけ》しい八の字ひげをねじりあげてうなずいた。

正則は七人のなかでは最年長の四十歳、清正はひとつ年下である。所領も肥後二十五万石と清洲《きよす》二十四万石で肩をならべているが、思慮分別においては清正に一日の長があり、自然と清正が分権派の首領、正則が次席といった立場になっていた。

長政は二十五歳の浅野幸長についで若い。智略、武勇にはすでに定評があったが、これまでは常に一歩退《ひ》いた立場をとっていた。

「甲斐守どのは、いかがでござる」

忠興が水を向けた。

「むろん異存はござらぬ」

「ならば一身神水《いちみじんすい》の誓いをいたそうと存ずるが」

「我らは朝鮮の役においても、治部を大坂から叩《たた》き出したときにも、心を合わせておる。今さらそのような物は無用じゃ」

清正が迷いなく言い切った。

「左様、無用に願いたい」

浅野幸長が真っ先に同意した。

幸長が蔚山《ウルサン》城で明の大軍に包囲されたとき、清正はわずか数人の供をつれただけで救援にかけつけ、二ヶ月間の籠城戦を戦いぬいた。

それ以来幸長は清正を神のごとくあがめている。清正が死ねと言ったなら、即座に腹を切る男である。

「そんなことより、早く本題に入ってくれ」

正則が苛立《いらだ》たしげにせき立てた。

「こたびの会津征伐のことでござるが、内府さまみずから出征なされば、我らは先陣をおおせつかることとなり申そう。それゆえこの先どうすべきか、腹蔵のなきところをうけたまわりたい」

「それにしても、どうも分らぬ。景勝どのは何ゆえかほどに戦を急がれるのでござろうか」

そう言ったのは、三河吉田《よしだ》十五万石を領する池田輝政。忠興と同じ三十七歳である。

「そうよなあ。昨日の山城守どのの返書では、戦を仕掛けているとしか思えぬ」

ひとつ年上の加藤嘉明は、松山《まつやま》十万石と七人の中では最も所領が少なかった。

「家康どのを会津におびき寄せる策でござろう。その隙に西国で兵を挙げんと企てる者がいるはずでござる」

長政は使徒衆の報告を受けたときからそう考えていた。

「ほう、何ゆえそう申される」

忠興が競争心をむき出しにした。

智略、武勇ともによく似た二人だが、忠興には知に走って血の通わぬようなところがある。

「会津に入れた者の知らせによれば、景勝どのは新たに城をきずき、会津七口を固め、領国を要塞と化しておられるとのことでござる。また会津は二年つづきの不作で、兵糧米も潤沢ではない様子。とすれば領国にたてこもって戦うほかはなく、援軍の見込みがなければ、あのように居丈高に戦をいどまれるはずはあるまいと存ずる」

清正が膝を打った。

「甲斐守どの、わしもそう考えておったところじゃ」

「とすると、三成じゃな」

正則が眉をひそめた。

石田三成と直江兼続が親友であることは、天下にかくれなきことである。

「あやつめ、会津に家康どのをおびき寄せ、西と東からはさみ撃ちにするつもりであろう」

「とすれば、治部だけの計略ではあるまい。与力の大名がおるはずじゃ」

「前田、宇喜多、毛利。五大老のうち誰かと結んでおると見ずばなるまい」

「淀殿とて治部の言いなりじゃ」

「秀頼公を押し立てて家康どのを追撃したならどうなる」

「家康どのに従う者は、秀頼公の敵となるではないか」

口々に意見をのべるうちに、座の空気は三成憎しの思いで熱くなっていった。七人とも朝鮮の役では三成に煮え湯をのまされている。また秀吉や淀殿に取り入って豊臣家を意のままにしてきたことに対する不快もある。

家康と三成が戦うとなれば、一も二もなく家康に従うつもりだが、家康に身方することが豊臣家の安泰につながるかどうか。そこが読みきれないだけに去就に迷っていた。

「ともかく家康どのには出陣を思い留《とど》まっていただく。そのかわりに我らが会津に行こうではないか」

清正が断を下した。

三成の策を封じ、豊臣家を守るにはそれしかなかった。

「そうじゃ。我らの領国をあわせれば百二十二万石、景勝どのとはいい勝負になろう」

　正則もすぐに同意した。

「されど我らが諫《いさ》めたのでは、僭越《せんえつ》のふるまいとなりましょう。ここは三中老、三奉行に説いていただくのが筋と存ずるが」

　忠興は頭の回りが早い。家康に取り入るには、直接諫言《かんげん》する形を取らないほうがいいと考えたのだった。

「では、その方々への連絡は忠興どのに一任するとして、そろそろ茶にでもいたそうか」

　清正の一言で話し合いは終わり、別室での酒宴となった――。

三

　雨が本降りになったらしい。

　雨戸をたたく音や、軒先に滝となって落ちる音がかすかに聞こえた。

　本多正純は書記役の村岡左内を見やった。上杉征伐を中止させるために三中老、三奉行に働きかけようと提案したのは、細川忠興だった。長政がそう言ったことを書き留めたか確かめたのだ。

　左内は正純の視線に気付き、軽くうなずいて手抜かりはないことを伝えた。

「貴殿らの働きかけのとおり、三中老、三奉行は五月七日に上杉征伐を中止するよう内府さまに進言いたした。また肥後守どのからも、我ら七将が先陣をつとめるゆえ、内府さまは大坂城にとどまっていただきたいとの申し入れがござった。これはすべて細川邸での茶会の折に取り決めたことだと申されるか」

「左様、されど内府さまはお取り上げにならなかった。そのことは本多どのもご承知の通りでござる」

「上杉方があれほど内府さまを愚弄《ぐろう》する返書を送ってきた以上、受けて立たざるは武門の恥でござろう。まして西の丸大広間で披露された後とあっては、中止することなど出来なかったのでござる」

　正純はそう言ったが、大名たちの前で返書を読み上げさせたのは家康の策だった。

　実はあの前夜、伊奈昭綱が直江兼続の返書を家康のもとに届けていた。家康は一読するなりにやりと笑って、これは見なかったことにすると言った。

　翌日、大広間で初めて返書に接したふりをして怒ってみせたのは、上杉征伐を確実なものにするためだ。

すでに四月の初めには、家康は上杉と石田三成が挙兵の盟約をかわしていることを察知していた。

そのことは三成対策を命じられていた正純が一番良く知っている。

「治部ほどの智恵者《ちえしゃ》に太刀打《たちう》ちできるのは、弥八郎しかおるまいて」

家康はそう言ったものだ。

正純はその言葉にふるい立ち、豊臣恩顧の大名を三成から引き離すための策を次々と講じた。

それがことごとく的中したために、関ヶ原の戦を勝利に導いたのは自分だという自負を持っていたのだが、秀忠軍は遅参ではなかったという正信の一言で、鼻っ柱はこなごなに打ち砕かれたのである。

「甲斐守どの、いささか立ち入ったことをお伺いいたすが、お許しいただけようか」

「お役目とあれば、存分に」

長政は少しの乱れも見せない。水鏡のようにしずまっている。

「貴殿は蜂須賀どののご息女を妻としておられた。そのお方を急に離縁して栄姫さまをめとられたのは、何ゆえでござろうか」

「内府さまのお勧めがあったことと、前妻に世継ぎができなかったためでござる」

「内府さまからは昨年の正月にも同様の申し出があったが、貴殿はお断わりになっておられる。何ゆえ急に受けられたのかな」

「本多どのは、徳川家と当家の縁組みを快く思っておられぬようでござるな」

「滅相もない。目出度いことと喜んでおるゆえ、何ゆえ早くご決断いただけなかったかと悔やんでおるのでござる」

「ならば、たずねられるまでもござるまい。内府さまが正しいと信じ、ともに戦う覚悟を定めたからには、結びつきを強めたいと願うのは当然のことでござろう」

長政の胸中は複雑だった。

長年つれそった貴子を離縁し、栄姫をめとるように勧めたのは父如水である。それに従ったことが良かったのかどうか、今でもかすかな迷いがあった——。

細川忠興は何の前ぶれもなく訪ねて来た。

家康の説得に失敗した三中老、三奉行の弱腰ぶりをさんざん罵倒すると、用意した酒肴《しゅこう》には手もつけずに帰っていった。

残された長政は、口の中が苦くなるような思いをしながらしばらく手酌で飲みつづけた。三中老らの対応のまずさよりも、本心をかくして口先だけで人を丸め込もうとする忠興の態度が不快だった。

忠興が家康の足をなめんばかりにして機嫌を取ろうとしていることは、心ある者なら誰でも知っている。

今度のことでも分権派七将を結束させ、舵取《かじと》り役となって家康に身方させようと狙っている。そうすれば自分は十八万石の身でありながら、百二十二万石分の働きが出来るからだ。

だから忠興は、三中老らの進言を家康が拒否したことを、内心喜んでいるはずである。その本心を包みかくして三中老らを批判してみせても浅墓《あさはか》なばかりであり、長政を侮辱するも同然だった。

それにしても、三中老らの体《てい》たらくはひどいものだった。

三中老とは堀尾吉晴、生駒親正《いこまちかまさ》、中村一氏《なかむらかずうじ》、三奉行とは増田長盛、長束正家《なつかまさいえ》、前田玄以である。彼らは分権派からの働きかけもあって、五月七日に上杉征伐の中止を求める書状を家康に差し出した。

家康は大坂に残り、会津へは他の者を遣わすように願ったものだが、その文言があまりに情ない。中でも、

「第一秀頼さまご若年に御座候、しかれどもここに御座候てこそ、諸人重々しく存じ奉り候に、ただいま御下向なされ候わば、秀頼さまを御見放しなされ候ように、下々存ずべく候」

という一文を読んだときには、開いた口がふさがらなかった。

彼らは誰一人、自分の意見というものを持ってはいない。ただ家康ににらまれまいと汲々《きゅうきゅう》としている。

これでは家康にいいようにあしらわれるのは当たり前だった。

「よろしゅうございますか」

遠慮がちな声がして、樹里が入ってきた。

「ただ今、雲水《うんすい》の方がみえられました。遠侍《とおさぶらい》までお出《い》でいただきますよう」

「雲水？　何ゆえそのような者を通した」

「大事の用で至急お目にかかりたいとのことでございます」

如水が配下の使徒衆を使いによこしたのかもしれぬ。長政はいぶかりながら遠侍まで出たが、部屋に入るなり、驚きの声をあげそうになった。

如水本人が墨ぞめの衣に袈裟《けさ》をかけて座っているではないか。

「久方ぶりだな。息災で何よりじゃ」

くりくりとした丸い目を向けた。生き生きとした智恵の輝きと、憎めない愛敬《あいきよう》をそなえている。

　昨年の十二月に国元に帰って以来だから、半年ぶりの再会だった。

「何ゆえ、そのようなお姿で」

「わしは病気療養のために国元にもどったのでな。ここにおることが知れたなら、良からぬ気を回す輩《やから》もいるであろうが」

「急用とは何事でございますか」

「いよいよ天下は大戦《おおいくさ》に向けて動き出した。この後のことを、そなたと申し合わせておかねばならぬ」

　如水は不自由な右足をくの字形に曲げて投げ出している。横には古ぼけた丸笠《まるがさ》を置いていた。

「わしと共に天下を望むという志は、捨ててはおるまいな」

「おりませぬ」

「ならば、貴子どのを離縁してもらわねばならぬ」

　長政は一瞬如水の思考の糸を見失い、すぐに家康との縁組みのためだということに気付いた。

一年前にも家康の養女栄姫との縁談があったが、長政は断わっている。

「家康どのに身方せよと申されるのですか」

「そうじゃ。そなたには皆のまとめ役となって、家康どのとともに上杉征伐に出てもらう」

「ですが、我らの頭目は肥後守どののでございます」

「虎之助《とらのすけ》は会津へは行かぬ」

如水は加藤清正の軍学の師に当たる。今でも虎之助と呼んで親しく付き合っていた。

「行かぬと申されると」

「わしとともに九州に残り、後日にそなえてもらう。それゆえそなたたちの頭目は福島正則ということになるが、奴《やつ》には皆をまとめる頭はない。となれば越中かそなたしかおるまい」

越中守忠興は江戸に我が子を人質として差し出しているために、家康との関係は六人の中ではもっとも深い。だが長政が栄姫をめとれば、これをしのぐことができる。

「それゆえ、上杉征伐に出る前に祝言をあげねばならぬ」

「我らが家康どののともに会津に出陣したなら、治部どのが西国の大名を動かして兵をあげられましょう」

「それこそ我らの思う壺《つぼ》じゃ。治部と家康どのを戦わせ、双方を叩きつぶす絶好の機会ではないか」

「しかし、治部どのの軍勢と戦うことになったなら、家康どのは我らに先陣を命じられるに相違ありません」

「ならば一気に攻め亡《ほろ》ぼし、返す刀で家康どのを討てばよい。上杉征伐の結果がどうなるかは誰にも分らぬ。分っているのは、そなたら七将が家康どのとともに出陣しなければ、治部も兵をあげぬということじゃ」

石田三成は分権派七将によって大坂城を追われたので、家康が出陣したとしても七将が大坂に残っていれば豊臣家を意のままにすることは出来ない。

三成の挙兵を望んでいる家康もそこは見通しているはずで、七将にはかならず会津出陣を命じる。とすれば家康との縁組みをして関係を強めておいたほうが、この先大きな働きが出来る。

如水はそう読んでいた。

「戦は生き物じゃ。刻々とその顔を変える。それゆえ先のことは、やってみなければば分らぬ」

「我らに家康どのの先陣として死ねと申されるのですか」

「そうなることもあるやもしれぬが、不服か」

「父上に従うと決めたからには、何があろうと不服は申しませぬ」

如水は石田三成も徳川家康も排して、天下の主役に躍り出ようとしている。豊臣家を盟主として、自分の理想とする国造りをしたいと願っているのだ。

父の計略のために力を尽くすことは、子としての務めだ。まして天下を相手の戦なら本望ではないか。長政はそう思っていた。

「ならばわしはこれで国元に帰る。あらかた手は打ってあるゆえ、すぐにも祝言の運びとなるはずじゃ」

如水はあわただしく席を立つと、雲水姿の者たちに守られて屋敷を出ていった。

如水の言葉どおり家康との交渉はすんなりと進み、六月六日に祝言を行うことになった。

長政は祝言の決まった翌日、中之島の蜂須賀家政《いえまさ》の屋敷を訪ねた。

有馬温泉で離別の知らせを受けた貴子は、兄家政の屋敷に身を寄せていた。

話はすべてついていたが、十六年間連れそった妻を、顔も合わせぬまま離縁することは、長政には出来なかった。

「これは甲斐守どの、よう来て下された」

家政が式台まで出迎えた。

「このたびはいろいろとお骨折りをいただき、かたじけのうござる」

長政は深々と頭を下げた。貴子が離縁を承諾したのは、家政の口ぞえがあったからである。

「まずは奥へ、奥へ上がられよ」

小柄な家政が、長政の腰を抱きかかえるようにして案内した。

蜂須賀小六正勝の嫡男で、長政より十歳年上である。父とともに秀吉に仕え、戦功によって阿波《あわ》十七万六千石を与えられていた。

如水と正勝は生涯の盟友であり、長政と家政も何度も共に戦った仲だった。

「甲斐守どの、こたびはかような仕儀になったが、我らは恨みになど思うておらぬ。長年連れそいながら子をなさぬ貴子を、よくぞ今日まで正室に据えておいて下されたと、感謝しておるばかりでござる」

家政は額が広く、目尻と眉が下がっているので、いかにもやさしげである。日頃声を荒らげたことなど一度もなかったが、いったん戦場に立つと鮮やかな用兵のさえをみせた。

「それがしも家康どのの縁に連なる身となり申す。今後ともよろしくお引き回し下され」

「こちらこそお願いいたす。貴子との縁は切れても、至鎮《よししげ》とは義兄弟になられるわけじゃ。絆《きずな》はいささかも弱まるものではない」

家政の嫡男至鎮も、この一月に家康の養女と祝言をあげたばかりである。家政が長政の再婚を歓迎しているのはそのためだった。

「あれに会わせていただけましょうか」

長政は貴子のことをそう呼んだ。

「無論でござる。ただ、このところ具合がすぐれず、臥《ふ》せっておるようだが」

「構いませせぬ」

長政は侍女に案内されて奥御殿に行った。

貴子は中庭に面した部屋で横になっていた。長政が入っても身を起こそうともしない。

「具合はどうだ」

枕元に座って声をかけた。

「ええ、もう」

　貴子はか弱くつぶやいたばかりだった。

　兄に似て額の広い大ぶりの顔が、やつれて平べったくなっている。

「この間の文に、近頃ずいぶん良くなったとあって安心していた」

「もう、いいのです」

「それでは、具合がいいのか悪いのか分らぬではないか」

「この先、生きていても仕方のないわたくしですもの」

　貴子が顔をそむけた。ひと筋の涙が、こめかみを伝って流れ落ちた。

「そなたが憎くてしたことではない」

「わたくしは十四でございました」

「うむ」

「十四の歳《とし》から十六年間お仕えしながら、世継ぎをもうけることができませなんだ。そのことが悔しゅうて」

　貴子が夜具で顔をおおってすすり泣いた。

「そなたのせいばかりではあるまい。死ぬ者に運があるように、生まれて来る者にも運がある。そうは思わぬか」

貴子は夜具をふるわせて泣くばかりである。わずかにのぞく頭は、髪がやせて地肌がすけている。それがいかにも哀れだった。

「先のことは家政どのに頼んである。許せ」

枕元を立ち去るとき、長政は自分が貴子をどれほど愛《いと》おしく思っていたかに気付いた。

それと同時に、父に対する名状しがたい怒りがこみ上げてくるのを、抑えることが出来なかった。

## 四

長政と栄姫との祝言は六月六日と定められたが、このことは当日まで伏せられていた。

この日、徳川家康は大坂城西の丸の大広間に諸大名をあつめ、会津攻めの評定《ひょうじょう》を行った。

例のごとく家康一人が上段の間に座り、大名たちは下段の間で列をなしている。

長政は分権派の諸将とともに、広間の右隅の列についていた。

「評定に入るまえに、内府さまよりお言葉がござる」

進行役の増田長盛が言うと、ざわめいていた座がしんと静まりかえった。

「上杉家は謙信《けんしん》公以来武門の誉れ高き家だが、ここにお集まりいただいた方々とて、武勇、智略ともにすぐれた方ばかりじゃ。会津に十万の兵ありといえども、よもや遅れを取ることはあるまい。本日はそれぞれに存分の意見をのべられ、亡き太閤殿下の薫陶のほどを示していただきたい」

家康が大名一人一人を見渡した。出兵反対の意見を封じこめるために先手を打ったのだ。

「また私事《わたくしごと》で恐れ入るが、本日夕刻、わしの娘栄子《えいこ》と黒田甲斐守どのの婚礼を行うこととなった。あわただしいことで触れも出せなんだが、評定の後、お手すきの方は列席いただきたい」

座がどよめいた。誰もが驚きと羨望と非難の入りまじった複雑な表情で長政を見やった。

この結婚には、それほど重大な意味があった。

秀吉は死の直前に、大名同士の婚儀は五大老の承諾を得なければならないと定めていた。ところが家康は秀吉の死後半年もたたぬうちに公然とこれを破り、伊達政宗、福島正則、蜂須賀家政との縁組みを取り決めた。

このことに前田利家、宇喜多秀家、上杉景勝らが強硬に抗議し、あわや合戦かという事態になったが、家康が謝罪して婚約を凍結したために事なきを得た。

家康はその後も虎視眈々《こしたんたん》と豊臣恩顧の大名の切り崩しを狙い、内々で縁談を持ちかけていたが、大名たちは豊臣家をはばかって二の足を踏んでいた。

万一家康が失脚したり急死するようなことがあれば、秀吉の定めにそむいた責任を追及されることは目に見えていたからだ。

長政と栄姫の結婚は、そんなあいまいな立場を取りつづけていた大名たちの横面を張り飛ばすのに充分だった。

(あの黒田家でさえ、家康の軍門に下るのか)

大名たちの胸には、そんな戦慄が走ったはずだ。

長政の武名はすでに天下に鳴りひびいているが、これは彼一人の問題ではない。天才軍師如水が、家康に加担するということなのだ。

秀吉の右腕だった如水までが家康につくのなら、それにならったとて何の不都合があろう。ぐずぐずしていては、家康の不興をかうばかりだ。

そんな焦りにかられた大名たちは、我先にと会津攻めについての勇猛な意見を口にし、家康に認められようと膝立ちになって伸び上がった。

これこそ家康の思う壺だった。評定と祝言を同日にしたのも、大名たちの微妙な心理のあやを読んでのことだ。

だがほくそ笑んでいたのは家康ばかりではない。家康と三成を同時に葬り去ろうと狙う如水も、生き生きと輝く丸い目でこの日の結果は見通していた。

「それでは方々の意見もまとまったことゆえ、会津攻めの出陣は十日後の十六日、寄せ口は次のとおりといたす」

増田長盛が家康から渡された書状を読み上げた。

大手の白河口《しらかわぐち》　徳川家康、秀忠軍七万。

北東の信夫口《しのぶ》　伊達政宗軍二万。

追手の米沢口《よねざわ》　最上義光軍一万二千。

西方の津川口《つがわ》　前田利長軍三万。

南東の仙道口《せんどう》　佐竹義宣《さたけよしのぶ》軍一万八千。

大手口の先陣は黒田長政、福島正則、細川忠興らがつとめ、それぞれ七月二十一日を期して一斉に攻め入る。そう手はずを定め、各大名は急ぎ国元に帰って戦の仕度にかかることにした。

評定が終わると、ほとんどの大名が黒田家上屋敷で行われた長政の婚礼に出席した。

家康が真っ先に足を運んだのだから、他の大名も自然とつき従うこととなり、その数は百名以上にのぼった。

上屋敷では黒田如水が万端用意をととのえ、えびす顔で迎えた。

「官兵衛どの、お体の具合はいかがかな」

家康が往年の名で呼びかけた。

「お陰さまで、倅《せがれ》めの祝言には出られるほどになり申した」

「貴殿はよい息子を持たれた。これで黒田家も安泰でござるな」

「まだまだ未熟者でござるゆえ、内府さまのお引き立てを願うばかりでござる」

二人は本音を腹にかくしてにこやかに語り合う。長政は家康主従を控えの間に案内し、父とともに大名たちを出迎えた。

主殿のふすまを取りはずし、五つの部屋をぶち抜きにしているが、それでも客がおさまりきれず、廻《まわ》り縁や長廊下にまで席がもうけてあった。

上段の間の金屏風《きんびょうぶ》の前に新郎新婦の席があり、左右に家康と宇喜多秀家がついた。家康は栄姫の養父であることを理由に辞退したが、如水がおがみ倒してひな壇にあげたのである。

長政が藤巴《ふじどもえ》の家紋の入った長裃《ながかみしも》を着て席につくと、笛と鼓、謡いの声があがり、侍女に手を引かれた栄姫が長廊下をしずしずと歩いてきた。

長政はちらりと目をやったが、角隠《つのかく》しをしてうつむいているので顔は見えなかった。

もちろん一度も会ったことはない。知っているのは家康が信州高遠《たかとお》の城主である保科正直《ほしなまさなお》の娘を養女にしたことと、年が二十三歳だということばかりだった。

簡略な式が終わると、祝いの酒宴となった。如水が八方手をつくして仕度をさせただけに、酒も肴も極上の品ばかりである。

大名たちは思わぬ馳走に舌鼓を打ち、互いに膝をくつろげて語り合っている。さながら会津出陣の祝いのような様相を呈してきた。

如水は不自由な右足をひきずり、大名たちの間を回って愛想よく語りかけた。

何しろ秀吉とともに東奔西走し、なみいる敵を平らげた合戦の生き字引のような男である。しかもどこの戦場で誰と会ったかこと細かに覚えていて、一人一人にその頃の話をしてやる。

昔の手柄をほめられた者は、思いがけない贈り物でも受け取ったように上機嫌になり、如水の話術につり込まれていく。

並みいる大名のなかで、頭巾《ずきん》をかぶっているのは如水だけである。荒木村重にとらわれて一年ちかく有岡城の土牢《つちろう》に閉じこめられ、救出された時には湿気とかいせん虫のために瘡頭《かさ》になっていた。それを哀れんだ秀吉が、どんな席でも頭巾の着用をゆるしたのである。

太閤殿下のお墨付きが今でも生きている。瘡頭をかくす頭巾が、諸大名の目には赫々《かくかく》たる武功の証《あかし》のように見えるのだから、やはり如水はただ者ではない。

長政は酒宴の間ひな壇をはなれるわけにもいかず、右隣にいる家康とばかり話していた。

宇喜多秀家との間には栄姫がいるのだから自然にそうなったのだが、下の間にいる諸大名たちには、二人がしきりに密談しているように見える。

これも如水が抜かりなく計算に入れたことだった。

酒宴は一刻《いっとき》ばかりつづき、あたりが暮れかかった頃ようやくお開きとなった。家康が真っ先に大坂城西の丸に引き揚げ、各大名もそれぞれの屋敷にもどって行った。

だが、奥州の伊達政宗だけは、側近の片倉《かたくら》小十郎景綱《こじゅうろうかげつな》とともに残った。

「奥州に下られる前に、茶など差し上げようと思うてな」

如水が言ったが、それが口実であるとは顔に書いてある。

「それがしの娘と忠輝《ただてる》どのが祝言をあげたなら、甲斐守どのとも義理の兄妹となり申す。何とぞ末長くお付き合いいただきたい」

政宗が丁重に頭を下げた。

奥州に覇をとなえ、独眼竜の異名をとった男だが、長政と一つしか歳がちがわない。二人は何度か顔を合わせていたが、親しく語りあったことはなかった。

「そなたは今宵《こよい》は花婿じゃ。政宗どののお相手はわしがいたすゆえ、早く奥御殿に行ってやれ」

如水は政宗との密談に心がはやるのか、長政を追いやるようにして茶室に向かった——。


雨は激しく降りつづいている。

静まりかえった部屋の中に、板庇《いたびさし》や雨戸を叩く音だけが満ちていく。

本多正純はふと雨が耳から頭の中にまで降りそそいでいるような錯覚にとらわれ、かすかな吐き気を覚えた。

長政と対峙《たいじ》している緊張が、疲れきった体を引き裂こうとしている。

「この屋敷で祝言が行われた日、伊達政宗どのは最後まで残られた。それは何ゆえでござろうか」

如水が政宗を茶室に招いたことは、すでに配下の報告によってつかんでいる。茶室に入ったということは、何らかの密談があったということだ。

「大坂を発たれる前に、父が茶をふるまいたいと望んだのでござる」

「甲斐守どのは同席なさらなかったのでござるか」

「左様」

「その席で何が話し合われたかもご存知ない」

「おおせの通りでござる」

「されどわざわざ残られたということは、何か用件があったのでござろう」

「さて、それがしには」

「新妻の相手で忙しかったと申されるか」

正純はわざと無礼なことを言ってゆさぶりをかけた。

「内府さまの娘御とあらば、玉のごとく大事にするのは当然でござる」

長政が鋭く切り返した。

あの日茶室で密約が交わされたことを、長政は如水が中津に引き揚げる直前に聞かされていた。

「伊達どのが身方をして下さる。これで外の備えは万全じゃ」

如水はそう言って政宗と結んだ計略を明かした。

東西両軍が尾張、美濃のあたりで激突したなら、伊達家は上杉家との戦をさけて兵力を温存し、頃合いを見計らって関東に攻め上り、家康、秀忠が留守をした江戸城を奪い取るというものである。

家康がひきいる上杉征伐軍が上方に引き返した後、政宗がいち早く上杉景勝に和睦を申し入れたのも、最上義光の山形城が上杉軍の猛攻にさらされているのを知りながら、九月十九日まで救援の兵を送らなかったのもそのためだった。

「ただ今のお言葉を内府さまがお聞きになれば、さぞお喜びになられることでござろう。そろそろ恩賞の沙汰もござるゆえ、心安くお待ちになられるがよい」

「分に過ぎた恩賞など、我らは一石たりともいただくつもりはござらん」

「さすがに甲斐守どの、ご心底見事なものでござる」

正純は玄関まで出て、大きく背中を伸ばした。くらりと目まいがして足元がふらついた。

雨は思った以上に激しい。正純は駕籠にゆられて大坂城にもどりながら、再び頭の中に雨が降りこんでくる錯覚にとらわれた。

脳が雨に打たれて、ぐしゃぐしゃにふやけていく。それでも歯をくいしばって考え抜こうとした。

如水の密書にあった「三方より兵を起こし」の一方が、伊達政宗であったことはもはや疑いがない。如水が六月六日に政宗を茶室に招いたのは、その密約を交わすためだったのだ。

(とすれば、もう一方は誰なのか)

正純は考えに詰まってじっと掌《てのひら》を見つめた。

左手の指を開いたり閉じたりしているうちに、掌の形が日本の中央部のように見えてきた。

親指を少し曲げてみると、能登《のと》半島のように見える。そこから親指のつけ根にそって下ったところが関ヶ原で、小指にそったところが東海道だ。

徳川秀忠が三万八千の大軍をひきいて留まっていた信州の馬籠宿は、掌の真ん中あたりになる。

(真ん中だと)

正純の頭にひらめきの稲妻が走った。

馬籠は中山道の要地であると同時に、越中から飛騨《ひだ》の高山《たかやま》、下呂《げろ》を抜けて濃尾平野に出る道をにらんだ場所であることに気付いたのだ。

馬籠の南の中津川から下呂までは、距離にしておよそ十五里、重装備の軍勢でも二日で行ける距離である。

家康が馬籠に秀忠軍を留めておいたとすれば、中山道を追撃して来る上杉軍や、上杉の後方から追って来るであろう伊達軍ばかりではなく、北陸から南下して来る敵にもそなえていたことになる。

北陸といえば前田家しかあるまい。

利家と如水の間には密約があった上に、加賀征伐の時には家康に煮え湯を飲まされている。しかも前田家はキリシタンに対して寛容なのだから、如水が同志と頼んだとしてもおかしくはない。

現に前田利長は関ヶ原の合戦の三日前まで、三万の兵を金沢城《かなざわ》に温存していた。

家康は前田軍が高山を越えて東軍の背後をついた場合にそなえて、馬籠の地を選んだのだ。

（だとするなら……）

家康は初めから秀忠軍を当てにしていなかったということだ。いなくても勝てると踏んでいたか、負けても構わぬと思っていたのである。

合戦当日に率いた家康本隊三万が無事ならば、たとえ敗れても秀忠軍と合流できると考えていたのかもしれない。とすれば、石田三成ばかりではなく黒田如水の動きも見据えていたということになる。

正純の背中に戦慄が走った。

三成ばかりを敵と思い、その智略をおさえ切ったと自負していた自分は、何と浅墓であったことか。父正信が言うとおり、驕慢と無知の夫婦蠅を頭にかっていたようなものだ。

雨は激しく駕籠の屋根を叩く。道がぬかるんでいるせいか、担ぎ手も用心深く進んでいく。

正純は両の掌をしばらく見つめ、拳《こぶし》を握りしめて肩を震わせた。

# 第五章　小山《おやま》会議

## 一

大坂城西の丸の対面所に入ろうとした本多正純は、足を止めて吉川広家《きつかわひろいえ》を見やった。

三つ引き両の家紋の入った紺色の裃《かみしも》を着て、端然と座った姿が実にいい。関ヶ原での合戦前後の心労のためか、面長の顔は頬の肉をそぎ落としたようにやつれているが、目には覚悟の定まった静けさがただよっている。

(これほど様子のいい男であったか)

正純はこれまで何度か広家と顔を合わせていたが、こんなに鮮やかな印象を受けたのは初めてだった。

広家の両側には仲介役の黒田長政と福島正則がひかえている。広家も正則と同じ四十歳だが、人間的な深みにおいては雲泥の差があった。

「まもなく内府さまがお出ましになられる。今しばらくお待ち下され」

正純は上の座についた。背後には上段の間があり、ふすまが固く閉ざされていた。

「本多どの、ひとつおたずねしたき儀がござる」

正則が肩をいからせて身をのり出した。

秀吉の従弟《いとこ》にあたる。秀吉の生前、正則はそのことをずいぶん自慢にしていた。虎の威をかりるがごとき自慢のくせは、今も改まっていなかった。

「内府どのは誓約はかならず守ると、再三にわたって我らに明言なされた。そのお言葉に偽りはござるまいな」

「無論、いささかもござらぬ」

「ならば何ゆえ毛利どのとの約束を果たされぬ。内府どのは毛利家の所領は安堵《あんど》すると確約なされた。それはここにいる我らが、この耳で聞いたことじゃ」

「今日お運びいただいたのは、そのことについて吟味するためでござる。後ほど充分に申しのべていただきたい」

「ああ、のべさせてもらうとも」

今度の戦《いくさ》で家康に大きな貸しを作ったと思っているらしく、正則の鼻息は荒かった。

家康が三人を呼んだのは、毛利輝元の処遇について最終的な決定を下すためだった。

中国地方を中心に百二十万石の所領をもつ毛利輝元は、西軍の総大将として大坂城に入ったが、輝元の従兄で出雲《いずも》十二万石を領する吉川広家は、早くから家康に使者を送って内通の意志を表明していた。

輝元は石田三成や安国寺恵瓊《えけい》にたばかられて大坂城に入ったもので、毛利家には家康と事をかまえるつもりはない。黒田長政をつうじてくり返しそう申し入れていた。

その言葉どおり関ヶ原の合戦で南宮山《なんぐうざん》に布陣した吉川広家、毛利秀元《ひでもと》の軍勢一万八千は、合戦の間一兵たりとも動かなかった。

合戦の後にも家康は毛利輝元に対してはいささかも敵意を抱いていないと明言し、大坂城を明け渡すなら所領は安堵すると、黒田長政と福島正則を使者として申し入れた。

説得に応じた輝元は、家康に対して二心のないことを誓う誓書を差し出し、九月二十二日に大坂城を退去したが、これは家康の術中におちたも同然だった。九月二十九日に大坂城に入った家康は、翌々日には毛利輝元の所領をすべて没収し、吉川広家に旧領のうち二ヶ国を与えるとの決定を下した。

驚いた広家は、自分に与えられるという二ヶ国を輝元に与えて、毛利本家を存続させてくれるように訴えた。

それに対する決定が、これから下されようとしていたのである。

上段の間で人の気配がして、ふすまが静かに引き開けられた。

徳川家康が、太った体を窮屈そうに脇息《きようそく》でささえている。脇には本多佐渡守正信がひかえていた。

「それでは蔵人頭《くろうどのとう》どの、ご所存を申しのべられるがよい」

吟味役の正純が声をかけた。

「すべては昨日黒田甲斐守どのを通じてお願いした通りでござる。それがしに二ヶ国を下さるというご内意でござるが、毛利本家をつぶしたとあっては、この先生き長らえる面目もございませぬ。輝元さまにお与え下さり、毛利の家名を残していただけるよう、伏してお願い申し上げまする」

広家が月代《さかやき》を美しくそり上げた頭を、深々と下げた。

「そのほかには何か」

「ございませぬ。ただただ内府さまのお情におすがりするばかりでござる」

広家は毛利元就《もとなり》の孫にあたる。戦功においても人望においても、黒田長政や福島正則に少しも劣らない。いったんは西軍の総大将になった毛利家が、家康に対してついに牙をむくことがなかったのは、ひとえに広家の奔走があったからだ。

そのいきさつを思えば、切腹を覚悟で家康の違約をなじってもいいはずである。このままではたとえ二ヶ国を毛利家に与えられたとしても、広家の面目は丸つぶれになるだろう。それなのに、まるで罪を犯した者のようにひたすら恭順の意を示している。

そうせざるを得ないのは、たとえ七ヶ国を奪われても隠し通さなければならない秘密があるからだと、正純はにらんでいた。

「こたびのご処分について、何の異存もないと申されるか」

正純の下腹に錐《きり》を刺したような痛みが走った。疲れと緊張のせいか、数日前から血尿が出ている。今朝も吐き気がして、食事ものどを通らなかった。

「異存がないはずがござるまい」

広家は体を正純に向け、家康に話しているのではないことを示してから口を開いた。

「されど輝元さまが、諸大名に挙兵を呼びかける廻状《かいじょう》にご署名なされている上は、石田治部らの企てに関わりがなかったとは申せませぬ。それゆえただひたすら、内府さまのご寛恕《かんじょ》を乞うばかりでござる」

「内府どのに申し上げたき儀がござる」

福島正則が待ちかねていたように口を開いた。

「輝元どのが西軍の総大将となられたことは、天下に隠れもなき事実でござる。総大将となれば、廻状に署名するのは当然のことでござろう。内府どのもそれをご承知の上で、吉川広家どののお働きや、大坂城退去の功に免じ、所領を安堵すると申されたはずでござる。それを今になってかかる仕置をなされるとは、輝元どのへの仲介をした者としてとうてい納得出来ませぬ。誓約に従って毛利どのの所領を安堵なされるよう、伏してお願い申し上げる」

家康は口元におだやかな笑みを浮かべて聞いているだけで、何も言おうとはしなかった。

「左衛門大夫《さえもんのたいふ》どの、お言葉ではございますが」

　正純は家康の笑みが強張《こわば》っていくのを見て、正則を黙らせようとした。

「わしは内府どのの度量を信じて、お願い申し上げておるのじゃ。お口出しは無用に願いたい」

「お言葉ではございますが、輝元どのは挙兵の企てには加わっていなかったと申されれた。それがご署名によってくつがえったとなれば、所領安堵の誓約を白紙となされるのも致し方ありますまい」

　それはあくまで表向きの理由で、家康は大坂城退去を求めた時から、輝元からは所領を没収する肚《はら》だった。

　だから言い分としては正則の方が正しい。だがもはや毛利輝元はその正しさを押し通すだけの力を失っている。

　しかも家康は毛利の所領を安堵すると何度となく公言しておきながら、証拠となる書状を一通も残していない。

　輝元に対する誓書はすべて井伊直政と本多忠勝、あるいは仲介役の黒田長政と福島正則の名で出させていた。

「それほど署名が大事と申されるなら、輝元どのへの誓書に署名血判した我らの立場はどうなるのじゃ。のう黒田どの」

正則は怒りに顔を赤らめて長政に同意を求めた。

「福島どのの申され様も、もっともとは存ずるが」

長政は正則には顔も向けなかった。

「武将たる者、書状に名を記したからには、すべての責任を負わねばなりますまい。ましてて大名となればなおさらでござる」

「では、我らにも責任があるということではないか」

「毛利どのをあざむく結果にはなり申したが、我らは毛利家のために良かれと思って尽力したのでござる。その思惑が食いちがったために争いとなった時には、戦場で雌雄を決するのが武将の道でございましょう。それゆえ毛利どのがそれがしを許せぬとお考えなら、豊前に兵を向けられる外《ほか》ありますまい」

「う、うむ」

正則が虚をつかれたように黙り込んだ。

家康のやり方に不服ならば、毛利も兵を起こせばよい。毛利が正しいと信ずるなら、正則も毛利に加担すればよいではないか。長政は言外にそう言っている。

「吉川広家にたずねる」

家康がようやく口を開いた。

「そちの二ヶ国を毛利家に与えたなら、家中に異議をとなえる者はおるまいな」

処分を不服として、毛利家が挙兵することはないかという意味である。

「万一そのような輩《やから》がございましたならば、それがしが先陣をうけたまわり、ことごとく打ち平らげてごらんに入れる所存にございます」

「ならば佐渡、あれをつかわすがよい」

本多正信が正純に一通の書状をわたした。

「敬白、起請《きしょう》文《もん》前書のこと。
一、周防長門両国進み置き候こと。
一、ご父子身命異議あるまじきこと。
一、虚説など之《これ》あるについては、糺明《きゅうめい》を遂げるべきこと」
この三ヶ条につづいて、違約しないことを神仏に誓う文言がならんでいる。

皮肉なことに、それは関ヶ原の戦の後に家康が初めて輝元に与えた、署名と花押《かおう》の入った起請文だった。

対面所から奥の間に下がると、家康は長々と足を投げ出して座った。太っているために、正座どころかあぐらをかくのも窮屈なのだ。

「毛利家があれで引き下がれば、大きな山を越えたことになりまするな」

本多正信もあぐらをかいてくつろいでいる。正純だけは正座をくずさなかった。

「広家があぁ申しておるのじゃ。心配はない」

「百二十万石を賭けた博打《ばくち》にしては、何ともおそまつなことを仕出かしたものでござる」

「人の裏をかこうとするゆえ、あのようなことになる」

「残るは加賀の前田、奥州の伊達、九州の如水どのでござるが、いかがなされまするか」

「そうそう、如水どのじゃ。弥八郎、その後の調べはいかがあいなった」

「確たる証拠はいまだにつかんでおりませぬが」

正純はそう前置きして、黒田長政、後藤又兵衛、竹中重門《しげかど》の訊問《じんもん》から分ったことを語った。

黒田如水の密書には、「濃尾において両軍対決候わば、三方より兵を起こし」とあった。この三方とは九州の黒田、加賀の前田、奥州の伊達のことである。

また長政の調略によって東軍に寝返ったとされる吉川広家や小早川秀秋も、如水の計略にしたがって動いていた可能性が高い。

だが分らないのは、如水が漁夫の利をねらってこうした計略の網を張りめぐらしていたとしても、実際に関ヶ原で身方をどう動かそうとしていたかということだ。またその計略がなぜ失敗し、あのような結果になったのかについても、今の正純にはまったく分っていなかった。

「なるほどのう。あの広家までが、如水どのの企てに加担していたと申すか」

家康は上機嫌である。そんなことは百も承知しているはずなのに、あくまで知らないふりを通していた。

「広家どのがあれほど恭順の意を示されるのも、そのことを暴かれまいとしてのことかと存じます」

「すると、甲斐守と広家も裏では通じておったということになる。佐渡、そうではないか」

「倅《せがれ》の申すことが真実《まこと》なら、我らは毛利、前田、伊達、黒田を相手に、もうひと合戦いたさねばならぬこととなりまする。これはちと骨でござりますなあ」

「だが、事実であれば捨ておけぬ。弥八郎、今後も徹底して取り調べに当たれ。天下への見せしめとなるようにな」

「承知いたしました」

「福島正則はどうじゃ。その計略には加わっておらぬのか」

「おられませぬ」

「正直者におそれなしと申すが、あやつだけは始末におえぬ」

家康が正則を毛嫌いするのには訳がある。

関ヶ原合戦の二日後、家康は京都への西軍残党の乱入をふせぐために、日岡《ひのおか》に関所をもうけて取り締りにあたるように伊奈昭綱に命じた。

ところが福島正則が京都に遣《つか》わした使者と、取り調べにあたった昭綱の家臣が喧《けん》嘩《か》口論となった。

使者はこの顚末《てんまつ》を正則に報告したあとで、恥辱をすすぐために切腹した。激怒した正則は、責任者である昭綱の処罰を家康に強硬に申し入れた。

昭綱は会津征伐の直前に上杉景勝のもとに使者としておもむいたほどの功臣だけに、家康は何とか穏便に事をすませようとしたが、正則の強硬な態度に押し切られて、ついに切腹を命じざるを得なくなった。

この時の無念が、今も家康の胸の内にくすぶっていたのである。

御前を下がると、正純は父の部屋に立ち寄った。

「おたずねしたいことがあります」

「何じゃ」

「殿も父上も、如水どのの企てを知っておられるように見受けますが、何ゆえそれがしに取り調べを命じられるのでしょうか」

正純は近頃、家康に試されているのではないかと思うようになっていた。

もし家康が如水の計略を知らなかったなら、あれほど見事な勝ちを得られるはずがないのである。

「つまらぬことを聞くな」

「………」

「家臣たる者は、殿に命じられたことを忠実に成しとげればよい。殿の胸中を忖度《そんたく》して余計なことをすれば、かえって殿の意に反することになる」

「しかし、殿の胸中が分ってこそ充分に働けるのではありますまいか」

「それが余計なことだと申しておる。井伊どのや本多どのとて、毛利家をあざむくつもりで輝元どのとの交渉に当たられたのではない。所領を安堵するという殿のお言葉を信じ、誠心誠意説かれたゆえ輝元どのを動かすことが出来たのじゃ。徳川四天王と呼ばれるお二方でさえ、そのようにして殿に仕えておられるのだぞ」

正純の下腹に再び鋭い痛みが走り、吐き気が突き上げてきた。

「ならば、ひとつだけ教えていただきたいことがございます。殿が如水どのの書状から切り取られたあて名は、前田利長どのではありませぬか」

「ちがう」

正信は文机《ふづくえ》に向かったまま、二度と口を開こうとしなかった。

二

二日後、本多正純は天満の黒田家下屋敷を訪ねた。黒田長政に対する初めての訊問の時以来、二度目の訪問である。

天満は地下水にめぐまれているために、茶の湯を好む大名たちは競って茶室を作った。如水がここに下屋敷を築いたのも、良水を求めてのことだ。

空は晴れわたり、風もおだやかである。天下が落ち着きを取りもどしつつあるためか、正純をむかえる黒田家の者たちの表情にも余裕があった。

正純は客間で待たされた。約束より半刻《はんとき》も早く来たのだから、これは致し方のないことだった。

「この間来たのは、ひどく冷え込みのきびしい日でございましたなあ」

書記役の村岡左内が、文机の上に矢立てを出して控えている。

「今日は寒さに字が震えることもあるまい」

正純は肉のそげ落ちた頬に薄い笑みを浮かべた。あの日の速記録に目を通したが、まるで中風《ちゆうぶ》をわずらった者のように字が震えていたのである。

「まことに不覚悟で、面目ございませぬ」

「書くべきことは、ひとつとして落としておらぬ。恥じることはない」

正純が左内をいたわるほど気持の余裕があるのは、昨日思いがけない手がかりを得たからだった。

「お待たせいたした」

中庭に面した長廊下を、後藤又兵衛が大股に歩いてきた。

おどろいたことに頭を青々と丸めている。これでひげをそり落としていたなら、又兵衛とは分らなかっただろう。

「今度の戦で死んだ者たちの供養をしたいと考えましてな。真似事《まねごと》でござるよ」

又兵衛が丸めた頭をつるりとなでた。

「先日は西の丸にご足労いただき、かたじけのうござった」

「いやいや、当方こそすっかり馳走《ちそう》になって申しわけござらん。あいにく甲斐守どのは出かけておられるが、約束の時刻にはもどられるはずじゃ」

「この近くに用事がござってな。ご迷惑も考えずに早く来た当方の落度でござる。お気づかい下さるな」

今日は長政と又兵衛と同席の上で話を聞きたいと申し入れていた。だが正純は思うところあって、長政の留守を承知で約束の時刻より早く来たのである。

「もしお許しをいただけるなら、甲斐守どのを待つ間に二、三確かめさせていただきたいことがござるが」

「どうぞ」

「お言葉を書記の者に書き留めさせていただくが、構いませぬか」

後日証拠となるという意味だが、又兵衛は何の屈託もなく承諾した。

「先日又兵衛どのは、関ヶ原においては甲斐守どのと行動を共にしたと申されましたな」

「さようでござったかな。面目ないことにすっかり酒を過ごし、何を言うたかよく覚えておらぬのでござるよ」

「七月十七日に黒田家上屋敷の女房衆を大坂城外に脱出させた後は、甲斐守どのの後を追って東国に向かったと申された。西軍大名の関所をかいくぐり、東海道を引き返してくる黒田家の軍勢と箱根《はこね》の宿《しゅく》で落ち合ったということでござった」

「あっはっは。そんなことを申しましたか」

「それが七月二十五日のことだったと申されたが、相違ござるまいか」

「そのような気もするが、しかと覚えておりませぬでな」

「先日のことではござらん。七月二十五日に甲斐守どのと出会われたことに、間違いはないかとたずねておりまする」

「それも定かではござらぬのじゃ。関ヶ原で島左近どのと槍《やり》を交じえて以来、あの凄《すさ》まじい戦いぶりばかりが頭に焼き付いて、他のことは忘れ果てている有様でござる」

「貴殿は七月十七日以降、東に向かわれたのではない。如水どのがもうけられた伝《てん》馬船《ません》で、豊前の中津城にもどられたのでござる」

「ほう、東ではなく西でござったか」

又兵衛はとぼけ通したが、むろん何ひとつ忘れてはいなかった――。

北からの風にあおられて、周防灘《すおうなだ》は大きくうねっていた。

船足を速くするために幅をせまく舳先《へさき》を鋭くした伝馬船は、波に打たれて前後左右にゆれながらも、すばらしい速さで中津へ向かっていく。

大坂から備後《びんご》の鞆《とも》、周防の上《かみ》ノ関《せき》をへて中津に至る黒田家専用の伝馬船で、如水が昨年暮れに中津に引き揚げた時、大坂の事変が一刻も早く伝わるように設置したものである。

後藤又兵衛は船屋形《ふなやかた》の柱に体をしばりつけ、死人のように青ざめていた。船ばかりはどうにも苦手で、大きくゆれると生きた心地もしない。船酔いで吐くと見苦しいので、大坂を出てから三日の間何ひとつ口にしていなかった。

武士たる者が船に弱いとは、口が裂けても言えるものではない。又兵衛はこのほうが眠りやすいからと柱に体をしばりつけ、必死の思いで眠ったふりをつづけてきたのである。

船のゆれが急におだやかになり、水夫《かこ》のかけ声がやんだ。中津港に入ったのだ。関所での改めを終えると、櫓《ろ》の音も重々しく山国川《やまくに》をさかのぼっていく。

「後藤さま、もうじきお城でございます」

船頭が肩をゆすった。又兵衛はたった今目覚めたばかりの顔を作って、両手を突き上げてあくびをした。

川べりに高々と築き上げた石垣の上に、中津城の三層の天守閣がそびえていた。

青い屋根瓦と白壁があざやかな美しい城である。天守の鬼瓦には、金泥《きんでい》で十字架《クルス》が描かれていた。

天正十六年（一五八八年）に豊前六郡十八万石をあたえられた如水は、山国川と堀《ほり》川との合流地点に中津城をきずいた。

本丸、二の丸、三の丸のまわりに広々と濠《ほり》をめぐらした扇型の大城郭《じょうかく》で、山国川の水門を開けば内濠に船を入れられ、平時は荷物の輸送に、戦の時には兵糧《ひょうろう》、弾薬の搬入に利用出来るようにしてある。

下流の中津港は、瀬戸内海を抜けて大坂へ至る海運の要地でもあった。

三の丸の船着場で伝馬船をおりると、船酔いのために地面が波のようにゆれている。又兵衛はたまらず四つんばいになった。

空っぽの胃から、強烈な吐き気が突き上げてくる。口の中にせり上がってきた苦い胃液を、又兵衛は意地になってのみ込んだ。

「大丈夫でございますか」

番所の役人が気づかわしげに歩み寄った。

「城にもどれたことが嬉《うれ》しゅうての。親父《おやじ》どのがおられると思うと、この土くれまでが有難いのじゃ」

又兵衛はそんな言いわけをしながら地面をなでまわした。

本丸にむかっていると、二の丸の方におびただしい人だかりがしていた。

「何だあれは」

又兵衛は船酔いをこらえて歩み寄った。

二の丸の馬場から大手門の外へと、長蛇の列がつづいている。まるで国中の者が集まったようなにぎわいである。

しかも全員が戦仕度をしていた。

古びた鎧《よろい》を着込んだ者や、小手とすね当てだけの小具足《こぐそく》姿の者、槍や刀を持った者、着のみ着のままの者などさまざまである。竹槍や手製の弓、鋤鍬《すきくわ》を手にした者までいたが、まぎれもなく戦に出る覚悟と見える。

行列を追って二の丸の馬場に行くと、池のほとりの館《やかた》に黒田如水がいた。

二十畳ばかりの板の間には、小粒に鋳直した金、銀や銅銭が、三つに分けてうずたかく積まれている。家臣たちがそれを枡《ます》にすくい取り、列を作った者たちに与えている。

床几《しょうぎ》に腰を下ろした如水は、満足気にそれをながめていた。

「親父どの」

又兵衛は懐しさに声を張り上げた。

「おお、もどったか」

如水は立ち上がって手招きした。

「お久しゅうござる」

「大坂屋敷の様子はどうじゃ。皆無事か」

「抜かりはござらん。お申し付けの通り、城外にお連れいたしました」

又兵衛は如水や長政の妻が、無事に脱出したことを告げた。

石田三成らは大名の妻子を人質に取ろうとしたが、事前にそれをさっしていた如水は、又兵衛に脱出の手はずを整えさせていたのである。

「お二方ともじきに中津に参られましょう。清正どののご内室も脱出なされましたが、細川ガラシアどのばかりは」

屋敷を三成軍に包囲されると、人質となることを拒み通し、炎の中で最期をとげたのである。

「さようか。幽斎どのがさぞ力を落とされていような」

如水は胸の前で十字を切って冥福を祈った。

「ところで、これは何の騒ぎでござるか」

「皆わしのために戦おうと集まってくれた者たちじゃ。刀や槍に不自由しておる者もいるゆえ、仕度の銭を与えておる」

騎馬武者には銀三百匁《もんめ》（約一・一キログラム）、徒士《かち》には銭一貫文を与えるという。黒田家の精鋭五千は長政とともに会津に行っているために、中津には五百ばかりの兵しか残っていない。それを補うために新兵を募集しているのだ。

「しかし、こんな者たちが」

又兵衛はあきれて行列を見やった。

確かに戦おうという意気込みは感じられるが、鉄砲はおろか槍や刀さえ満足にあつかえないような輩が多い。銭を受け取った者は北門から次々に帰しているので、逃げ去らないともかぎらなかった。

「わしの下知《げち》に従って戦ったなら、この者たちとて百戦練磨の強兵《つわもの》と化する。弱兵を強く用いることこそ用兵の極意じゃ」

如水の愛敬《あいきよう》のあるどんぐり眼《まなこ》が、智恵《ちえ》の光で生き生きと輝いている。

「それに当地を拝領して十二年にしかならぬというのに、これだけの者たちが集まってくれた。領主としてこれほど嬉しいことはあるまい」

キリシタンである如水は、神の教えに従った治政を領国において行ってきた。年貢をできるだけ軽くし、法度《はっと》もゆるくした。

人は神の子である。自由にしておけばおのずから力を発揮し、国を富ませ秩序を形作っていく。そう信じているからだ。

宣教師に布教をゆるし、村々に病院や学校、孤児院を作ることを奨励し、生活に困窮した者には各地の教会で銭や食べ物を配給した。

そのために豊前六郡は十二年の間に豊かで活気あふれる国になり、他領から困窮した者たちが流入してくるほどだった。

如水の呼びかけに応じて六千人ちかくの領民が集まったのは、如水の国造りに恩義を感じ、如水がかかげる理想のために戦おうとしてのことだ。

とくに領内や周辺に住むキリシタンたちは、如水とともに戦うことがこの国を変えていく道だと信じていたのである。

数日にわたる募集の結果、四千八百人を採用することになった。人数においては長政が会津にひきいて行った本隊に匹敵する軍勢が出来上がったのである。

如水はさっそく全員に充分な武具を与え、三百人ずつ十六隊に分けてきびしい訓練を課した。

合戦の心得のある者は身分にかかわらず地位を引き上げ、隊ごとに競わせる。実戦さながらの白兵戦をやらせ、勝った隊には恩賞を与えた。

七月二十九日には、如水の妻と長政の妻が黒田家の家臣に付き添われてもどってきた。

長政の妻栄子は徳川家康の養女で、六月六日に祝言《しゅうげん》をあげたばかりである。三成に人質に取られては計略が崩れかねないだけに、脱出には万全を期していたのだった。

翌日、思いがけない来客があった。十騎ばかりの供を連れた加藤清正である。清正は家康の会津出陣をいさめようとしたが、家康がこれを拒んだために病と称して国元に引きこもり、如水の指示に従うと誓っていた。

知らせを受けた後藤又兵衛は、大急ぎで本丸御殿にかけつけた。清正は黒い鎧直《ひた》垂《たれ》に黒い小手とすね当てをつけてあぐらをかいていた。

「肥後守どの、よう参られた」

又兵衛は膝が交わるほど近くに座った。

二人は共に朝鮮で戦い、互いに虎退治の異名をとった仲である。歳《とし》は又兵衛が二歳上だったが、体は清正がひと回りも大きい。

「これはめずらしい。甲斐守どのと会津に行っておられるとばかり思っており申した」

「今しばらくは、親父どのの使い走りでござるよ」

「誰が使い走りじゃと」

如水が不自由な右足を引きずりながら入ってきた。

「虎之助、杵築《きつき》城に行ったそうじゃの」

「石田方の大名どもが攻め寄せるという風聞がありましたので、鉄砲百挺《ちょう》と弾薬を届けて参りました」

国東《くにさき》半島の南部にある杵築城は、今年の一月に細川忠興に与えられたばかりで、家老の松井康之《まついやすゆき》が留守居をつとめていた。

清正は杵築城に万一のことがあったなら助勢するという忠興との約束を律義に守り、鉄砲と弾薬を届けたのである。

「大友義統《よしむね》どのが、毛利家の後押しを得て旧領回復に乗り出して来られるようじゃ」

如水は各地の政情をおどろくほど正確につかんでいた。

「だが、そなたが気にかけることはない。わしの手勢ばかりで追い散らしてくれるでな。真の敵はもっと遠くに控えておる」

「こうしてまかり越しましたのも、その計略をうかがうためでございます」

「今日あたり訪ねて来ると思うてな。仕度をして待っておった」

如水が懐から地図を取り出して広げた。一畳ほどもある日本地図で、主な大名の名が色分けして書き込んである。

「黒が徳川、青が石田、そして朱色が我らの身方じゃ」

又兵衛と清正が身を乗り出してのぞき込んだ時、取り継ぎの者がやって来た。

「殿、ただ今大坂城からのご使者がまいられました」

「どなたのご使者じゃ」

「ご奉行衆でございます」

「その方らがここにいては具合が悪い。あそこにでも引っ込んで、使者とやらの話を聞いておるがよい」

如水は部屋の袖にある武者隠しに二人を追いやると、地図を懐に入れてから使者を呼ぶように命じた。

又兵衛は狭くて薄暗い武者隠しの中で、息をひそめていた。大きな清正と面を突き合わせていると、子供の頃にかくれんぼをした時のことを思い出して、何やらくすぐったい気がする。

清正も同じらしく、黒々とひげをたくわえた顔をそむけ、細いのぞき口に目を当てている。

使者は五十がらみの細身の僧侶だった。秀吉のお伽衆《とぎしゆう》のようで、如水とは旧知の間柄らしい。

「貴老は太閤《たいこう》殿下とご昵懇《じつこん》でありましたゆえ、こたびの戦にはぜひお身方いただきたい。大坂城にご入城あって、ぞんぶんに腕をふるっていただけるよう、切にお願い申し上げる」

使者が口上をのべて書状を渡した。如水は唇をへの字にまげて目を通した。

「天下静謐《せいひつ》の後にはお望みの恩賞を与えると、奉行衆も申されております。秀頼さまの行く末のため、また豊臣家の安泰のために、何とぞお力を貸していただきたい」

「承知いたした。秀頼さまのためとあらば、いかなる働きもいたしましょう」

「ならばまず、会津に出陣なされておる甲斐守どのを大坂に呼びもどして下され」

「その前に二つだけお願いがござる。杵築城の松井佐渡守とは昵懇の間柄ゆえ、大坂入城も共にいたしたい。くれぐれも兵を向けられることのなきようお頼み申す。後で行今ひとつは恩賞の儀でござるが、九州のうち七ヶ国を拝領したいと存ずる。後で行きちがいのないように、奉行衆の誓書をいただけようか」

「七ヶ国でござるか」

「さよう。誓書をいただけたならただちに大坂に上り、徳川勢を打ち破る秘策をおさずけいたす。その旨、奉行衆にお伝えいただきたい」

「承知つかまつりました」

使者は一礼して引き下がった。

「親父どの、どういうことでござる」

又兵衛は武者隠しからはい出してたずねた。

「九州の大名のほとんどが大坂方じゃ。七ヶ国も与えられるわけがあるまい」

「それでは、何ゆえあのようなことを」

「使者の往復には十日はかかる。ああ言っておけば、その間杵築城が攻められることもあるまい。我らもゆっくりと出陣の仕度をととのえることが出来る」

如水は石田三成や増田長盛《ました》ら四奉行が連署した書状をにぎりつぶすと、改めて日本地図を広げた。

朱色で記された一味同心の大名は、奥州の伊達正宗、加賀の前田利長、丹後の細川幽斎、播磨の木下家定《きのしたいえさだ》、出雲の吉川広家、筑前の小早川秀秋、肥後の加藤清正の七名である。

「そして、もう一人」

如水が朱筆を取り出して黒字の大名を丸くかこんだ。

徳川家康の次男、結城《ゆうき》秀康だった――。

三

空は青く澄みわたり、陽《ひ》が頭上にある。小春日和《こはるびより》と呼ぶにふさわしいおだやかな天気である。

大坂城西の丸での徳川家康との対面を終えた黒田長政は、下屋敷の玄関先で駕籠《かご》をおりた。

「ツーピー、ツツッピー」

頭上で鳥のさえずりが聞こえた。柿の枝に四十雀《しじゅうから》がとまっている。頭は黒く頬があざやかに白い。丸い体をふくらませ、長い尾をしきりに上下させている。

取り残された柿の実を食べに来たらしいが、すでにしなびきって餌になるようなものは残っていない。

「ツーピー、ツツッピー」

明るい大きなさえずりを聞くと、長政はふと関ヶ原の合戦の朝を思い出した。

長政は配下の軍勢五千とともに、石田三成が布陣した笹尾山の正面にいた。

笹尾山のふもとには、石田家最強と言われた島左近勝猛《かつたけ》と、蒲生郷舎《がもうさといえ》がひきいる二千ばかりの遊撃隊がいた。

関ヶ原をおおった真っ白な霧は卯《う》の刻（午前六時）になっても晴れず、あたりは恐ろしいばかりの静けさに包まれていた。

この霧が晴れた時が戦のはじまりである。誰もが足のすくむような緊張に固唾《かたず》をのみ、武器を握りしめて霧に目をこらしていた。

その時、右手の森の中から四十雀のさえずりが聞こえた。木に巣喰《すく》う虫でも食べに来たのか、数羽が元気よく鳴き交わしている。

長政ははっとした。鳥が無防備に鳴き交わしているのは、あたりに人がいないからだ。場所はちょうど両軍の真ん中あたりである。

長政は右翼に配した鉄砲隊二百に、四十雀の鳴いているあたりに回り込むように命じた。霧が伏兵の移動をかくし、四十雀がいっせいに鳴きやんだことで配置が終わったことが分かった。

石田軍と黒田軍とが正面から激突した時、森に伏せた二百の鉄砲隊が側面から銃弾をあびせた。ふいをつかれた石田軍の前線は壊滅し、島左近はこれを食い止めようとして戦死した。

四十雀が長政に合戦の勝利と、筑前五十二万石の大守となる幸運を運んできたのである。

（これで良かったのだ）

長政は迷いを断ち切るように己れに言いきかせ、表御殿に足を踏み入れた。

客間では、本多正純と後藤又兵衛が対峙《たいじ》していた。片隅では書記役の村岡左内が筆を走らせている。

「お待たせいたした」

長政は又兵衛の横に座った。家康との話が長引いたために、約束より四半刻ほど遅れていた。

「ご首尾、おめでとうござる」

筑前五十二万石を与える内示が下されたことは正純も知っていた。

筑前の表高《おもてだか》は五十二万石だが、南蛮との貿易港である博多を抱えているので、実質的には百万石に匹敵すると言っても過言ではない。分権派七将の中でも破格の恩賞だった。

「これも方々のお引き立てのおかげでござる。かたじけのうござった」

長政が改まって礼をのべた。

又兵衛だけが何のことか分らずに、不服そうに長政を見やった。

「さっそくで恐縮でござるが、二、三おたずねしたい。甲斐守どのが会津出陣の後に又兵衛どのと再会されたのは、いつのことでござろうか」

「おたずねの意味がよく分りませぬが」

長政は正純の出方をさぐろうとした。

「又兵衛どのは大坂からいったん中津城に行き、如水どのの密書を持って長政どのを訪ねられた。それがいつ、どこでのことだったか、教えていただきたい」

「あの頃には多くの使者が飛び交っておりましたゆえ、記憶も定かではござらぬが、八月十三日に清洲城だったのではござるまいか」

「又兵衛どの、いかがでござる」

「長政どのの頭は、それがしなどより余程確かじゃ。そう申されるのなら、その通りでござろう」

「その時如水どのからの密書を受け取られたと存ずるが」

正純は長政に向き直ってたずねた。

「確かに受け取り申した」

「どのような用件だったか、お教えいただきたい」

「吉川広家どのが東軍に内通されておるゆえ、大坂城の毛利輝元どのは兵を動かされぬ。その旨を内府さまに伝えるようにとの指示でござった」

「そのことならば、すでに八月八日に伝えておられるはずでござる」

「あれは父からの知らせがあったからではござらぬ。駿河《するが》の鞠子《まりこ》に着陣した日に吉川どのの使者がその旨を伝えたゆえ、家人をそえて関東に下したのでござる。ご不審とあらば、内府さまが八日付で下された書状をお目にかけてもよいが」

「いや、その儀には及びませぬ」

正純は見なくても書状の文言を覚えていた。

〈吉川どのよりの書状、つぶさに披見され候、お断わりの段いちいちその意を得られ候。輝元兄弟のごとく申し合わせ候間、不審に存じ候ところに、ご存知なき儀との由うけたまわり、満足いたし候〉

毛利輝元とは兄弟のように仲良くしようと申し合わせているのに、大坂方の総大将になるはずがないと不審に思っていたところ、吉川広家の書状によって輝元が今度の挙兵の企ては知らなかったことが明らかになり満足している。

家康から長政にあてた八日付の書状にはそうした意味の文言が連ねてある。これを書いたのは正純自身だった。

「それにしても妙でござるな」

「…………」

「如水どのの書状が八月十三日に清洲城についたとすれば、使者は七日か八日には中津を出たことになる。ということは長政どのが吉川どのの書状を受け取られるより早く、如水どのは毛利勢が動かぬことを知っておられたのでござろうか」

「広家どのは父とは昵懇の間柄ゆえ、中津にも使者を送られたのではありますまいか」

「それにしても九州までの往復を考えれば日数が合わぬようじゃ。如水どのからは何か別の知らせがあったのではないかな」

「そのようなものはござらぬ」

「ならば又兵衛どのにおたずね申す。貴殿は清洲城で長政どのと別れた後、どちらに参られた」

「いや、それもとんと」

「覚えておらぬと申されるか」

「さよう、面目ござらぬ」

「ならば教えてさし上げよう。下野《しもつけ》の宇都宮城《うつのみや》でござる」

如水の密書を持って結城秀康を訪ねたのだ。正純はそのことを証《あか》す確実な証拠をにぎっていた。

「本多どの、申しわけござらぬが小用に立たせていただく」

長政は席を立って間合いをはずした。

正純の手の内に何があるのか、筑前五十二万石を与えておきながら家康はどうしてこれほど執拗《しつよう》に取り調べをつづけさせるのか。頭を冷やして考えなおす必要があった――。


宇都宮への進軍を中止し、福島正則とともに家康の本陣を訪ねよとの命令がとどいたのは、七月二十四日のことだった。

小山《おやま》から二里（約八キロメートル）ほど北に行った所に野営していた黒田長政は、このことあるを見越して全軍に出発を見合わせるように指示していた。

長政は小具足姿のまま、福島正則が本陣としている寺を訪ねた。

「長政どの、待ちかねたぞ」

正則は鎧をまとい、烏帽子《えぼし》をかぶっていた。宇都宮に向けて出発しようとした時、家康からの書状がとどいたという。

「小山に来いということじゃが、何事であろうか」

「上方にて石田治部どのが兵を挙げられたのでござる」

長政は人払いを頼んだ後でそう打ち明けた。

「治部めが、こしゃくな」

正則が吐き捨てた。会津征伐の間に三成が挙兵することは予想していたが、これほど早いとは思っていなかったのだ。

「して、身方はいかほどじゃ」

「宇喜多どの、毛利どの、島津どのをはじめ、西国大名の大半が大坂城に入城したようでござる」

「家康どのはどうなされるつもりかの」

「今日明日にでも軍議を開かれましょう。我らを呼ばれたのは、内々に心づもりを聞いておくためと存じます」

長政と正則を取り込んでおけば、分権派を身方にすることが出来る。彼らが動けば、豊臣恩顧の大名たちも行動をともにする。家康はそう読んでいたのである。

「我ら七将はたとえ何があっても結束して事に当たると申し合わせております。肥後守どのがおられぬからには、福島どのに上に立っていただかねばなりませぬ。ご決断が肝要でござる」

「無論治部にはつかぬ。家康どのがこれまで通り豊臣家の大老として秀頼さまを守《も》り立てて下さるなら、身方をするのに何の不都合もない」

「そのことは内府どのに直《じか》に確かめられるべきでございましょう」

「おお、確かめるとも。いまひとつの問題は大坂屋敷に残った者たちのことじゃ。治部らが大坂城に入ったとなれば、我らの妻子は人質とされよう」

「さほど懸念するには及ばぬと存じます」

「人質に取らぬと申すか」

「大坂屋敷の妻子は、豊臣家に人質として差し出しているものでございます。治部どのとて、秀頼さまの許しなく害することは出来ますまい。また各大名を身方に引き入れるためにも、人質は最後の最後まで生かしておくはずでござる。その間に内府どのから人質の安全をはかるように申し入れていただけば、秀頼さまとて無慈悲なことはなされますまい」

家康が豊臣家の大老として忠誠を誓っている以上、秀頼や淀殿は人質を殺すことをためらうはずだった。

「それで決まった。後は我らが先陣となって、治部の軍勢を蹴散らすまでじゃ」

小具足姿になった正則とともに、長政は馬を駆って小山に向かった。

事は如水が狙った通りに進んでいる。三成が西国大名の大半を身方につけたからには、家康方もそれに匹敵する勢力にしなければ、両者の共倒れを狙う如水の計略は成り立たない。

長政が分権派の諸将を家康の身方につけようとしているのはそのためだった。

家康は小山城を本陣にしていた。

下野の古豪小山氏が居城としていたもので、思川《おもいがわ》ぞいに作られた平山城《ひらやまじろ》である。本丸の周囲に三重に濠をめぐらし、東を大手、北をからめ手としていた。

「お疲れのところ、大儀であった」

二人が本丸にのぼると、家康はにこやかに迎えた。他には本多正信がいるばかりである。

「すでに聞いておろうが、石田治部が西国で謀叛《むほん》を企ておった。この先どうしたものか、その方らの智恵を拝借したい」

「治部どのは徳川家を亡《ほろ》ぼすために起《た》たれたそうでござる」

正信が口をはさんだ。

家康は五十九歳、正信はそれより四つも年上だが、二人とも出陣の疲れなどまったくみせていない。

「会津征伐に同行した大名の中には、治部どのに身方すると申される方もおられようが、お二方はいかがでござろうか」

「我らは治部には長年の宿怨《しゅくえん》がござる。家康どのがこれまで通り秀頼さまを守り立てて下さるのなら、喜んでお身方申し上げる」

正則がひじを張って答えた。

「内府さまは豊臣家の大老でござる。申すまでもなきことじゃ」

「ならば内府どの、我ら六名に宛てて誓紙をしたためていただけようか」

「分った」

家康が大きくうなずいて承知した。

「そのかわり左衛門大夫には、明日の評定《ひょうじょう》でひと働きしてもらわねばならぬ」

「何なりとおおせ付け下され」

「明日この城に諸大名を集めて戦評定を開くこととなっております」

正信が家康にうながされて説明した。

「このまま北に向かって上杉景勝どのを討つべきか、あるいは兵を返して治部どのに対すべきかを決めなければなりませぬ」

「兵を返すべきでござろう。治部を討てば会津は根を刈り取られた草も同然でござる」

「されど西に向かえば、我先にと治部どのに身方する者が出ぬとも限りませぬ。そこで明日の評定では左衛門大夫どのに真っ先に身方の名乗りを上げていただき、皆の手本となっていただきたいのでござる」

「お易《やす》いご用でござる。お任せ下され」

「どのようにご発声いただくつもりかな」

「治部は己れの野心を果たさんがため、幼少の秀頼さまを意のままにしようとしておる。大老どのの留守を狙って御家乗っ取りをたくらむ謀叛人じゃ。家康どのに身方することこそ、秀頼さまへの忠義であると説きまする」

「うむ、それで」

「治部を討つために、それがしが先陣をつとめさせていただく所存」

「お見事な覚悟じゃ。して、それから」

「それだけでござる」

正則がむっとして口をつぐんだ。

「一家の命運と人質の命のかかった大事の決断でござる。方々も少なからず動揺なされることでござろう。その迷いを一息にふき払うほどのことを口にしてはいただけまいか」

「それがしは身命をかえりみず、先陣をうけたまわると申し上げておる。これ以上に確かなことが他にありましょうか」

「甲斐守、何かよき思案はないか」

家康が長政に水を向けた。

「しばしご猶予をいただいて、福島どのと相談いたしとう存じます」

長政の頭にはすでにいくつかの案がある。だがこの場で答えれば、正則の面目をつぶすことになりかねなかった。

「ならば後ほど聞こう。こうした時に黒田官兵衛どのならどうなされるか、よくよく思案をめぐらしてみることじゃ」

家康は二人に別室を与えて智恵を絞るように申し付けた。

翌日、小山城本丸の大広間に諸大名を集めて軍議が開かれた。

甲冑姿《かっちゅう》で集まったのは福島正則、黒田長政ら分権派六将をはじめ、藤堂高虎、山内一豊《やまうちかずとよ》、田中吉政《たなかよしまさ》、有馬豊氏《ありまとようじ》ら、大名小名あわせて五十数名である。

徳川家康が上段の間につくと、大広間は水を打ったように静まりかえった。

「一昨日、上方より石田治部謀叛の注進があった。他の奉行衆と語らい、毛利輝元、宇喜多秀家の両大老を旗頭《はたがしら》にいただいて、わしを除かんがために兵を挙げたということじゃ」

大名たちは一言も聞き逃すまいと、身を乗り出して耳を傾けている。

「方々もご存知のごとく、わしは秀頼さまに対し叛心《はんしん》を抱いたことなど一度もない。それは今後とて変わることはないが、治部が我らの留守をよいことに秀頼さまを意のままにし、順逆をわきまえずにわしを討つと申すのなら、座視するわけにはいかぬ。これより上方にとって返し、治部を討ち果たして豊臣家の安泰をはかる所存じゃ」

家康は大名たちを見渡すと、目を閉じて黙り込んだ。沈黙によって人を引きつける術《すべ》を、心憎いばかりに心得ている。

「方々にも秀頼さまのためにわしとともに治部を討ち果たしていただきたいと存ずるが、妻子を人質として取られている以上是非もない。会津征伐の軍はただ今をもって解散いたすゆえ、領国にもどるなり大坂に向かうなり、各々存分になされるがよい」

「お待ち下され」

福島正則が鎧の胴を叩《たた》いて立ち上がった。

「それがし、石田治部に身方する筋目は何ひとつござらん。人質とて秀頼さまにお預けしたものでござる。秀頼さまとの約定に背いたとあらば、人質を見殺しにした薄情者よと後世までそしりを受けましょう。されど治部が謀叛を起こし、秀頼さまから人質を奪って串刺しにするのなら、我らの落度とはなり申さん。この福島左衛門大夫、家康どのにお身方し、先陣をつかまつって治部めを蹴散らす所存にござる。その証人として、これなる惣領《そうりょうぎょうぶ》刑部をば家康どのにお預け申す」

正則が外にひかえていた嫡男正之《まさゆき》を大広間に招き入れた。

「また清洲城には、太閤殿下から預かった米が三十万石ほどござる。これをすべて家康どのに進上いたすゆえ、兵糧米としてお使いいただきとうござる」

「それがしもお身方いたす」

細川忠興がおくれじと立ち上がった。

池田輝政、浅野幸長、黒田長政がそれにつづいた。豊臣家譜代の猛将に引きずられるように、他の大名たちも次々に名乗りを上げた。

中でも異彩を放ったのは山内一豊である。

「左衛門大夫どのが兵糧米をご用立ていただくなら、それがしは城ぐるみ内府さまに進上いたそう。東海道《とうかいどう》を攻め上られるにあたっては、掛川《かけがわ》城を陣所として存分にお使いいいただきたい」

これも家康の根回しによるものだろう。東海道筋の大名たちは、我先にと一豊と同様の申し出をした。

沼津《ぬまづ》、駿府《すんぷ》、掛川、浜松《はままつ》、岡崎《おかざき》、清洲。豊臣秀吉が関東の家康にそなえるために子飼いの大名たちを配した城が、一瞬にして家康の手の内に入ったのである。

翌日、家康は軍議に集まった諸大名をひきいて江戸に向かった。徳川譜代の軍勢三万八千は、三男秀忠や次男結城秀康とともに宇都宮城に残したままである。

途中家康は長政をわざわざ本陣に呼んで労をねぎらった。

「こたびの首尾はそなたのお陰じゃ。礼を申す」

黒い烏帽子《えぼし》をかぶった頭を深々と下げた。

「さすがは官兵衛どのの血を引くだけのことはある。わしもかように立派な婿どのを持って鼻が高い」

「すべては内府さまのご人徳によるものでございます。それがしの働きなど、何ほどのこともございませぬ」

長政は慎重に言葉を選んだ。

「正則のように武勇にすぐれた者は多いが、智恵や胆力においてそなたに及ぶ者はおるまい。この恩は当家のつづく限り忘れはせぬ」

家康は口をきわめてほめ上げると、急にきびしい表情になって長政の目をのぞき込んだ。

「秀吉どの亡き後、天下に覇をとなえうる者は、わしか官兵衛どのしかおるまい。もし両者が戦ったなら、どちらに利があると思う」

「当家の所領はわずか十八万石、しかも父は隠居の身でございます。内府さまとは比べようもございませぬ」

「まことにそう思うか」

「申すまでもなきことでござる」

「ならばわしに賭けよ。恩賞はいかようにも取らすでな」

家康がぶ厚い手で肩をつかんだ。

長政の背筋に寒気が走り、顔から血の気が引いていった――。

放尿を終えると、長政は大きな胴震いをした。寒気をともなった生理的な現象が、家康に肩をつかまれた日のことを鮮やかに思い出させた。

## 四

あの後福島正則らと上方に向かった長政は、八月七日に清洲城に入り、家康の到着を待つことにした。

後藤又兵衛が如水の計略をたずさえて訪ねて来たのは、五日後のことである。

東西両軍が美濃、尾張あたりで激突し、互いに消耗しつくすのを待って、前田、伊達と連合し、大坂城にいる毛利輝元を身方に引き込んで両者を打ち破る。それが如水が練り上げた策だった。

その間、東軍として出陣した長政や、西軍に加わっている吉川広家は、自軍の勢力を温存しながら時を待つ。

一月ばかりも両軍が戦をつづけたなら、如水は加藤清正とともに九州を制圧し、かつての居城である姫路《ひめじ》城まで大軍をひきいて進出する。

如水が己れの才のすべてをかたむけて練り上げた戦略だが、長政はもはや実現できるとは思えなくなっていた。

第一に謀《はかりごと》は迅速をたっとぶが、如水の同盟者はあまりに遠国で、中央に出るまでに日数がかかりすぎる。第二に謀は密を要するが、すでに家康に気取《けど》られている。何より如水と家康とでは、格においても開きがありすぎた。

（家康どのが太陽だとするなら、父は月だ）

我が父ながらそう断じざるを得なくなったのは、あの時肩におかれた家康の手の厚みのせいかもしれなかった。

「ツーピー、ツッピー」

柿の枝では相変わらず四十雀がさえずっている。青い空を背にしているので、黒い頭と白い頰の色がくっきりと浮き立っていた。

「思い出していただけたかな」

客間にもどるのを待ちかねたように、本多正純が問いかけてきた。

「それがしはあの後も清洲城におりました。又兵衛の行き先については、本人にたずねられるが良かろう」

「又兵衛どのは宇都宮城に行ったと認められましたぞ」

「ならばその通りでござろう。黒田家に仕えているとはいえ、この者は父の直臣でござる。どこに行こうと、それがしの関知するところではござらん」

長政は父ゆずりの大きな目で又兵衛をにらんだ。

「ところが甲斐守どのは、又兵衛どのが宇都宮城の結城秀康どのを訪ねることを知っておられた。しかもその目的までも承知しておられたはずでござる」

「何を証拠にそのような疑いをかけられる」

「疑い？　結城秀康どのを訪ねた理由をたずねることが、何ゆえ疑うことになるのでござろうか」

正純は村岡左内を見やって、今の一言をしっかりと書き付けておくように指示した。

「本多どのは当家に謀叛の企てがあったと疑って、こうした訊問をなされておる。お言葉のすべてが疑いでなくて何でござろうか」

「甲斐守どの、貴殿は又兵衛どのとの別れぎわに、論語の一節を口にされませんでしたかな」

「…………」

「父は子のために隠し、子は父のために隠す。そう申されたはずじゃ」

正純は勝利の鳥が胸のなかで飛び立つのを感じながら詰め寄った。

この一言に驚愕《きようがく》したのは、長政ではなく又兵衛だった。二人だけの密談を、どうして正純が知っているのか。

（さては、越中守どのが……）

又兵衛は長政の部屋を出た時、細川忠興と顔を合わせたことを思い出した。

忠興は清洲城に着いた挨拶に立ち寄ったと言ったが、二人の話を立ち聞きしていたにちがいなかった――。

「父は子のために隠し、子は父のために隠すという。そちが案ずるには及ばぬ」

又兵衛がくれぐれも計略に相違なきようにと念を押した時、長政は濃い眉をひそめてそう吐き捨てた。

今にして思えばすでにこの時から迷いを覚えていたのだろう。だが又兵衛は深く問いただそうともせず、宇都宮城に向けて発《た》ったのである。

西軍との決戦のために西へ向かう諸大名の軍勢を尻目に、又兵衛は東海道を東へ走った。

街道ぞいの城下町には関所がもうけられ、西軍の間諜《かんちよう》にきびしく目を光らせていたが、黒田家の手形を示せば難なく通過することができた。

宇都宮についたのは、八月十九日のことである。城下の旅籠《はたご》に宿をとり、如水が指示した変名を使って結城家の本陣に使いを出すと、その日のうちに秀康が訪ねて来た。

「又兵衛どの、酒でも飲もう」

顔を合わせるなり秀康はそう言った。

二十七歳の青年武将で、上杉景勝の南下にそなえて宇都宮城の守備を命じられていた。十一歳から十七歳まで秀吉の養子として大坂城にいたことがあり、又兵衛とはその頃からの知り合いだった。

「上杉勢は白河口から出て来ようとはせぬ。ここにいても退屈なばかりじゃ」

「親父どのから、くれぐれもご油断なきようにとの言伝《ことづ》てでございます」

「一月前に如水どのから密書をいただいて以来、三度も使いの者が来ておる」

秀康に「SIMON JOSUI」というキリシタンの印章を押した密書を届けたのは、マルコという洗礼名を持つ使徒衆だった。

「また伊達どのからも、手はず通り時を待つとの知らせがあった。何も案ずることはない」

「それは重畳にございまする」

「その後、上方の様子はどうじゃ」

「東西両軍が続々と美濃周辺に集まっておりますが、いまだに戦端《せんたん》が開かれる様子はございませぬ。戦がはじまるのは、早くても九月になってからでございましょう」

「家康どのは用心深い。各大名の本心を見極めた上でなければ、出陣しようとはなさるまい」

「秀康どのを疑っておられる様子はありませぬか」

「ある」

秀康はあっさりと認めた。

「だが、如水どののことではない。豊臣家との誼《よしみ》に引きずられて、治部の身方をするのではないかと見ておられる。私をここに残されたのも、それを案じてのことなのだ」

秀康は家康の次男だが、十一歳の時に秀吉の養子とされた。小牧《こまき》・長久手《ながくて》の戦の和睦の証人として家康が差し出したもので、養子というよりは人質に近い。

以後六年間秀康は豊臣家の諸将と生活をともにするが、天正十八年（一五九〇年）に結城晴朝《ゆうきはるとも》の養子となって下総《しもうさ》結城十万石の大名となった。

そのために家康と血はつながっているが、もはや徳川家に籍はない。また家康は身分の低い側室に産ませた秀康を出生以来冷遇してきたので、実の親子としての交わりはないに等しかった。

これに対して如水と秀康の間柄は親密だった。秀康が秀吉の養子として豊臣家に入って以来、如水は人質として辛酸《しんさん》をなめがちな秀康を、陰に日にかばってきたからである。

十六歳の頃、秀康は秀吉の近習《きんじゅ》を桜の馬場で斬り捨てるという事件を起こした。秀康の馬術をあなどった近習が、馬を寄せて腕くらべをいどんだからだ。

それもわざと馬をぶつけるという手荒いもので、怒った秀康は「無礼者」と一喝するなり抜き打ちに斬り捨てた。

これを知った秀吉は激怒した。殺された近習がお気に入りだったこともあって、切腹を申し付けるとまで言った。

この時、如水は体を張って秀康をかばった。

秀康は人質ゆえに近習たちからあなどられることが多く、それを避けるために「今より後、無礼の者あるにおいては、即座に討ち果たすべし」と宣言していた。馬場での一件はこれを実行したまでで、討たれた近習に非がある。切々とそう説いた。

これには秀吉も押し切られ、秀康には罪はないと認めた。

そのことを伝え聞いた秀康は、両手をつき涙を流して礼を言い、今後どのようなことがあっても如水の申し付けには従うと誓った。

秀康が実の父を裏切ってまで如水の計略に加わったのは、この時の誓約を果たすためだった。

「それで、わしは何をすればよいのだ」

又兵衛から如水の計略を聞き終えると、秀康は身を乗り出してたずねた。

「美濃、尾張において決戦が始まったなら、家康どのの命令と称して江戸城に入っていただきたい。日ならずして、伊達どのが軍勢をひきいて入城なされる。お二方で徳川家をおさえ、時期をみて家康どの、秀忠どのと袂《たもと》を分かっていただくのでござる」

家康の留守に乗じて、秀康に徳川二百五十万石を乗っ取らせようというのだ。そうすれば根拠地を失った家康は、諸大名の支持を失う。

徳川家を秀康につがせて所領を安堵すれば、家康や秀忠に従って出兵した者たちも、死にもの狂いの抵抗はしないはずだった。

又兵衛と秀康が密談を終えて酒を飲みはじめた頃、清洲城にいた黒田長政は村越《むらこし》茂助直吉《もすけなおよし》の来訪をうけていた。

「さすがに福島どのは天下に聞こえた豪傑でござる。いつ踏みつぶされるかと、冷汗をかき通しでござった」

直吉が終わったばかりの戦評定をこわごわとふり返った。小柄だが頭が異様に大きい四十ばかりの男で、長政の肩くらいの背丈しかなかった。

「村越どのこそ豪傑でござろう。このような役目、余人にはとても勤まりますまい」

「それがしは内府さまのお言葉をお伝えしたばかりでござる。何の才覚もなきゆえ、一言一句まちがえずに伝えることばかりを心がけておりました」

「そのお覚悟が、我らを動かしたのでござる。本多どのや井伊どのでさえ、青ざめておられましたぞ」

直吉の役目はそれほど難しいものだった。

東軍の諸大名は清洲城に結集して家康の出陣を待っていたが、家康は一向に江戸城を動こうとしなかった。徳川秀忠がひきいる三万八千の精鋭部隊も、小山にとどまったままである。

その間にも西軍の主力は大垣城に結集し、東軍を迎え討つ態勢を固めつつあった。

家康が動かないことに苛立《いらだ》った東軍諸将は、出陣が遅いことを難詰する使者を江戸城に送った。それに対して家康は村越直吉をつかわし、自分の出陣を待たずに戦を始めよと命じたのである。

これに激怒した福島正則や池田輝政らは、戦を始めるまで動かぬとは我らの心底を疑ってのことであろうと、血相を変えて直吉に詰め寄った。

普通なら、そうではないと言いたいところである。だが直吉は、そんなことは知らないと突っぱねた。

内府さまは各々方《おのおのがた》の出陣がないので出馬できないと申されておる。出陣さえあればただちに出馬すると伝えよと命じられた。

それ以外のことが、自分のような者に分るはずがない。何と責められても、そうくり返すばかりだった。

これには正則らも根負けして、家康がそのような疑いを持っているのなら、明日にでも岐阜《ぎふ》城攻めにかかろうということになったのである。

「それがしは臆病者でござってな。子供の頃には夜中にはばかりにも行けず、武士の風上にも置けぬ小心者だと父や母に叱られたものでござる。ご覧の通りの小兵ゆえ、槍や太刀《たち》も扱いかねており申す。それゆえ福島どのに詰め寄られた時には、恐ろしさに身も縮んだものでござる」

直吉は淡々とした様子で出されたお茶に手をつけた。

「されど福島どのよりは、内府さまのほうがはるかに恐ろしゅうござってな。内府さまが虎なら、失礼ながら福島どのは犬でござる」

「確かに、内府さまは恐ろしゅうござる」

小山の陣で肩をつかまれて以来、長政も家康という男の凄《すご》さを骨身にしみて分っていた。

「左様か。貴殿もそう思われるか」

「太閤殿下に勝るとも劣らぬご器量でござろう」

「実はもうひとつ役目をおおせつかっておりましてな。こちらの方が、出陣せよとのお言葉を伝えるより余程気が重いのでござるよ」

細い骨張った手で茶碗《ちゃわん》をおくと、直吉は居ずまいを正して長政と向き合った。

「甲斐守どの、貴殿のことでござる」

「…………」

「ご決断をいただけたかどうか、確かめてまいれとのお申し付けでござる。内府さまの申し出に応じられるのか否か、この場にてご返答をいただきたい」

「それがしには」

何のことか分らない。長政はそう言おうとしたが、直吉の据わった目を見て思い直した。小手先の言いわけは一切通用しない。そう察したからである。

「応ならばよし。否ならば差しちがえてまいれとのご下命《かめい》じゃ。内府さまはかように恐ろしい方でござる」

「貴殿がそれがしを討つと申されるか」

「むろん討てるはずはござるまい。それゆえ貴殿に斬りかかり、討ち果たされるばかりでござる」

直吉が脇差しの鯉口《こいぐち》を切った。

長政の背筋に、家康に肩をつかまれた時のような戦慄が走った。

ここで直吉を斬れば、西軍に内通していたためと見られるだろう。少なくとも井伊直政や本多忠勝はそう受け取り、長政を討とうとするはずだ。

それに諸将が同じて行動を起こせば、長政は殺されるより外《ほか》はない。だから直吉は殺されても、刺しちがえたことになるのである。

(この男はあざむけぬ)

そう感じさせる凄みが、直吉の小さな体と大きな頭から発していた。

長政の脳裏に、頭巾《ずきん》をかぶり右足を引きずって歩く如水の姿がよぎった。秀吉を天下人《てんかびと》にまで押し上げた軍師である。だが、その才能や手腕に敬服することはあっても、父として親しみを感じたことはなかった。

むしろ苦い思い出ばかりが多い。幼い頃に織田信長に人質として出され、あやうく殺されかかった。

今度の計略でも、如水は長政を囮《おとり》として使っている。信長に人質として差し出した時と、何ひとつ考え方は変わっていない。

父がそうした男なら、自分も子として振舞うことはない。一人の武将として対することこそ、黒田家を預かる者の取るべき道であり、父に乗っ取られたごとき己れの人生を取り戻すことではないか。

「承知いたした。家康どのに賭けさせていただく」

長い沈黙の後で、長政はそう答えた。

父を裏切る後ろ暗さに冷汗がふき出したが、一方では体の中を風が吹き抜けていくような清々《すがすが》しさを感じていた——。

本多正純が帰るのに合わせたように、庭の四十雀のさえずりが聞こえなくなった。いずこかへ飛び去ったらしい。

客間に残された長政と又兵衛は、互いに気まずい顔を見合わせた。

「家康どのから、恩賞の沙汰はございましたか」

又兵衛はそっ気なくたずねた。

「筑前五十二万石を拝領することとなった」

「おめでとうござる。それがしが黒田家に仕えるのも、親父どのが生きておられる間だけのようでござるな」

「そう願えれば有難い」

長政は引き止めようとはしなかった。如水の計略を知る者がいては、黒田家のためにならないのである。

「親父どのの計略は、十中八、九まで当たっておった。まさか関ヶ原であのような裏切りがあろうとは、思いも寄らぬことでござった」

愚痴とは知りながら、又兵衛はそう言わずにはおれなかった。

「家康どのは父の計略に気付いておられた。たとえわしが指示通りに動いたとしても、勝てはしなかったであろう」

「さあて、いかがでござろうか」

又兵衛が僧形《そうぎょう》にした頭を叩きながら立ち去った後も、長政は立ち上がろうとしなかった。

あるいは又兵衛の言う通りかもしれぬ。自分は五十二万石と引きかえに、大事なものを失ったのではないか。そう考えると、孤独感に手足が冷えていくようだった。

「お殿さま」

樹里が敷居ぎわから声をかけた。

「近う寄れ。遠慮は無用じゃ」

「昨日、細川越中守さまが西の丸を訪ね、本多正純さまと会われたそうでございます」

如水が張りめぐらした隠密《おんみつ》の網は、キリシタンという共通の信仰に結ばれていたる所に伸びている。

「そうか。やはり越中か」

清洲城の一件が細川忠興の密告によるものだとは、正純に詰め寄られた時から気付いていた。忠興は筑前五十二万石を得たさに、長政を蹴落とそうとしたのである。

「暮れまでには、シメオンさまも上洛《じょうらく》なされる由にございます」

「わしはもはや父上とは顔を合わせられぬ」

「シメオンさまはそれほどお心の狭い方ではございませぬ。父と子の絆《きずな》は、何よりも強く尊いものでございます」

「そなたはいつも迷いのないことを言う」

長政はようやく立ち上がった。

樹里は片頰にえくぼをみせてほほ笑むと、先に立って奥に案内した。

その細い肩ごしに、四十雀のさえずりが聞こえたような気がした。

# 第六章　両軍激突

## 一

本多正純は胸苦しい焦燥を覚えて目をさました。眠っていた間も頭だけは働きつづけていたらしく、少しも眠った気がしない。気持だけが高ぶって、体は疲れ果てていた。

昨日も正純は十数人の大名と会い、戦功の報告を受け、恩賞の希望を聞いた。

何しろ数万石、数十万石の所領のかかった査定だけに、どの大名も目の色を変えている。少しでも落度があれば家康に直訴しかねない剣幕なので、一瞬も気を抜くことが出来なかった。

正純は体を起こすと、枕元の脇差しに手を伸ばした。一尺三寸（約四〇センチメートル）の刀を抜き、上向きにした刃に意識を集中してから、小袖の前をくつろげて切っ先を腹に当てた。

左の脇腹に刀を突き立て、右の脇腹までゆっくりと引き回す。胃の腑《ふ》まで深々と切り裂いて刀を止めたなら、介錯人《かいしやくにん》に首を打ち落としてくれるように声をかけ、体をわずかに前に倒して首を差しのべる。

切っ先を当てたまま、切腹の時を思い描くのだ。いつ死んでも構わないと覚悟を定めるためで、これをやると迷いが吹っ切れて肚《はら》が据わる。

今では実際に腹を切る時にも、寸分たがわずやり遂げられる自信があった。

「殿、越中守さまが至急お目にかかりたいと申されております」

ふすまの外から近習《きんじゆ》が声をかけた。

「書状は？」

「それが、ご本人がお忍びで玄関口に見えられております」

「すぐ行く。客間にお通ししろ」

正純は小袖に裃《かみしも》を着て客間に行った。

細川越中守忠興は、小袖に袴《はかま》をはいただけの牢人《ろうにん》のような身なりで端座していた。

「いささか内々の用向きがござってな。このような姿でご無礼とは存ずるが」

唇を引き結んで軽く頭を下げた。異常なばかりに誇り高い男で、大きな突き出た目であたりを油断なくうかがっている。

「内々の用向きとは？」

正純は忠興の言葉をくり返した。

「十五日に論功が行われるそうでござるな」

「さて、それがしには」

「お隠しにならずとも結構。甲斐守どのに筑前五十二万石が下されることも存じておる」

「それで」

「それがしにはどこの国をいただけるのか、ご内意をお洩《も》らし下されまいか」

正純は黙ったまま忠興を見つめた。黒田長政と筑前をめぐって張り合っていただけに焦るのは分る。だがこれほどずけずけとたずねるとは、あまりにも礼を失していた。

「それがしとて関ヶ原においては甲斐守どのに劣らぬ働きをいたした。豊臣恩顧の諸将を動かして石田治部を佐和山に追い込んだ時にも、応分の働きをしたつもりでござる」

「それは承知しております」

「のみならず、それがしの妻は石田治部の人質となることを拒み通し、大坂屋敷の家臣らとともに自害いたした。治部らが他の大名家の妻子を人質にとることを断念したのは、このことがあったゆえでござる」

正純は不快を覚えた。忠興の妻ガラシアが自害したために、石田三成らが人質を大坂城内に入れることを断念したのは事実かもしれない。

だがそれを己れの功績として数え上げるとは、どういう神経の持ち主なのか。

「甲斐守どのが筑前五十二万石であれば、それがしにも同等の領国が与えられるものと存ずるが」

「すべては内府さまのお考え次第でござる」

「宇喜多どのの所領をいただきたいが、いかがでござろうか」

西軍に属した宇喜多秀家の備前、美作《みまさか》五十七万石は、すでに没収されることが決まっていた。

「そうしたご希望があったことは、内府さまにお伝え申し上げます」

「伝えるだけではなく、貴殿や佐渡守どのからお口添えを願いたい。本多父子《おやこ》のご推挙とあらば、内府どののもおろそかにはなさるまいと存ずるが」

「これは越中守どののお言葉とも思えませぬ」

「常の時なら、それがしとてかようなことは申すまい。されど今は当家の浮沈の瀬戸際ゆえ、この通り、恥をしのんでお頼み申すのでござる」

忠興が深々と頭を下げたが、正純には迷惑なばかりだった。

「浮沈の瀬戸際は、どの大名家も同じでござる。それゆえ論功行賞は厳正で公平を要するものと心得ております」

「ご立派なお心掛けに感服するばかりじゃが、恩賞にはおのずと匙《さじ》加減というものがあるものでござる」

「当家に限っては、そのようなご心配は無用に願いたい」

「左様でござるか。ところで、長五郎《ちょうごろう》どのの消息は分りましたかな」

忠興が薄い唇の端をゆがめて皮肉な笑みを洩らした。

長五郎とは正純の弟政重《まさしげ》のことだ。血気盛んな政重は、三年前に徳川秀忠の近習と喧嘩沙汰《けんかざた》を起こし、相手を斬り捨てて逐電した。

その後宇喜多秀家に一千石で召し抱えられ、関ヶ原の合戦では西軍として戦ったが、討ち死にしたとの知らせはない。正純や正信もひそかに行方をさぐらせているところだった。

「弟とは申せ、すでに勘当した者でござる。当家とは一切関わりがござらぬ」

「ならば気にも止められまいが、長五郎どのを都で見かけたと申す者がござってな」

「…………」

「これは本多どのに知らせておくべきだと存じ、こうして内々に訪ねてまいったのでござる」

「すでに勘当したと申し上げたはずですが」

「ならば、当家で召し捕っても構わぬと申されるのでござるな」

身内から西軍への加担者を出したなら、本多家の体面にも関わろう。それが嫌なら、自分と取り引きをしろ。忠興はそう言っているのだ。

「このことはお父上にも相談されたほうがよろしかろう。長五郎どのは佐渡守どの秘蔵のお子とうかがいましたのでな」

「ご忠告、有難くうけたまわりました」

正純はもう帰ってくれという態度を露骨に示した。

忠興はなおも何か言いかけたが、薄い唇を結んで引き下がった。

朝粥《あさがゆ》をすって腹ごしらえをすると、正純は大名たちとの接見の様子を記録した村岡左内の速記に目を通してから御座《ござ》の間に行った。

すでに父正信が来て、家康と膝を交じえて何事かを語り合っていた。

二人とも正純以上に多忙をきわめているはずなのに、少しも疲れの色を見せていない。家康は少しやせたものの、顔の色つやが良くなって、かえって若返ったようだ。

正信は相変わらず浅黒く細い顔に精気をみなぎらせている。どんな時にも疲れと弱気ということを知らぬ化け物のような父親だった。

「昨日大名衆から陳情を受けた分でございますが」

正純は速記録を広げて報告しようとした。

「無用じゃ」

「は？」

「そのようなものはいちいち報告せずともよい。聞く姿勢を見せておくだけでよいのじゃ」

家康は機嫌よく饅頭《まんじゆう》を頬張った。近頃伏見の蒸し饅頭を朝食のかわりにしている。

「それより如水どのの調べはどうなった。証拠はあがったか」

「畏《おそ》れながら、証拠となるものは先にいただいた書状ばかりでございます」

「誰に宛てたものかは、すでに分っておろうな」

「ほぼ確かかと存じまするが」

「遠慮はいらぬ。申してみよ」

「結城秀康どのでございます」

「そうか」

家康は茶をひと口すすった。

書状の宛名を切り取ったのは家康なのだから、何の反応も示さないのは当然だが、正純は肩すかしをくったような失望を覚えた。

「心の通わぬ親子というものは、他人よりも始末が悪い。のう佐渡、そうは思わぬか」

「まことに左様でございますな。されど……」

「何じゃ。そちまで遠慮することはあるまい」

「何事も時の流れというものでございましょう。親の心子知らずとは、今に始まったことではございませぬ」

「一人取られて一人取ったのだ。痛み分けとせずばなるまい。ところで、九州の如水どのから書状がまいっておったな」

家康がうながすと、正信が文箱《ふばこ》から書状を取り出した。如水から藤堂高虎に宛てたもので、日付は九月十六日である。

九月十三日に豊後の石垣原《いしがきばる》において毛利家の後押しを受けた大友吉統《よしむね》（義統）の軍勢を打ち破り、吉統を捕えたこと。近日中に小倉城を攻め落とし、加藤清正とともに関戸《せきど》（岩国《いわくに》市）を通って広島に攻め上がるつもりであること。

長政に宇喜多秀家の所領が与えられるように取り成しを頼みたい。自分と清正には今度切り取った分を下されれば結構で、長政は自分とは別家を立てて家康に奉公するようにしてもらいたい。

書状にはそう記され、最後に「尚々《なおなお》この書状、御おんみつ成され候て、下さるべく候」と念を押してある。

だがこれは如水一流の策略で、高虎から家康に届けられることは百も承知しているはずだった。

「この書状の読み所はどこか分るか」

正信がいつものように高飛車なたずね方をした。

「第三条だと存じます」

第三条には、「熊谷《くまがい》かけひ城、五三日の内に相済むべく候。筑前小倉表へまかり出、隙を明け、加主計（加藤清正）と申し談じ、関戸越えにて、広島を取り申すべくと存じ候」と記されている。

熊谷外記《げき》がたてこもる城を落としたなら、筑前小倉に進出し、清正とともに関戸を越えて広島城を攻め落とすつもりだという意味である。

九月十六日の時点では、九州には関ヶ原の報はとどいていない。東西両軍が戦っている間に一気に攻め上ろうと考えていた如水としては、決戦の直前まで自軍の行動の真の意味を隠しておく必要がある。

そこで東上するのはあくまで家康に身方するためだと思わせるために、高虎から家康に伝わることを見越してこんなことを書いたのだ。

「うむ、他には」

「最後の一文でしょうか」

この書状を隠密《おんみつ》にしておいてくれとは、家康に伝わるとは考えていないと見せかけるための芝居である。

「ちがう。第七条目じゃ」

そこには「甲斐守、兎角《とかく》上方にて御知行《ちぎょう》つかわされ、拙者と別家に、内府さまへ御奉公申す様に、御才覚頼み申し候」とある。

長政には上方に所領を与え、自分とは別家を立てて家康に仕えるようにしてもらいたいというのだ。

「狙いは甲斐守どのが今度の計略とは関係がないと思わせることでしょうか」

「それればかりではない。如水どのはこの時すでに甲斐守が我らの側に通じることを予測しておられたのかもしれぬ」

「では、甲斐守どのは如水どのを……」

「さきほど殿が、こちらも一人取ったと申されたではないか。そなたの耳は何を聞いておるのじゃ」

正信は家康の前ではことさら厳しい物言いをする。まるで正純との能力差をわざわざ見せ付けようとするかのようだった。

「ところで昨日は、小僧の使いは来たか」

家康がたずねた。小僧とは小早川秀秋のことである。

「来ておりませぬ」

「あやつに恩賞をくれてやるかどうか、佐渡、思案のしどころじゃの」

「上方にて二ヶ国、くれてやるのが上策かと存じます」

「何ゆえじゃ」

「殿は先に毛利家との約束を反古《ほご》にして、七ヶ国をお取り上げになりました。今また小早川との約束を破られれば、両家は一門のことゆえ、結託して良からぬことを企てるやもしれませぬ」

「確かにそうじゃが、あのような痴《し》れ者《もの》に名を成さしめるのも業腹ではないか」

「一手には詰めぬ駒も、二手用うれば詰めるものでござる」

「今はくれておき、時期を見て取り上げればよいか」

「そのためにも、藤兵衛《とうべえ》の死因は徹底して糺明《きゆうめい》しておくべきかと存じます」

「そうじゃ。石見守《いわみのかみ》にわしの目が節穴ではないことを思い知らせておかねばなるまい。弥八郎、そちの仕事がまたひとつ増えたが、これもあと三日の辛抱じゃ。励んでくれ」

正純には何を命じられたのか分らなかったが、今さら問い返すわけにはいかなかった。

御座の間を下がると、正純はさっそく正信にこのことをたずねた。

「奥平《おくだいら》藤兵衛貞治《さだはる》のことじゃ」

　正信は不機嫌そうにじろりとにらんだ。

　藤兵衛は家康の馬廻《うままわ》り衆だが、関ヶ原の合戦の時には松尾山《まつおやま》の小早川秀秋の陣にいた。内応の約束を果たすかどうかを監視するためだ。

　小早川勢は約束通り松尾山のふもとの大谷吉継《よしつぐ》軍に攻めかかったが、猛烈な反撃にあって総崩れになり、山の中腹まで押しもどされた。

　この時藤兵衛は先陣に立って踏みとどまろうとしたが、奮戦むなしく討ち死にしたのである。

「小早川家からはそのように報告があったが、あれは尋常の討ち死にではない。捨て殺しにしたのじゃ」

　捨て殺しとは、身方をわざと敵中に取り残して討ち死にさせることだ。

「何ゆえそのようなことを」

「藤兵衛に秘密を握られたからじゃ。内応の約束をしておきながら、小早川が何ゆえ午《うま》の刻（正午）まで動かなかったと思う」

　正純は答えられなかった。西軍につくか東軍につくか迷っていたなどと言おうものなら、冷笑をあびせられることは目に見えていた。

「小早川も吉川《きつかわ》も、如水どのと通じていたからじゃ。あの日は両軍とも山上に陣取って動かぬとの申し合わせがあった。そのことを藤兵衛に知られたために、大谷軍の中に捨て殺しにしたのだ」

「しかし、それでは何ゆえ小早川は……」

「如水どのとの綱引きに殿が勝たれたからじゃ。敵は平岡《ひらおか》石見守、身方は稲葉《いなば》佐渡守」

「石見守どのが、如水どのの意を受けて小早川を動かしておられたのですか」

正信は黙ったままだった。答えるまでもないということである。

「だが今は石見守に手をつけてはならぬ。石見守が藤兵衛を殺してまで殿に忠誠をつくしたと見せかけたいのなら、芝居をつづけさせるのが得策というものじゃ」

「内府さまは石見守に思い知らせよと申されましたが」

「直《じか》に手をつけずとも思い知らせる方法はいくらでもある」

その方法は自分で考えろ。正信はそう言っている。

「父上」

「この上まだ聞き足りぬことがあるか」

「長五郎のことでございます」

今朝細川忠興が弟政重の行方を知っていると告げて来たことを話した。政重を受け取りたければ、家康に所領の進言をしろと脅しをかけてきたのである。

「捨ておけ。越中守にはわしを脅し通す度胸はない」

「しかし……」

「たとえあったとしても、こちらは向こうの親父《おやじ》どのの尻尾《しっぽ》を握っておる」

「幽斎どのが何か」

「あの方も如水どのと通じておられた。田辺《たなべ》城に籠城して朝廷を動かそうとなされたのはそのためじゃ」

正純を再び謎の渦に突き落としたまま、正信は背筋を真《ま》っ直《す》ぐに伸ばして立ち去った。

二

十月十四日の午の刻過ぎ、本多正純は書記役の村岡左内を従えて西の丸御殿の茶室へ向かった。

明日の巳《み》の刻（午前十時）には、西の丸の大広間で諸大名への論功行賞が行われる。それまでに小早川秀秋が如水の計略にどのように関わっていたかをつきとめよ。

そう命じられてから二日の間、正純は寝る間も惜しんで戦目付《いくさめつけ》や忍びの者から出された報告書に目を通し、黒田長政や後藤又兵衛、竹中重門《しげかど》への訊問《じんもん》の記録を読み返した。

その結果、関ヶ原合戦の前日、竹中重門が松尾山の小早川秀秋の陣所を訪ね、秀秋の家老平岡石見守頼勝《よりかつ》と密談していたことをつきとめた。

正純はさっそく重門を西の丸に呼び出し、最後の訊問をすることにしたのだった。

大広間へとつづく長廊下を歩いていると、御座の間から数人の大名が声高に談笑しながら出てきた。

福島正則、黒田長政、細川忠興、池田輝政ら、分権派と呼ばれる面々である。

正純は廊下の左端に寄って道を開け、軽く会釈して通り過ぎた。

先頭の長政は、正面を向いたまま礼を返してすれちがった。横に並んだ正則は、舌打ちをしてそっぽを向いた。二人の後ろを歩く忠興は、突き出た大きな目でじろりとにらんだ。

いずれも勇名を馳《は》せた武将ばかりだが、正純は以前のように彼らに一目置く気にはなれなかった。

にじり口をくぐって八畳の広々とした茶室に入ると、竹中丹後守重門が例によってだらしなくあぐらをかいていた。深草色の小袖に藍《あい》色の袢を着て、ただでさえ細い目を眠たげに細めている。

正純を見るといったんは姿勢を正したが、挨拶を終えると断わりもせずに膝をくずした。

「ご無礼とは存ずるが、これも父の教えでございますので」

「武士たる者、足のしびれなどでいざという時に遅れをとってはならぬと申したな」

「さすがは本多どのじゃ。ご記憶が確かでございますなあ」

目尻を下げて笑った。目の間が離れ、鼻が丸い愛敬《あいきょう》のある顔立ちなので、何を言っても憎めないところがある。

だが重門がその顔立ちさえも人をあざむく武器にしていることを、正純はこの間の訊問の時に気付いていた。

こうして飄々《ひょうひょう》と構えているのも、表情や動作から考えを読まれることをさけるためだ。熟練した武芸者のように、心を無に保ってどんな事態にも反射的に対応しようとしているのである。

重門を崩すには、まずこの構えを乱す必要があった。

「本多佐渡守どのも天下に聞こえたお方でござるが、お互い立派すぎる父親を持つと苦労が絶えませぬな」

「半兵衛どのが亡くなられたのは、丹後守どのの幼少の頃と存ずるが」

「それがしが七つの頃でございました。あるいは子供ゆえに、余計に父が恐ろしかったのかもしれませぬ」

「半兵衛どのはおだやかな方だったと聞いたが」

「とんでもない。父は鬼でございました。しかも少し頭の狂った鬼でしてな。本多どのは、座ったまま小便をしたことがございますか」

「座ったままというと」

「こうして座ったまま、小便をたれ流すのでござる」

「いいや、そのような覚えはない」

「ところがそれがしはしょっちゅうでございました。寝小便なら致し方もござらぬが、座り小便となると、これはもうこの世の地獄でござる」

「何ゆえそのようなことを」

「父が立たせてくれぬのでございます。我が家には時々、亡き太閤《たいこう》殿下をはじめ織田家中のそうそうたる方々がお集まりになることがございました。皆様壮年の頃で、酒をくみ交わしながら軍略に話が及ぶと、夜を徹することもたびたびでしてな。そのたびにそれがしは末席に連なって、話を聞いておくように命じられたのでございます。これはこれで光栄なことではございましたが」

重門が薄い口ひげの端をねじりながら眉をひそめた。

「子供の身には大人の長話は辛《つろ》うござる。特に夜を徹してとなると、小便もしたくなるのが道理というものでございましょう。ところが厠《かわや》に立つと、父が怒るのでござる。この方々の話は、万巻の書物にまさる教えじゃ。それを話の途中で厠に立つとは何事か。そちは戦の途中でも小便をしに行くつもりかと、斬り捨てんばかりの剣幕でしてな。貴殿はお笑いになるが」

正純が失笑を洩らしたのを見て、重門はますます情なさそうな顔をした。

「ひと晩中小便をたれ流しながら話を聞かねばならぬそれがしの身にもなって下され」

「それも戦国の世ならではのことであろうな」

正純はつい話につり込まれた。確かに父正信や家康にも、竹中半兵衛に通じる常軌を逸したところがあった。

「どう理屈をつけようと、戦とはしょせん我欲に狂った殺し合いでございます。長年戦をつづければ、父のように頭がおかしくなるのかもしれませぬ」

「如水どのも、狂った一人と思うか」

正純は間合いを計って高飛車にねじ伏せようとしたが、重門は相変わらず飄々としていた。

「あのお方も、父と似たり寄ったりでございましょう」

「如水どのが加賀や奥州と同盟して、天下を狙っておられたことは今や明白じゃ。この計略に丹後守が加わっていたとの証言も、すでに数人から得ておる」

「ほう、誰がそのようなことを」

「一人は甲斐守どのじゃ」

正純は鎌をかけた。重門の眉のあたりに一瞬動揺が浮かんだが、すぐにとぼけたような無表情にもどった。

「もう一人は、平岡石見守」

これも重門をゆさぶるための嘘《うそ》である。

「如水どのの計略に加わった二人が、すべてを話しておる。丹後守、そなた一人がしらを切り通しても、もはや何の意味もありはせぬ」

「失礼」

重門が体を傾け、片尻を持ち上げて放屁《ほうひ》をした。八畳の茶室に腐った芋の臭《にお》いがたちこめた。

「左内、風を入れよ」

正純は怒鳴りつけたいのをかろうじてこらえ、書記役の村岡左内に命じた。

「昨夜から腹具合が悪いものですから、ご無礼をいたしました」

「これも父上の教えのひとつか」

「いやいや、面目ございませぬ」

「そちは関ヶ原の合戦の前日、松尾山の小早川秀秋の陣所を訪ね、平岡石見守と会っておる。これに相違はあるまい」

「ございませぬ」

「あれは何のためじゃ」

「今さら申し上げずとも、重々ご承知でございましょう」

あの日家康は、黒田長政に松尾山へ使者を送るように命じた。徳川方につくと約束した小早川秀秋の真意を、今一度確かめさせるためだ。

長政はさっそく二人の使者を送ることにしたが、地理に不案内のために竹中重門が道案内に立ったのである。

「それは表向きの理由《こと》じゃ。真の目的は、平岡石見守と会って如水どのの計略通りに動くと申し合わせることにあったのであろう。そうでなければ、そちがわざわざ松尾山に出向く必要はあるまい」

「甲斐守どのの使者は、筑前中納言どのにあてた内府さまの密書を持っておりました。それが万一敵の手に落ちるようなことがあっては一大事ゆえ、それがしが案内したのでござる」

「今さらそのような言い逃れは無用じゃと申しておる。そちは如水どのの計略を果たすために、初めは石田治部どのに取り入ってこれをあやつり、合戦の土壇場になって東軍に寝返ったのじゃ」

「それがしの手勢はわずか四百足らずでございます。そのようなことが出来るはずがありますまい」

「出来るとも。事前に甲斐守どの、吉川どの、平岡石見守が、如水どのの意を受けて動いていたのだからな。あの日、南宮山の毛利勢、松尾山の小早川勢が動かなければ、東西両軍はほぼ互角であった。如水どのの狙い通り、相討ちとなったはずじゃ」

小早川勢が家康に内応の約束をしながら午の刻まで動かなかったのはそのためだ。正純はそう確信していた。

「とても信じられませせぬな」

「何がじゃ」

「本多どのともあろうお方が、そのような絵空事をまともになさろうとは」

「丹後守、これを見るがよい」

正純は背後の戸袋から聖母マリア像を取り出した。生まれたばかりのイエス・キリストを抱きかかえた、高さ一尺（約三〇センチ）ばかりの木像である。

「そなたはキリシタンであろう。かの宗旨では、神の前では決して虚言を吐いてはならぬと定めておる。この神像を前にしても、まだ絵空事と申すか」

これが重門の自然体を崩すために正純が考え出した策だったが、効果は期待したよりはるかに激烈だった。

重門は細い目を一杯に見開き、秀でた額にあぶら汗を浮かべてマリア像に見入っていた――。

石田三成が六千の軍勢をひきいて美濃の垂井《たるい》についたのは、八月九日のことだった。

垂井は中山道の宿場町《しゆくばまち》として栄えたところで、かつては美濃の国府がおかれていた。関ヶ原から美濃平野に出る戦略上の要地でもある。

八月一日に鳥居元忠《とりいもとただ》らがたてこもる伏見城を攻め落とした三成軍は、煙硝の匂いをふりまきながら垂井宿に入った。

小西摂津守《せつつのかみ》行長の軍勢四千、島津兵庫頭《ひようごのかみ》義弘の軍勢千五百も同行し、山間《やまあい》の静かな宿場町はにわかに殺気立った雰囲気に包まれた。

事前に知らせを受けていた竹中重門は、宿場の旅籠《はたご》をすべて空けさせ、大将の本陣から配下の将兵の宿所、野営地まで、万全の手配をして出迎えた。

「このたびの勝ち戦、祝着《しゆうちやく》に存じます」

すべての差配を終えると、三成の本陣を訪ねて祝いをのべた。

「おお丹後か、雑作をかけた」

床几《しようぎ》に座って島左近らと何事かを打ち合わせていた三成は、立ち上がって重門を側《そば》にまねいた。

赤糸おどしの鎧《よろい》を着て、黒い折烏帽子《おりえぼし》をかぶっている。ほっそりとした美しい顔立ちなので、武者絵にしたいほど鎧姿がさまになっていた。

「今宵《こよい》は軍《いくさ》評定をなされまするか」

「すべては大垣《おおがき》城に入ってからじゃ。今日、明日はここに留《とど》まって人馬を休めねばならぬ」

「ならば、それがしの館《やかた》にお立ち寄り下されませ。粗末な所ではございますが、風呂の馳走《ちそう》などさせていただきとう存じまする」

「そちの城は間近であったな」

「ここから半里（約二キロメートル）とは離れておりませぬ。表に出ていただければ、ご覧になれるほどでございます」

「半兵衛どのが築かれた城を見るのも後学のためになろう。世話になるとするか」

　三成は左近ら近臣をふり返ったが、誰一人反対する者はいない。重門に対する信頼はそれほど厚かった。

　竹中家の城は二つあった。ひとつは菩提山《ぼだいざん》の山頂にきずいた菩提山城であり、もうひとつは山のふもとの岩手《いわで》城である。

　半兵衛の頃には近隣の敵に攻め込まれるおそれがあったために、山頂の城が重きをなしていたが、豊臣秀吉による天下統一がなされてからはそうした危険も去り、山頂では不便でもあるので、岩手城を住居とし、菩提山城は非常のさいの詰めの城としていた。

重門が三成を案内したのも岩手城だった。供をしたのは左近ら近臣二十人ばかりである。

湯屋の用意はすでに整っていた。三成は鎧をぬぐと、数人の供にかしずかれて湯屋に向かった。

「湯加減はいかがでございますか」

重門はかまど口から声をかけた。

「うむ、ちょうどよい」

三成は大きく息を吐いてそう答えたが、重門は細く割った薪《まき》に火をつけて釜をたきはじめた。

入りたては長の行軍に体がほてっているので、ぬる目の湯を心地よく感じる。だがしばらくすれば少し熱目にしなければ寒さを覚えるはずだった。

「丹後、そなたも粋《いき》な計らいをいたすの」

三成がめずらしく大声をあげて笑った。

「治部少輔どのの故事にならったばかりでございます」

三成が秀吉に仕えるきっかけとなった三杯の茶の話がある。

鷹狩《たかが》りの途中に寺に立ち寄った秀吉は、住職に茶を所望した。すると十二、三歳ばかりの小僧が、大ぶりの茶碗《ちゃわん》にぬる目のお茶を運んできた。のどが渇いていた秀吉は、一息に茶を呑《の》みほして二杯目を頼んだ。すると小僧は中ぶりの茶碗に熱目の茶を出し、三杯目は小ぶりの茶碗に舌が焼けるほどに熱い茶を出した。のどの渇きに応じて温度と量を見事に加減していたのだ。

その心づかいに感心した秀吉は、住職から小僧をもらい受けて小姓となした。その少年こそ、後の石田三成だというのである。

これが事実かどうか、三成は黙して語らない。だがこうした話が流布することは、決して不愉快ではないらしい。

重門がぬる目の湯を立てたのは、このことが頭にあったからだった。

「天下分け目の戦の前に、よいことを思い出させてくれた。これこそ何よりの馳走じゃ」

「大垣城にはいつお入りになられますか」

「明後日じゃ。すでに右馬助《うまのすけ》を遣わしてある」

右馬助とは三成の娘婿に当たる福原長堯《ふくはらながたか》のことである。

「福島正則どのは、四、五日のうちには清洲城にもどられるということですが」

「福島、池田、黒田らの軍勢は、総勢三万にも上るまい。たとえ清洲に入ったところで、家康が江戸を動かなければ戦をはじめることは出来ぬ」

「やはり大垣城を本陣になされますか」

重門は薪をくべながら三成の手の内をそれとなく聞き出していった。

湯屋とかまど口での会話だけに、誰かに聞きとがめられることもない。ぬる目の風呂を立てた目的は、実はこちらにあった。

「木曾《きそ》川をはさんだ戦となろう。こちらは岐阜城、大垣城、伊勢《いせ》の長島《ながしま》城を拠点として、家康の西上を待ち受ければよい」

「東軍の先鋒《せんぽう》が三万とすれば、岐阜城、大垣城の人数が少なすぎるように見えまするが」

岐阜城の織田秀信《ひでのぶ》の軍勢が六千、大垣城は一万三千ばかりである。東軍先鋒がどちらかの城を急襲すれば、守りきれなくなるおそれがあった。

「懸念には及ばぬ。十日のうちには伊勢口へ向かった軍勢三万が美濃に到着する。それまで福島らが清洲城を動くことはない」

三成は湯をはねて立ち上がった。細身の引き締った体は、薄い鋼《はがね》のような筋肉におおわれていた。

竹中重門は夢を見ていた。

寺の山門につづく参道の両側には、桜の花が咲き乱れていた。桜の枝が両側から頭上に伸びて、花の廻廊《かいろう》を作っている。花は満開で、風が吹きすぎるたびに花びらが舞い落ちていた。

薄紅色の地に白いゆりの花を描いた打ち掛けを着たお菊は、市女笠《いちめがさ》に枲《むし》の垂《た》れ衣《ぎぬ》をたらして花の廻廊を駆けていく。花びらとともに宙を舞おうとするかのように、両手を広げ体を左右に傾けながら遠ざかる。

重門が遅れがちに追いかけると、お菊は突然ふりかえり、市女笠をさかさに持ってふりそそぐ花びらを受け止めようとした。枲の垂れ衣が地につくのも構わず、蝶《ちょう》の乱舞のように舞い落ちる花びらをすくっていく。

折しも山からの強い風に吹き散らされ、ふぶきのように花が舞った。

お菊は花びらで一杯になった笠を持って駆け寄り、長身の重門に腰をかがめるように命じると、頭上から桜の花びらがふりそそいだ。

「雪をかぶったお地蔵さま」

歌うように言うと、人目もはばからずに重門に抱きつき、赤い唇を押し当てて舌を差し入れた……。

重門は生々しい舌の感触とともに目を覚ました。あれはどこの寺に参拝した時のことだろう。確かに今の夢と寸分変わらぬことがあった。

あの日のお菊の何と愛らしかったことか。奔放で優雅で、童女のような命の輝きに満ちていた。

だからこそ重門が朝鮮に出陣していた間の孤閨《こけい》に耐えられなかったのだ。

ほとばしる命の活力がお菊に医師との過ちを犯させたのだとしたら、それを許すことが出来ずに手討ちにした自分の行いは何だったのか。

重門は胸苦しくなってふすまを開けた。

初秋の月が煌々《こうこう》とあたりを照らしている。前方には垂井の宿がひっそりと眠りにつき、その向こうには南宮山が黒い影となってそびえていた。

あたりは不気味なほどに静まり、月の光だけがさえわたっている。

「天におられる我らの父よ」

重門は敬虔《けいけん》な思いに打たれて頭をたれた。

「御名《みな》が崇《あが》められますように。御国《みくに》が来ますように。御心《みこころ》が行われますように。天におけるように地上にも、我らに必要な糧《かて》を与えて下さい。我らの罪を赦《ゆる》して下さい」

月は何も答えない。大地も静まり返ったままである。それでも重門は、天にも地にも人の心の中にも神がいるのを感じていた。

「殿、大垣城からの使者が参りました」

宿直《とのい》の武士が告げた。

「何事じゃ」

「昨夕、石田治部さまが城を抜けて、佐和山城にもどられた由にございます」

「馬鹿な」

重門はがく然として天をあおいだ。

木曾川を防衛線として東軍を叩《たた》こうという三成の戦略は、四日前にあっけないほど易々《やすやす》と崩されていた。

八月十四日に清洲城に入った福島、池田、黒田、細川らの東軍先鋒部隊は、自分の西上を待たずに合戦を始めよという家康の命令に従って、八月二十三日に岐阜城に攻めかかった。

先鋒は福島、池田隊一万である。

これに対して織田秀信は木曾川ぞいの米野《こめの》で迎え討とうとして大敗し、岐阜城に逃げ込んだものの一日と支えきれずに降伏した。

三成は大垣城で急を聞いたが、岐阜城に救援の兵を送るほどの余裕はない。西軍の主力三万は、この頃には伊勢の諸城を落としながら美濃に向かっている最中だったからだ。

家康が来るまで東軍は動かないという三成の読みちがいが、岐阜城陥落をまねいたのである。

三成はやむなく木曾川を防衛線とする当初の構想を捨て、長良川《ながら》まで防衛線を後退させた。

ところが岐阜城攻めで遅れをとった黒田長政、田中吉政、藤堂高虎らは、河渡《ごうど》の戦で難なく西軍を打ち破り、長良川を渡って垂井の東方一里にある赤坂《あかさか》に陣をとった。

このために濃尾に展開した西軍は両断され、長良川の東岸のみならず、中山道以北の西軍はことごとく東軍に屈せざるを得なくなった。

しかも三成は河渡から退却する際に、墨俣《すのまた》に配していた島津義弘の軍勢千五百を見捨てるという大失態を犯している。

「河渡から撤退したなら、墨俣の我が軍は敵中に孤立してしまうではないか。貴殿は我が軍を捨て殺しにするつもりか」

鎧の袖をつかんで引き止めようとする島津義弘をふり切って、三成は自軍と小西行長の軍勢だけを大垣城まで退却させたのである。

この日の夕方、急を聞いた宇喜多秀家が、伊勢から一万の兵を率いて大垣城に駆けつけた。秀家は赤坂に東軍が陣地を確保したと聞いて、今夜のうちに夜襲をかけて敵を追い払うべきだと主張した。

赤坂の東軍一万五千に対して、大垣城の西軍は三万ちかい。しかも敵の陣地は急場のもので防御の態勢はまったく出来ていないのだ。

これに夜襲をかけて追い払えば、もう一度長良川を防衛線とする戦略が立てられる。宇喜多秀家はそう主張した。

戦の経験豊富な武将なら十人中九人までがこの策を取っただろうが、三成はにべもなくしりぞけた。

伊勢の毛利秀元や吉川広家、北陸の大谷吉継、そして何より大坂城にいる毛利輝元の到着を待って決戦に及ぶべきだと言い張り、身方を不満の中に置き去りにしたまま、八月二十六日に佐和山城にもどってしまったのである。

重門ならずともため息をつきたくなるような失策の連続だった。

「赤坂の東軍が佐和山城に攻めかかるのをおそれてのことだと噂《うわさ》されております」

「帰城の理由は？」

「そうか。分った」

そう答えたが、三成が今になって自分の城ひとつを気にかけるような男ではないことは重門が一番よく知っている。おそらく毛利輝元に出陣をうながすために、大坂城にかけつけたのだ。

だがそうしなければ身方を動かせないところに、三成の弱点がもろに出ていた。

（戦となれば、家康どのの敵ではなかったか……）

重門は三成の壮気と真っ直ぐな気性を敬愛しているだけに、一抹の淋《さび》しさを覚えた。

「ロジオンどの」

宿直の武士が下がるのを待ちかねたように、庭石の後ろから黒い影が立ち現われた。

「丸どのか」

マルコの洗礼名を持つ如水配下の使徒衆だった。

「シメオンさまからの言伝《ことづ》てでござる。徳川どのは八月末か九月初めに江戸を発《た》れる。身方の備えはすでに終えたゆえ、三本の矢と連絡を取って、両軍の合戦を一日でも長引かせよとのお申し付けでござる」

三本の矢とは黒田長政、吉川広家、平岡頼勝のことである。

「計略のあらましをお聞かせ願えようか」

「されば」

マルコが部屋に入るように合図を送り、自分は床下にもぐり込んだ。

重門は夜具に横になり、床板に耳を押し当てた。

「美濃、尾張での合戦で石田治部らの軍勢が壊滅した頃を見計らって、シメオンさまは加藤清正どのと三万の軍勢を率いて大坂城に入り、毛利輝元どのを説いて身方となされまする。前田どのは越中より美濃をうかがい、伊達どのは上杉家と和を結んだ後に結城秀康どのと江戸城に付け入って関東を押さえられます。さすれば徳川どのは尾張、三河、遠江《とおとうみ》、駿河を固め、秀忠どのがひきいておられる主力軍四万と合流して決戦を挑まれましょう」

そうなった時には如水は豊臣秀頼を奉じて出陣し、家康軍と決戦におよぶ。しかもその前に秀頼を関白《かんぱく》になし、朝廷に家康討伐の綸旨《りんじ》を出させるという。

「そのようなことが、出来るものでござろうか」

「朝廷との折衝には、細川幽斎どのが当たっておられます。すでに古今伝授《こきんでんじゅ》を守ることを理由に田辺城に和議の勅命が下されておりますが、幽斎どのはシメオンさまの上洛《じょうらく》までは和議を拒みつづけられるはずでござる」

古今和歌集の解釈の秘伝を伝える古今伝授を受けているのは、今では細川幽斎ただ一人である。和歌の本流を自任する朝廷としては、何としてでも幽斎を助けてこの秘伝を手に入れたい。

幽斎はこの思いを逆手に取って、朝廷を動かそうとしているという。

重門にはその詳細は分らなかったが、如水の周到な根回しには舌を巻くばかりだった。ひとつの当てがはずれた時にそなえて、二重三重の手当てをしている。このあたりが三成とは大きくちがうところだった。

「要は当地における合戦が一月ちかくつづくことでござる。我らの御国が来るかどうかは、今やこの一点にかかっております」

「承知いたしました。甲斐守どのと力を合わせて、必ずやよき知らせをもたらしましょう」

「神の御加護のあらんことを」

マルコは祈りの言葉を口にすると、足音ひとつたてずに姿を消した。

三日後、重門は単身佐和山城に石田三成を訪ねて、関ヶ原に近い松尾山と笹尾山に城を築くように進言した。

松尾山は中山道を、笹尾山は北国《ほっこく》街道を見下ろす要害の地である。長良川を防衛線とする構想が崩れた今では、この山に陣地を築いて東軍が近江に侵入するのを防ぐしかない。

もし敵が赤坂から関ヶ原に進撃してきたなら、笹尾山、天満山、松尾山に陣を取ってこれを防ぎ、大垣城の軍勢に背後をつかせてはさみ撃ちにすればよい。

重門は領国の絵図を示しながらそう説いた。

「丹後、よくぞ申した」

三成は我が意を得たりと膝をたたいた。

「大坂城に出向いて談判に及んだところ、輝元どのも出陣すると確約して下された。どこかに本陣を築いて、輝元どのをお迎えせねばならぬと考えていたところじゃ。松尾山か。これなら毛利軍三万の本陣に不足はあるまい」

翌日、三成は築城術にたけた家臣数人を引き連れ、重門の案内で関ヶ原周辺の山を視察し、予定通り笹尾山と松尾山に城を築くことにした。

西軍の主力が二つの山にたて籠れば、家康が東軍をひきいて攻め寄せてきても長期戦になる。重門の狙いはそこにあった――。

三

正純は完全に優位に立っていた。

意識をゆるめることで保たれていた重門の自然体は崩れ、話にもひと言ひと言に実が現われるようになっていた。さすがに如水の計略の核心になると口をつぐむ。だが口をつぐむだけで決して嘘はつかないのである。

たかが木像ひとつがこれほどの効果をあげようとは思いも寄らなかったが、キリシタンにとって聖母マリア像はそれほど神聖なものだった。

「それで……、合戦の直前になって東軍に身方することになったのは何ゆえじゃ」

「あれは、それがしの考えではありませぬ。松尾山の城の縄張りを終え、九月五日に兵をひきいて犬山城に入った時には、すでに加藤貞泰どのと石川貞清《いしかわさだきよ》どのは東軍に通じておられました。それゆえわずか四百たらずの手勢しか持たぬそれがしは、両将に従う外《ほか》はなかったのでございます」

「九月三日に小田原《おだわら》に着いた石川どのの書状には、そなたの名もあったはずじゃ」

犬山城主石川貞清は、すでに八月の初めから内通の意志を明らかにしていたが、九月三日に小田原の家康に書状を送り、加藤貞泰、竹中重門も東軍につくことになったと知らせてきたのである。

「あれは加藤どのがそれがしの身を案じ、勝手に名を加えられたのでございます。しかし結果としては、その配慮に救われることになりました」

「我らに身方したことが幸いだったと申すか」

「あのまま西軍についておれば、こうして生きてはおられなかったでしょう」

「ならば、何ゆえ九月十二日に大垣城を訪ねた」

重門が犬山城を抜け出して石田三成と対面したことは、大垣城に入れていた忍びから報告を受けていた。

「治部少輔どのに、別れを告げに行ったのでございます」

「東軍に身方すると、わざわざ知らせに行ったと申すか」

「左様」

「裏切った者の所に、命の危険をおかしてまで行く必要がどこにある」

「それがしなりに礼を尽くさねばならぬと思ったのでございます。それに治部少輔どのは、敵になったからといって窮鳥《きゅうちょう》を撃つような心の狭い方ではありませぬ」

重門は細い目をしばたたき、額の汗を小袖でぬぐった。

三成に会ったのは、戦略に変更がないかどうかを確かめるためである。わずかこれほどの嘘をつくだけでも、重門は激しく動揺していた。

「その時の治部どのの様子はどうであった」

「ひどくやせ衰え、落ち着きを失っておられました」

「何ゆえじゃ」

「身方が次々に敵に通じ、残った者も思う通りに動かず、誰を信じていいか分らなくなっておられたのでございます」

重門の観察が当たっていることを、正純は三成自身の書状によって知っていた。

この日三成は大坂城にいる増田長盛《ました》にあてて書状を送ったが、途中で使者が捕えられ、家康の手に書状が渡ったのである。

大垣城での窮状を切々と訴え、身方に対するぐちをだらだらとこぼしたものだ。

これが天下分け目の戦を目前に控えた大将の姿かと、目をおおいたくなるような内容だった。

三成は赤坂の東軍と対陣している自軍の様子を、次のように記している。

「ここもと苅田《かりた》候へば、兵糧《ひょうろう》は何程もこれ有る事に候へども、敵を大事に懸けられ、苅田にさへ人を出さず候。兵糧は江州《ごうしゅう》より出るべくの由に候間、成り次第持出し申さるべく候。近頃味方中ちぢみたる体に候事」

城外には稲が実っているのに、身方は敵をおそれて刈り取りに出ようともしない。しかも敵の本隊がまだ到着してもいないのに萎縮しているというのだ。

兵糧米ばかりか、軍資金不足にもおちいっていると訴えている。

「たびたび申入れた如《ごと》く、金銀米銭遣はさるべき儀も、此《この》節に候。拙子なども、似合いに早、手の内有るたけ、此中出し申候。人をも求め候故、手前の逼迫《ひっぱく》、ご推量有るべく候。しからば此節に極り候と存じ候間、そこ元もその心得有るべき事」

何度も申し入れたように、金銀米銭を使う時期はこの時をおいて他にない。自分もありったけの金を使ったので、困窮していることを察してもらいたいというのだ。

大坂城中には秀吉が残した金塊銀塊がうなっているのに、豊臣家ではこの期に及んでも出し惜しみしていたのである。

また三成自ら大坂城に出向いて説得したにもかかわらず、毛利輝元の出馬はなかった。

長束正家《なつかまさいえ》、安国寺恵瓊《えけい》も臆病風に吹かれて当てには出来ない有様で、貴殿にこの様子を一目見せたいほどだと嘆く。

「長束、安国寺存じの外《ほか》遠慮深く候。哀々《かなし》、貴所に当表の儀、一目お目にかけたく候。扨々《さてさて》敵のうつけたる体《てい》、家中の不揃《ふぞろい》の儀、思召《おぼしめ》しの外に候へども、それよりは味方中、事をかしき体に候事」

「事をかしき」とは、何か様子が変だという意味である。理由は分からないが身方に不穏な動きがあることを、三成も察していたらしい。

諸将が結束すれば二十日以内に敵を破ることが出来るのに、今のままでは結局身方に裏切者が出て敗れ去ることになるだろうと、悲痛な見通しを語っている。

「当表の儀は、何とぞ諸侍の心揃い候はば、敵陣は廿日《はつか》の中《うち》に破り候はん儀は、いずれの道にも多安《たやす》かる儀に候へども、此分にては、結句味方中に不慮出来候はん体、眼前に候」

三成は身方に対する疑心暗鬼にとらわれ、自暴自棄におちいっていたのだ。

これは家康の調略によって身方が切り崩されたからばかりではない。そのことなら三成も充分に予測していたはずで、「事をかしき体」とは書かないはずである。

三成ほどの鋭利な頭脳を持った男が、何が何だか分からないという状態におちいったのは、合戦直前になって如水の計略が作動し始めたからだった。

そのことがまったく念頭になかったために、三成は自軍で起こっていることの意味が把握出来なくなったのだ。

この九月十二日の時点で、三成は当事者能力を失い、如水の計略の生贄《いけにえ》にされたのである。

そして黒田如水と徳川家康の熾烈《しれつ》な戦いが演じられることになったのだが、そのことに当の三成も、また家康の側近として終始間近に仕えていた正純も、まったく気付かなかったのだった。

「では、九月十四、十五日のことについて語っていただこうか」

正純は我知らず身を乗り出していた。

自分が知らないあの戦の意味を、この重門は逐一知っている。知っているばかりか、己れの手で動かしてさえいたのだ。

「内府さまが杭瀬《くいせ》川を渡って赤坂に着陣されたのは十四日の昼頃じゃ」

九月十一日に清洲城に着いた家康は、軽い風邪をひいたために十二日もこの城で一泊し、十三日に岐阜城に移動した。

翌十四日の早朝に岐阜を発ち、正午頃に赤坂に着いた。

この間、家康は旗を巻かせ、馬標《うまじるし》を隠し、家康本隊の移動と悟られないように徹底した隠密行動をとった。そうして赤坂の近くの岡山《おかやま》という小高い山の頂上に陣を敷くと、金扇の馬標と徳川家の旌旗《せいき》数十流れをいっせいに林立させた。

大垣城にいた西軍は、この馬標や旌旗を見ても家康が来たとは信じなかったという。家康は中山道を西上中の徳川本隊が来るまで清洲城を動かないという思い込みがあったからだ。

「あの朝、そちは加藤貞泰、稲葉貞通《いなばさだみち》とともに岐阜に来たり、赤坂までの道案内をしたいと申し出たな」

「その通りでございます」

「しかも赤坂に到着後には、甲斐守どのと連れ立って岡山の本陣を訪ね、以後は黒田勢の一手に加わって忠節をつくしたいと願い出た。あれは何のたくらみがあってのことじゃ」

「それは、あの折申し上げた通りでございます」

重門はますます心が硬直していくのを感じ、胸の中で神に助けを求めた。

（主《しゅ》よ。この試練を乗り切る力をお与え下さい。主よ……）

岡山の徳川家康の本陣は見事なものだった。

岡山は中山道の南方四半里（約一キロメートル）ばかりのところにある小山で、頂上には南北五十八間（約一〇五メートル）、東西二十五間ばかりの平地があった。西軍のたて籠る大垣城とは杭瀬川をへだてて五十町（約五・五キロメートル）ほどしか離れていない。

家康はこの山頂を本陣とし、周囲に徳川軍三万を配していた。

大垣城に向かって布陣した東軍の最前列は池田輝政、次列は生駒一正《いこまかずまさ》、浅野幸長、有馬豊氏、中村一忠《かずただ》、田中吉政である。

岡山の左備えが家康の四男松平忠吉、右備えが堀尾忠氏《ただうじ》、山内一豊。後ろ備えが福島正則、京極高知《きょうごくたかとも》、井伊直政、本多忠勝。

最後列が細川忠興、加藤嘉明《よしあきら》、金森長近《かなもりながちか》、黒田長政、藤堂高虎、筒井定次《つついさだつぐ》である。

総勢七万五千あまりが、南前方の荒尾《あらお》村から後方の赤坂まで、錐《きり》を立てる余地もないほどにひしめいていた。

赤坂について一刻《いっとき》にもならないというのに、一糸乱れぬ陣形を組み上げている。

黒田長政と連れ立って岡山を訪ねた竹中重門は、家康という武将の凄《すご》さに鳥肌立つのをおさえることが出来なかった。

本陣には金扇の馬標や三葉葵《みつばあおい》を染め込んだ白旗とともに、「厭離穢土欣求浄土《おんりえどごんぐじょうど》」

と書いた大軍旗が立てられている。

かつて家康が戦った一向一揆《いっこういっき》が旗印としてかかげたものだが、徳川家の家臣の中にも一向衆徒が多いためにそのまま軍旗として用いているのだ。

人情に精通したこうした自在さが、信長にも秀吉にもない家康の強みだった。

(シメオンさまが水なら、このお方は風かもしれぬ)

家康と対面した重門は、ふとそんなことを思った。

風のように疾《はや》く、風のように自在で、人の心を強くも弱くもなびかせる不思議な力を身につけている。

「丹後守、案内大儀であった」

家康は太った体を窮屈そうに床几に乗せていた。岐阜からの道中と同じく道服《どうぶく》のままである。側には赤糸おどしの鎧を着た本多正純が控えていた。

「丹後守どのより、甲斐守どのの一手となって忠節をつくしたいとの申し出がございました」

正純が取り継いだ。

「ほう、何ゆえじゃ」

家康が重門に直《じか》に声をかけた。

「甲斐守どのとは幼なじみで気心も知れております。一手に加えていただければ、存分の働きが出来るものと存じまする」

「そうか。甲斐守は子供の頃に岩手にかくまわれたことがあったのじゃな」

「竹中半兵衛どのに、命を助けていただきました」

長政が軽く頭を下げて答えた。兜《かぶと》には水牛の角を象《かたど》った大脇立《わきだ》てを立てている。

「半兵衛どのは義の人であった。あの当時、信長どのにそむいて人質をかくまい通すなど、余人には思いもよらぬことであった。そなたはよき人に預けられたの」

驚いたことに家康は涙ぐんでいた。

竹中半兵衛が黒田官兵衛の無実を信じて長政をかくまい通したことは、日本中の武将の胸を打った話である。

だが家康の涙はそのためばかりではない。信長の命令で最愛の嫡男信康《のぶやす》を殺さなければならなかった無念が込められているはずだった。

「半兵衛どのと官兵衛どの、諸葛孔明《しょかつこうめい》にも劣らぬ軍師の子が二人、こうしてわしのために働いてくれるのじゃ。この戦、勝利は疑いあるまい」

家康は大声で言って重臣たちを見回し、快く重門の申し出を許した。

「時に甲斐守、南宮山への手配りにぬかりはあるまいな」

「もうじき吉川どのからの使者が参るものと存じます」

「うむ、到着次第連れて参れ」

「ははっ」

長政と重門は一礼して辞すると、連れ立って黒田勢の陣所へ向かった。

「さすがは甲斐守どの、見事な手際でございましたな」

重門は長政に体を寄せてささやいた。

南宮山の吉川広家と家康との講和を取り持つのは、如水の計略にそって長期戦に持ち込むためだ。重門はそう思って声をかけたのだが、長政は険しい表情のまま何も答えなかった——。


長政の言葉通り、吉川広家と毛利家の家老福原広俊《ふくはらひろとし》からの使者は間もなく到着し、岡山の本陣で井伊直政、本多忠勝と対面した。

「甲斐守どのが使者をともなって本陣に参られた時、そちも同行しておった。あれは何のためじゃ」

正純がたずねた。

「南宮山のふもとには安国寺、長束、長宗我部《ちょうそかべ》が陣を敷いておりましたゆえ、彼らに悟られぬように間道を案内したのでございます」

「そうではあるまい。そちも以前から吉川どのとは連絡をとっていたのであろう」

「いいえ」

重門の額に再びあぶら汗が浮かんだ。

「吉川どのもその方ら二人も如水どのの計略に従って動いておったゆえ、あれほど容易に講和を結ぶことが出来たのじゃ、そうであろう」

あの日の交渉はそれほどお粗末なものだった。

講和の条件として毛利家の所領を安堵《あんど》するという家康のお墨付きを求めた吉川、福原の使者に対して、家康は忠節が明らかになったならお墨付きを出すという井伊、本多両者の起請《きしょうもん》文を渡した。

「御忠節相究り候はば、内府直の墨付、輝元へ取候て進むべく候事」という、人を喰《く》ったような内容である。

普通なら、このような条件で講和を結んだりはしない。だが吉川広家らは一言半句の反論もせずにこの条件を受け入れ、和睦の証人として福原広俊の弟右近《うこん》らを送ってきたのである。

あの時正純は、家康と長政の周到な根回しが功を奏したのだと考えていたが、事はそれほど単純ではなかったのである。

「本多どのは、内府さまのご器量をそれほど低く見ておられるのでございますか」

重門がこの問いを記録せよと催促するように書記の左内を見やった。

「なにっ」

「あの日内府さまが赤坂にご着陣なされたことで、西軍は完全に浮き足立ち、多くの大名が一刻も早く徳川方に参じたいと望んでおりました。吉川どのがあのような条件ででも和睦しなければならぬと考えられたのは、この戦にはとても勝ち目がないと見極められたからでございます」

「むろん、内府さまのご威光もあろう」

後にこの記録を家康が見るかもしれないだけに、正純もそう言わざるを得なかった。

「しかも徳川四天王と称される本多どの、井伊どのの起請文があれば、内府さまが約束をたがえられることはあるまいと、吉川どのも福原どのも安心なされていたのでございます」

「丹後守、言葉というものは空《むな》しいものじゃの」

「それがしは使者を案内して南宮山にもおもむき、ご両人の言葉を聞いております。

それゆえかように申し上げているのでございます」

「松尾山はどうじゃ。石見守もそう申したか」

正純は矛先を転じた。

南宮山に布陣していた吉川、毛利勢一万八千との講和に成功した家康は、黒田長政に松尾山に着陣したばかりの小早川秀秋への内応工作を命じた。

かねて秀秋と連絡をとっていた長政は、内応したなら上方で二ヶ国を与えるという井伊、本多の起請文を使者に持たせ、松尾山へ遣《つか》わした。

この使者を松尾山に案内したのも重門である。

「石見守どのも、ご両人の起請文に相違なきことを信じておられました。それゆえ秀秋どのに東軍へ身方するように勧められたのでございます」

「身方するように仕向けたのは、稲葉佐渡守どのじゃ。石見守は南宮山の毛利勢と同様に動かぬようにと言い張った。小早川勢が午の刻過ぎまで動かなかったのはそのためじゃ」

「小早川勢が動かなかったのは、身方をしたなら秀頼公ご成人まで秀秋どのを関白にするとの申し入れが、石田治部どのからあったためと聞き及んでおります」

「あの日内府さまは小早川への目付として奥平藤兵衛を遣わされた。十五日の合戦において藤兵衛を大谷軍の中に捨て殺しにしたのは、如水どのの計略に従って動いていたことをさとられたからじゃ。石見守がすでにそれを認めておる」

「…………」

「松尾山と南宮山の軍勢さえ動かなければ、両軍は相引きに引いて、小牧・長久手の戦のように長期の滞陣《たいじん》となるだろう。そちは石見守にそう言ったそうじゃな」

重門は言葉を失っていた。確かに石見守にそう言った。そのことを知っているのは二人だけのはずだ。

とすると、やはり石見守は正純にすべてを話したのだろうか……。


松尾山は高さ九百九十尺（約三〇〇メートル）のなだらかな山だった。

山頂には石田三成が毛利輝元の本隊を入れるために築きかけた城の曲輪《くるわ》が、土塁と空濠《からぼり》だけとはいえ出来上がっていた。

九月十四日に近江を通って美濃に入った小早川秀秋は、大垣城に入るようにという石田三成の命令を無視して、山頂のこの曲輪に陣取ったのである。

竹中重門が黒田長政の使者を案内して松尾山を訪ねたのは、九月十四日の未《ひつじ》の刻（午後二時）だった。

山の北側の中山道ぞいには、大谷吉継がひきいる六千ばかりの軍勢が陣取っている。また北東の関の藤川《ふじ》ぞいには、朽木元綱《くちきもとつな》、脇坂安治《わきさかやすはる》、小川祐忠《おがわすけただ》らが布陣している。

彼らに内応工作をさとられないために、重門は南側の平井谷《ひらい》を通って松尾山に登った。

小早川の本陣で出迎えたのは、平岡石見守頼勝、稲葉佐渡守正成《まさなり》だった。

秀秋は豊臣秀吉の妻北《きた》の政所《まんどころ》（高台院）の甥《おい》に当たるために、小早川隆景《たかかげ》の養子となって筑前三十五万石を与えられていたが、まだ十九歳の青年で、武将としては無能に近い。小早川家を実質的に動かしているのは、平岡、稲葉の両家老だった。

使者は長政の口上を伝えると、本多忠勝、井伊直政の血判起請文を渡した。

〈起請文前書の事

一、秀秋に対し、内府いささかも御如在有るまじき事。

一、御両人、別して内府に対され御忠節の上は、以来内府御如在に存じられまじき事。

一、御忠節相究り候はば、上方において両国の墨付、秀秋へ取候て、進めるべく候事。

右三ヶ条両人請取申し候。もし偽り申すにおいては、かたじけなくも梵天《ぼんてん》、帝《たい》釈《しゃく》、四大天王、惣《そう》じて日本国中の大小の神祇《じんぎ》、別して八幡大菩薩《だいぼさつ》、熊野三所権《ごん》現《げん》、加茂、春日、北野天満大自在天神、愛宕《あたご》大権現、御罰こうむるべきもの也〉

あらゆる神々の名にかけて違約しないことを誓ったものだ。

第二条に「御両人」とあるのは、この起請文が平岡、稲葉にあてたものだからである。また「右三ヶ条両人請取申し候」とあるのは、本多、井伊が家康からこの三ヶ条を受け取ったという意味だ。

この文を受け取った平岡、稲葉は、即座に徳川方に身方することを誓う起請文を返した。

無事に和議が成り、曲輪の一角に建てた陣小屋で、使者の労をねぎらって盃事《さかずきごと》が行われた。

案内役の重門は別の陣小屋で待っていたが、しばらくして平岡石見守が褒美の酒を届けるという名目で訪ねて来た。右頬に大きな刀傷のある四十がらみの男である。

「ご苦労であった」

石見守が酒瓶を置いて床几に腰を下ろした。

若い頃には秀吉に仕えていたが、家中でいさかいを起こして諸国を流浪した後、黒田如水の口ききで小早川家に仕官した。

如水とは秀吉に仕えていた頃から親交があり、ひそかにキリシタンの洗礼も受けている。今度の計略についても筑前を発つ前に如水から充分の指示を受けていた。

「南宮山の方は抜かりあるまいな」

「すでに徳川方と和議を結ばれました。松尾山と南宮山の軍勢が動かなければ、数日中に戦が起こっても、相引きに引いて小牧・長久手の戦のように長期の滞陣となるものと存じます」

相引きに引くとは、勝負がつかずに引き分けるということだ。

「うむ、そうなれば、シメオンどのの狙い通りじゃ。甲斐守どのにも変わりはあるまいな」

「ございませぬ。吉川、小早川の内応が成ったのも、甲斐守どのの働きによるものでございます」

「ならばよいが……」

石見守が思案顔で口ごもった。

「何か気にかかることでも」

「さきほど長政どのの使者が、佐渡守に何やら耳打ちしていたのでな。いや、気のせいかもしれぬが」

「講和が成り次第、奥平藤兵衛どのが目付として遣わされるようでございます。切れ者と評判の方ゆえ、お気をつけ下され」

藤兵衛は奥平貞勝《さだかつ》の三男で、奥山神陰流《おくやましんかげ》の開祖奥山休賀斎《きゆうがさい》の愛弟子《まなでし》に当たる。腕もたち頭も切れることから、家康の近習として重用されていた。

「いかに剣の達人であろうと、戦場においては無力なものじゃ。万一不都合があれば、いか様にも処分できる」

石見守が頰の傷をひきつらせてにやりと笑った。幾多の合戦を生き抜いてきた武将の、不敵なばかりの自信だった——。

四

内応を約する平岡石見守、稲葉佐渡守の起請文を持った使者が岡山の本陣にもどったのは、申《さる》の刻（午後四時）を過ぎた頃だった。

家康は黒田長政に起請文が当てに出来るかどうか念を押すと、正純に戦評定《いくさひょうじょう》を開くので全武将を集めよと命じたのだった。

「評定の席には、丹後守、そちも連なっておったな」

正純は端然と正座したままだが、少しも疲れを覚えなかった。

「お招きにあずかりましたゆえ」

「評定はいかがであった。思惑通りに事が運んで、内心ほくそ笑んでいたことであろうな」

「思惑と申されますと」

重門は相変わらずだらしなくあぐらを組み右手を畳について体を支えていたが、さっきから何度も額の汗をぬぐっている。

「東軍と西軍を相討ちにさせ、戦を長引かせることじゃ」

身方の全大名を本陣に集めた家康は、明日関ヶ原に向かい、中山道の大谷軍を蹴散らして佐和山城を攻めると下知《げち》した。

普段は諸将の考えを充分に聞いた上で決断を下す家康が、この時ばかりは誰の発言も許さなかった。

しかも大名たちに決断を伝えると同時に、各陣所に使い番を走らせて、明朝関ヶ原を抜けて佐和山城を攻めると触れ回らせた。

これは大垣城にたてこもった石田三成らの軍勢を誘い出すための策略だった。

東軍七万五千に対して、大垣城の軍勢は三万にすぎない。南宮山の毛利勢と松尾山の小早川勢が動かないとなれば、佐和山城へ向かうと見せて垂井あたりにおびき出せば、野戦で叩くのはた易《やす》いからだ。

かつて家康は武田信玄《たけだしんげん》のこの戦法に引っかかり、手痛い敗北を喫したことがある。元亀《げんき》三年（一五七二年）に二万五千の軍勢をひきいて上洛を目ざした信玄は、浜松城にたてこもった家康を無視して三方ヶ原《みかたがはら》に向かった。

このまま領内を素通りされては、同盟を結んでいる織田信長を裏切ることになる。家康は敢然と打って出て、三方ヶ原で大負けに負けた。

武田軍に追撃され、馬上で糞《くそ》小便をたれ流しながら浜松城まで逃げ帰ったのはこの時のことだ。

家康は生涯最大の敗戦の教訓を、天下分け目の戦で用いようとしたのだが、石田三成はこれを読んでいた。

東軍が佐和山城へ向かうとの報を得ると、その夜小西行長、島津義弘、宇喜多秀家らとともに関ヶ原に軍勢を移動させたのである。

岡山の本陣にこの知らせが届いたのは丑《うし》の刻（午前二時）だった。

家康は即座に関ヶ原まで追撃するように命じ、岡山の後列の備えについていた黒田長政、細川忠興、加藤嘉明らを先陣にして移動を開始した。

雨が小やみなく降りつづく中の行軍で、関ヶ原に布陣を終えたのは卯《う》の刻（午前六時）過ぎだった。

「布陣を終えた後に、そちは笹尾山の石田治部の本陣に手勢をひきいて奇襲をかけると申し出たそうじゃな」

正純がたずねた。

「さよう」

「あれは何のためじゃ」

「あのあたりはそれがしの領内で、地形にも精通いたしております。笹尾山の山頂へと通じる間道も存じておりましたので、合戦の始まる前に治部どのを討って、手柄にしたいと思ったのでございます」

重門は暗い目で聖母マリア像を見つめた。たとえ神にそむいても、あの朝のことばかりは隠し通さなければならなかった――。

関ヶ原は霧におおわれていた。

昨夜から降りつづいた雨は夜明け前にはあがったが、乳白色の霧が山間《やまあい》の盆地をぶ厚くおおい、十間先もしかとは見えないほどだった。

時折吹く風が霧の流れを押し分け、わずかに視界を広げてくれることもあったが、それでも見えるのは五十間、百間ばかり先までで、見えたかと思う間に再び濃い霧におおわれる。

四百の手勢をひきいた竹中重門は、黒田長政の軍勢五千とともに、笹尾山の正面に布陣していた。

左隣には加藤嘉明、相川《あいかわ》の西岸には細川忠興らの軍勢がいた。

地形からすれば、西軍が圧倒的に有利だった。

関ヶ原という狭い盆地にひしめいた東軍七万を、西軍は笹尾山の石田三成、天満山の宇喜多秀家、宮上《みやのうえ》の大谷吉継、松尾山の小早川秀秋、南宮山の毛利秀元ら、八万数千の軍勢でぐるりと取り囲んだのである。

西軍諸将が三成の思惑通りに動きさえしたなら、いかに家康が海道一の弓取りとはいえ一気に打ち破ることは容易なはずだった。

ところがすでに昨日のうちに南宮山と松尾山の軍勢は家康と和議を結び、西軍には加担しないことを誓っている。家康が死地にも等しい場所にあえて軍勢を進めたのは、その誓約があったからだ。

父半兵衛ゆずりの黒革おどしの鎧を着た重門は、床几に腰を下ろしたまま深い霧をながめていた。

すべては思惑通りに運んでいた。

南宮山と松尾山が動かなければ、東西両軍はほぼ互角である。東軍には家康をはじめ歴戦の武将がそろっているが、西軍には地の利がある。互いに死力を尽くして戦った後、相引きに引けば、長期戦になることは目に見えていた。

しかも長政と重門は相川の東岸という絶好の位置を占めていた。

石田軍を側面から攻めるという名目でこの場に布陣することを許されたのだが、真の狙いは激戦となった時になるべく自軍の被害を少なくすることにあった。

相川の東岸に布陣しているのは、他には加藤嘉明の軍勢三千だけである。関ヶ原の真ん中に布陣している者たちのように、前後左右の身方にさえぎられて動きがとれないということもない。

その上菩提山城と岩手城まではわずか半里しか離れていないので、万一の時には二つの城にたて籠って南宮山と松尾山の軍勢に応じることが出来る。

「主よ。御名が崇められますように。御国が来ますように。御心が行われますように」

重門は如水から与えられた十字架を握りしめて、小さな声で祈りを捧《ささ》げた。

「殿、松尾山よりのご使者でございます」

近習に声をかけられて目を上げると、黒地に早の一字を白く抜いた旗差し物を立てた小早川家の使い番が片膝をついていた。

「石見守どのよりの言伝てでございます。小早川勢は両軍激戦のさ中に、松尾山より大谷吉継の軍勢に攻めかかる手はずである。ご安心なされるようにとのことでございました」

三十ばかりの色黒の男が、乱れた息をととのえる間も惜しんで言った。

「攻めかかる……。大谷軍に攻めかかると申すか」

「脇坂、朽木、小川、赤座《あかざ》の軍勢も、さきほど内応の使者を送って来ております」

「石見守どのは……」

重門はそう言いかけて口ごもった。

使い番の兵は何も知らないはずだ。これ以上問いかけても無駄なことだった。

(石見守どのは、寝返られたか)

そう思ったが、それならわざわざ知らせて来るはずがない。おそらく徳川方の稲葉佐渡守に押し切られて、小早川秀秋が如水を裏切ったのだ。

（やめさせねばならぬ）

三成を説いてこの戦をやめさせなければ、西軍は一日で敗れ去り、如水の計略も水の泡となる。

重門は奇襲のために百人ばかりの兵を選《え》りすぐっておくように命じると、黒田長政の本陣に駆けつけた。

「その使い番なら、先ほど参った」

長政は水牛の角の大脇立ての兜をかぶって、床几に腰を下ろしたままだった。

「して、何かお考えは」

重門は一歩近付き、声を落としてささやいた。

「別に、ない」

短く答えると、二重まぶたの大きな目を見開き、唇を引き結んで黙り込んだ。

「それがしが笹尾山にまいります」

「…………」

「山頂に通じる間道を存じておりますゆえ、治部どのの本陣にたどりつくことが出来ましょう。万一行く手をはばまれたなら、治部どののご厚誼《こうぎ》に報いるために、東軍の機密を知らせに行くのだと申しまする」

長政は憂うつそうに黙ったままである。

「小早川勢が裏切ることを告げ、西軍を山上から動かされぬように、山上に固く陣を敷いて迎え討つ策を取るように進言いたしまする。それより外に、この戦を長引かせる手立てはございませぬ」

「………」

「これより百名ばかりをひきいて参ります。陣中の通過をお許しいただきたい」

「無用じゃ」

長政は陣幕中に聞こえるほどの大声を出した。

「しかし、このままでは」

「今さら奇襲などせずとも、この戦には勝てる。陣中の通過はまかりならぬ」

「松寿丸どの」

重門は呆然《ぼうぜん》として思わず長政の幼名を口にしていた。

長政はいつの間にか家康方に寝返っていたのだ。吉川広家も平岡頼勝もそうとは知らずに、如水からの指示と信じて長政の意のままになっていたのである。

「まさか、貴殿が……」

ユダであったとは。重門はその言葉を口にはしなかった。見開いた目に非難をこめて、長政をにらみ据えたばかりである。

あたりは深い霧と不気味な静けさにつつまれている。どこからかしきりに四十雀《しじゅうから》の鳴き声が聞こえた。

「どうあっても通り抜けるとあらば、そなたもろとも討ち取るばかりじゃ。丹後守、左様心得るがよい」

長政は虎の声でほえると、右手の鞭《むち》をひと振りして立ち上がった——。


大坂城西の丸御殿の大広間には、東軍の大名たちが集まっていた。

関ヶ原合戦の論功行賞を終えた後で、家康が加増のあった大名たちを集めて祝いの酒宴を開いたのである。

上段の間には家康が座り、左右には当日軍監《ぐんかん》をつとめた本多忠勝と井伊直政がひかえている。

下の間には黒田長政、福島正則、池田輝政、細川忠興らをはじめとして、三十数人が左右に居流れていた。

大名たちの前には酒肴《しゅこう》をもった折敷《おしき》がすえられ、次の間には二十人ばかりの白拍子《しらびょうし》たちが、酌の仕度をととのえて出番を待っていた。

「さて、このような時に長話は無粋というものじゃ。皆の者、今日は無礼講である。戦の話に花を咲かせて、存分に楽しむがよかろうぞ」

簡単な挨拶を終えると、家康が手を打ち鳴らした。あでやかに着飾った白拍子たちが長柄杓《ながひしやく》で大名たちに酌をして回った。

「それでは、内府どのの勝ち戦を祝して」

左列の上座についた福島正則が音頭を取り、全員が盃を高々とかかげてそれに応じた。

本多正純は当日関ヶ原にいた徳川家の重臣たちと共に末席についていた。

本多正信、榊原康政《さかきばらやすまさ》、大久保忠隣《おおくぼただちか》ら徳川秀忠に従った者たちは、誰一人列席を許されていない。家康の勝ち戦とはいえ、華々しい手柄を立て、大幅な加増にあずかったのは、豊臣恩顧の大名たちばかりだった。

黒田長政は豊前中津十八万石から筑前五十二万石、福島正則は尾張清洲二十四万石から安芸《あき》五十万石、池田輝政は三河吉田十五万石から播磨五十二万石、細川忠興は丹後宮津十八万石から豊前四十万石へと、二倍から三倍ちかく所領を増やしたのである。

黒田如水の計略に従っていたと思われる加藤清正は、肥後半国二十五万石から肥後一国五十二万石へ、前田利長も西軍に属した弟利政の所領二十二万石などを合わせて百二十万石の大大名となった。

ところが伊達政宗は家康から四十数万石を加増するとのお墨付きをもらいながら、実際にはわずかに二万石をもらったばかりだった。

また長政とは別に今度の戦で切り取った分をもらいたいと望んでいた如水には、何ひとつ恩賞は与えられなかった。

酒が回るにつれて大名たちは上機嫌になり、関ヶ原での手柄話が景気よく飛び交うようになったが、正純の気持は沈んだままだった。

結局長政や重門への訊問の結果は、論功行賞にはほとんど生かされていない。如水の計略に加わっていたことを半ば認めた重門でさえ、本領を安堵されたのである。

(これでは何のために訊問をつづけてきたのか分らないではないか)

そんなやる瀬なさと、関ヶ原で本当は何が起こったのかが分らないままだという空しさが、正純をひどく憂うつにしていた。

「本多どの、このたびのお働き、大儀でござった」

細川忠興が赤ら顔で盃を差し出した。

「まあ一献《こん》、受けて下され」

「愚弟のことを気にかけていただき、かたじけのうございました」

正純は冷えた皮肉を口にした。

忠興は弟政重のことでおどしをかけてきたが、正純らが動じないと見ると、素早く政重が逃走したと伝えてきたのである。

「いやいや、あのお方は麒麟《きりん》でござる。我らごときの手におえるものではござらん」

「ご希望にそえずに、心苦しく存じております」

「あれは戯言《ざれごと》でござるよ。そのように生真面目《きまじめ》に取られようとは、思いもよらぬことでござった」

「そう言っていただけると、胸のつかえが下りる心地がいたしまする」

「ご放念下され。わびねばならぬのは、それがしの方でござる」

忠興は大げさに頭を下げた。この冗談めかした仕種《しぐさ》で、すべてを水に流そうというのである。こうした立ち回りの巧みさは、この男ならではのものだった。

正純は忠興にならって、この機会に黒田長政との仲を修復しておこうと思った。

「甲斐守どの、本日はおめでとうございまする」

上座に歩み寄って盃を差し出した。

長政は深みのある目でじっと正純を見つめると、黙って盃を受け取った。

「役目柄無礼なこともおたずねいたしました。されど本日の行賞が、甲斐守どのに対する内府さまのお気持のすべてでござる」

「身にあまるお言葉、かたじけない」

長政はそう言ったものの、盃を折敷に伏せた。贅《ぜい》を尽くした肴《さかな》にも、ほとんど手をつけてはいない。

「それがしの盃を、受けてはいただけませぬか」

「すでに充分にいただきました。これ以上の飲食は体の毒でござるゆえ」

「さすがにご立派なお心掛けじゃが、もはや戦は終わったのでござる。少しはくつろがれたらいかがかな」

「治にいて乱を忘れずと申す。まして今は、いつ新たな戦が起こるやもしれぬ時でござる」

長政が心底そう考えていることは、体から発する気迫からもうかがえる。

正純はひどくみじめな気持で引き下がるしかなかった。

# 終　章　勝者と敗者

論功行賞から一月半が過ぎた十一月の末日、黒田如水が大友吉統《おおともよしむね》を従えて大坂城を訪ねた。

吉統は大友宗麟《そうりん》の嫡男だが、朝鮮の役で卑怯《ひきよう》な振舞いがあったために秀吉から所領を没収された。

関ヶ原の戦にさいしては毛利家の後押しを得て旧領豊後に攻め込んだが、石垣原《いしがきばる》の戦《いくさ》で如水軍に敗れ、生け捕りにされたのである。

如水は家康の求めもあり、吉統の助命を乞うために大坂城をおとずれたのだった。

両者との対面の後、家康は茶の馳走《ちそう》をしたいと言って如水を客間で待たせ、正純にしばらく相手をしておくように命じた。

「お噂《うわさ》はかねがねうけたまわっておりました」

　正純はひどく緊張していた。

　家康が自分に接待役を命じたのは、何か目的があってのことだと察していたが、その目的が分らないのでどう出たらいいのか決めかねていた。

「わしも本多どのの噂は聞いておったよ」

　如水は気さくに応じた。瘡《かさ》頭をかくすために頭巾《ずきん》をかぶり、右ひざが曲がらないので足を投げ出したままだった。

「どのような噂でございましょうか」

「まあ、そう固くなりなさんな。どうせ内府どのはあと半刻《はんとき》やそこらは参られまい。他に人がおるわけでもなし、ゆっくりと世間話でもしておればよい」

「恐れ入ります」

「まあ、いろいろあったが、結局は内府どのの勝ちじゃ。恩賞は望みのままとのお墨付きもいただいたが、今さら左様なことを言っても致し方あるまい」

「切り取り分をとご所望でございましたが、あまりの広さに内府さまも閉口なされたのでございましょう」

「なあに、日本国六十余州に比ぶれば微々たるものじゃ」

如水が智恵《ちえ》の輝きに満ちた丸い瞳で真《ま》っ直《す》ぐに正純を見据えた。

九月九日に行動を起こした如水は、またたく間に豊前の西軍の城を攻め落とし、十三日に石垣原の戦いに勝って豊後一国も支配下におさめた。

翌十月十四日には毛利家の小倉城を降伏させ、久留米《くるめ》城、柳川《やながわ》城とたいらげ、降将となった立花宗茂《たちばなむねしげ》を先鋒《せんぽう》とし、加藤清正、鍋島直茂《なべしまなおしげ》らを従えて水俣《みなまた》まで進軍し、薩摩に攻め入る構えを示した。

まさに電光石火の快進撃で、切り取り分となれば九州の大半が如水のものとなるはずだった。

「その兵を上方に向けたいというのが、ご本心だったのでございましょう」

正純は如水の気さくさにつられてくだけた質問をした。

「当たり前じゃ。切り取り勝手となれば、広い方がよいに決まっておる」

「関ヶ原での計略はいかがでございますか」

「何がじゃ」

「どのような策をめぐらしておられたのか、お教え願えませぬか」

「今さらわしが答えることもあるまい」

如水はふっと険しい目をしたが、すぐにいつもの人なつっこい表情にもどった。

「だがな。内府どのがいかに見事に戦われたかについてなら、後学のために話してやってもよい」

「お願いいたします」

　正純は思わず身を乗り出し、誰かに見られなかったかとあわててあたりを見回した。

「真の敵は、そうさな、島津義久どのとでもしておこう。義久どのは太閤《たいこう》殿下が亡くなられた頃から、やがては内府どのと石田治部とが天下の権を争って合戦に及ぶと見通しておられた。だが内府どのの世になったなら豊臣家は亡《ほろ》び、治部の世になったなら再び朝鮮出兵のごとき愚行をくり返すであろう。そこで義久どのは諸国に身方をつのり、内府どのでも治部でもない独自の道をさぐろうとなされた」

「身方と頼まれたのは前田と伊達、それに吉川《きつかわ》、小早川でございましょうか」

「今さら大名の名を詮索したとて仕方があるまい。要は豊臣家を盟主とする五、六人の大名がこの国を分割し、土地の実情にあった政《まつりごと》をする形を作ろうとしておられたということじゃ。そのために義久どのは弟の義弘どのを大坂に遣《つか》わし、内府どののと治部を相討ちにさせる策を巡らしておられた。ところがいつの頃からか、内府どのもこの計略に気付いておられた」

「どうして気付かれたのでございましょうか」

「勘じゃ」

「…………」

「内府どのほどの歴戦の武将になれば、余人にはうかがい知れぬ勘働きがある。そこで内府どのは、義久どのの動きを封じるために石田治部を囮《おとり》にされたのじゃ」

「囮……、内府さまも治部どのを囮にしておられたのでございますか」

正純はそうたずねたが、如水は薄く笑ったばかりだった。

「如水どのは、いえ、島津義久どのは、関ヶ原で東西両軍が戦い疲れた頃を見計らって、三方より兵を起こす計略を立てておられたようでございますが、毛利輝元どのはこのことをご存知だったのでございますか」

「いいや、ご存知あるまい」

「では吉川広家どのは、主家に断わりなく義久どのの計略に加わられたと」

「たとえ輝元どのが亡びても、広家が毛利本家を継げば良い。それくらいの度胸がなくては、とても内府どのには太刀《たち》打ち出来まい」

「広家どのと小早川どのが、治部どのの命令に背いて南宮山と松尾山に陣を張られたのは、いかなる狙いがあってのことでしょうか」

「知れたことじゃ。内府どのが大垣城を攻められたなら長期の籠城戦となろう。その間両軍は高みの見物を決め込み、義久どのの出陣を待って勝ち残った側を攻めればよい。ところがこの計略を悟られた内府どのは、小早川家に調略の手を伸ばして身方に引き入れようとなされた。義久どのは平岡石見守と手を結んでおられたが、内府どのは稲葉佐渡守と誼《よしみ》を通じておられたのでな」

「小早川勢が身方につくと、内府さまは合戦前に読んでおられたのでございますか」

「そうではあるまい。だが石田方の身方をせぬことだけは確かじゃ。ならば先に有利な形勢を作り、小早川勢が身方になるように仕向ければよい。内府どのが十四日に佐和山城に攻め込むと触れを出されたのはそう考えてのことじゃ」

「あれは治部どのを大垣城からおびき出し、野戦に持ち込むための策略だったと存じますが」

「無論石田勢が追って来たなら、待ち構えて叩けばよい。だが万一出て来なかった場合には、松尾山のふもとにいた大谷勢を追い払って天満山に陣を引けば、小早川勢は必ず身方に出来るという読みがあった。東軍七万と小早川勢一万五千が中山道をふさいで近江、大坂との連絡を断ったなら、大垣城の石田方は敵の真っただ中に取り残されることになる。たとえ内府どのが動かれずとも、中山道の馬籠宿に徳川本隊四万がにらみを利かせておる」

「では、秀忠どのの遅参は」

加賀の前田家の南下にそなえてのことばかりではなかったのだ。

「そうはさせじと、石田治部は全軍を関ヶ原に移した。周りを西軍で取り巻けば、今からでも小早川を身方につけることが出来る。そう考えた治部は、単身松尾山を訪ねて説得しようとした。この知らせを受けた内府どのは、すぐに全軍を関ヶ原に向けられたが、これは他の武将には絶対に真似《まね》の出来ぬ決断じゃ」

「何ゆえでございましょうか」

「第一に地の利を敵に占められている。第二に小早川がどう動くか予測がつかぬ。石田治部の説得に屈して西軍についても、義久どのの指示通りに山を動かなかったとしても、内府どのには勝ち目がないことになる。並の武将なら中山道の本隊の到着を待って戦をしようと考えるはずじゃ」

確かに井伊や本多はそう進言したが、家康は戦機は今だとまったく耳を貸さなかった。

「戦が長引けば義久どのの思う壺《つぼ》じゃ。それを避けるためには、何としてでも一日で決着をつけねばならぬ。内府どのはそう決意され、小早川勢が身方をすることに徳川家と己れの命運をかけられた。だがさすがに三方ヶ原での教訓があるだけに、万一敗《ま》けても脱出出来るだけの手は打っておられた」

「脱出の手立てとは……」

「あの日の桃配山《ももくばりやま》の陣形を思い出すがよい。常と変わったところがあったであろう」

「…………」

「本来なら本陣の前方か脇に置くべき遊軍が、あの日は後方に配されておったはずじゃ」

「あれは南宮山の毛利勢にそなえてのことと申されました」

「南宮山が動かぬことは知っておられた。万一動いたとしても、南宮山から桃配山には直接攻め下ることは出来ぬ。あれは東軍が総崩れになった時に、遊軍を先手として退却するための布陣じゃ。徳川軍三万が一丸となって戦場を離脱し、中山道の徳川本隊と合流して再起をはかるお考えであった。その証拠に内府どのは小早川勢が内応して大谷勢に攻めかかるまで、本陣の兵は攻撃に加わってはならぬと下知《げち》しておられる。あれは関ヶ原から脱出する場合にそなえて、兵を温存しておられたのだ」

　確かにそうだった。戦が始まって一刻ほどたった頃、家康は松尾山に向かって陣を進めたが、あれは小早川勢に内応をうながすためで、本陣の兵はまったく攻撃に加わっていない。

　思えばあの時の家康は平常心を失っていた。

「小僧（秀秋）にたばかられたか」と歯がみしたのも、馬を乗りかけてきた野々村《ののむら》四郎右衛門《しろうえもん》を腹立ちまぎれに斬り捨てようとしたのも、薄氷を踏むような緊張に耐えかねてのことだったのだ。

「じゃが、内府どのは一日で石田方を打ち破り、義久どのにも付け入る隙を与えなかった。まことに海道一の弓取りと呼ぶにふさわしいお方じゃ」

「天下一の軍師とうたわれた官兵衛どのにそのように誉《ほ》めていただいては、身の置き所もない思いでござるよ」

　いつの間にか家康が正純の背後に立っていた。

「急に朝廷からの使者が参ってな。長々とお待たせいたした」

「なんの。待たせたのはそれがしの方でござる」

　如水が笑みを浮かべて姿勢を改めようとした。

「そのままでよい。そのままが官兵衛どのらしゅうて見栄えがいたす」

家康は膝を交じえんばかりに間近に座った。

「互いに長い戦であったことよな」

「左様、長《なご》うござった」

「こたびの甲斐守の手柄は、前代未聞のことであった。わしの勝ちは甲斐守が拾ってくれたようなものじゃ。さすがに官兵衛どのの嫡男と、感じ入るばかりであった」

「有難きお言葉、かたじけのうござる」

「わしには貴殿ほどの内懐の深さがないゆえ、我が子といえども信じ切ることが出来なかった。その疑《うた》ぐり深さが、紙一重のところで勝ちをもたらしてくれたようじゃ」

「内府どのには秀忠どのはじめ立派なお子が数多くおられまするが、それがしには長政一人でござる。それだけに親の情に理知の眼《め》を曇らされたのかもしれませぬ」

「すでに甲斐守には筑前におもむいてもらったが、貴殿との約束をまだ果たしておらぬ。どこか領国に望みがあれば申されるがよい」

「このように年老いて多病の身では、もはや奉公はかないませぬ。この上は愚息の養いをうけて、余生を安らかに送りとうございます」

「なるほど、余生をの」

「お許しいただけましょうや」

「許すも許さぬもないが、諸国には官兵衛どのに隠居されては困る者もいるのではないか」

家康が如水の肩に手を置いた。甲の厚い、ずしりと重い手である。

「いやいや、そのような者がいるなら、こうして出て来たりはいたしませぬ」

「ならばゆるりと茶でも差し上げよう。ささ、茶室にお移り下され」

家康は先に立って手を差し伸べた。

如水は大いに照れてはにかんだ笑みを浮かべたが、素直に家康の手につかまって立ち上がった。

二人の背中を見送りながら、正純は長い間の胸のつかえが下りるのを感じていた。

家康が如水の計略を突き止めるように命じたのは、計略を知らなかったからではない。知っていることを如水に見せつけることで、新たな行動を起こすことを封じようとしたのだ。

関ヶ原の戦の後にも、前田や伊達は無傷の兵力を保持していた。如水がこれらの兵力を結集し、豊臣秀頼を奉じて兵を挙げたなら、上杉や毛利、家を取りつぶされた西軍残党がこぞって身方をするにちがいない。

家康はこれを防ぐために、正純に訊問《じんもん》をつづけさせることで如水を牽制《けんせい》していたのだ。正純にはそうとは告げずに、数万の大軍を向こうに回した働きをさせていたのである。

その発端となった如水の密書を、家康は結城秀康の側近《そば》くに送り込んでいた密偵から手に入れたのだろう。さっき我が子といえども信用しなかったと言ったのは、そのことを指しているにちがいなかった。

「これでは、治部どのが敵《かな》わぬはずじゃ」

正純は全身から力が抜けていくのを感じながらそうつぶやいた。

年若い三成があの二人に懸命に立ち向かい、無残に敗れ果てたことが、なぜか哀れに思えて仕方がなかった。

余談だが――。
家康との対面を終えた如水は大坂から京都に上り、上京《かみぎよう》の屋敷で静養の日々を過ごした。その間如水の名声を慕って、多くの大名や旗本が訪ねて来た。

中でも結城秀康は毎日のように使いを送って如水の安否をたずね、在宅と聞けば三日と空けずに訪問した。

これを聞いた山名禅高《やまなぜんこう》（豊国《とよくに》）は、如水に次のように忠告した。

「貴殿のもとに三河守どの（秀康）はじめ諸大名が足しげく通われ、夜を徹して密談なされておるとの噂がございます。このようなことが家康公のお耳に達したなら、決して快くは思われますまい。筑前五十二万石の大守となられた甲斐守どののお立場にも関わりましょう。この上はご家来衆をすみやかに国元に帰し、静かにご養生なされるが得策かと存じます」

禅高は以前は鳥取城主だったが、今は零落して家康のお伽衆《とぎしゅう》になっていた。おそらく家康の内意を受けての忠告だろうと察した如水は、傲然と胸を張って反論した。

「禅高どの、よく聞かれるがよい。この如水が家康どのの天下を奪おうと思えばた易《やす》いことであったのだ。関ヶ原の合戦の折、それがしは九州の大半を切り従え、残るところは島津ばかりであったが、これも国境《くにざかい》まで押しつめていた。島津を踏みつぶすか身方に引き込むか、いずれかの方法で九州全土を平定した後、長政を引き取って兵を起こせば、中国は備前、播磨あたりまで大名衆が不在だから、一気に攻め上ることが出来る。それがしの手勢と加藤、鍋島勢を合わせて三万、それに各地の牢人《ろうにん》どもを加えれば十万にはなろう。清正と長政を先鋒に立て、この如水が本陣にあって指揮を執れば、家康どのを足腰立たぬほどに叩《たた》き伏せることなど容易であったのだ。しかしせっかく平定した国々を捨て、こうして下げ鞘《さや》ひとつで上洛《じょうらく》したのは、もはや天下に何の野心もないからなのだ。それを臆病者どもがあらぬ噂を立てるからといって、貴殿までが真に受けられるとは笑止千万ではないか」

誰はばからぬ如水の広言を聞いた禅高は、おそれをなして早々に退散したという。

これもまた『古郷物語』の伝えるところである。

如水がこの世を去ったのは関ヶ原合戦の四年後。行年五十九歳だった。

# 解　説

縄田一男

読者諸氏は既に御存知のように、本書の著者安部龍太郎は、今年二〇一三年初頭、乱世を生きた絵師長谷川等伯《はせがわとうはく》の半生を描いた『等伯』で、第一四八回直木賞を受賞した。

安部龍太郎の読者は、遅きに失すると思われたであろうが、これで悲願は達せられたというべきか——。

作者は、時代の雰囲気、もしくは要請といった、等伯のような人物が登場して「松林図《しょうりんず》」が完成される必然性を読者が何の矛盾もなく受け入れられるように描いている。

その裏側には、最新の歴史学への研究、足で調べた現地調査、等伯との心の中での対決等、さまざまな努力と葛藤《かっとう》を止揚しようとする血のにじむような努力があった。

それは何もこの一巻にはじまったわけではなく、たとえば、その好例は、一九九六年に刊行された『関ヶ原連判状《せきがはられんぱんじょう》』（新潮社、集英社文庫所収）に見ることができる。

この作品は、次の三つの場面、すなわち、京から金沢《かなざわ》を舞台に、前田《まえだ》家へ送られた東西両軍の勝敗の帰趨《きすう》を決する密書の争奪戦を描く前半、細川《ほそかわ》ガラシャの死から細川幽斎《ゆうさい》の田辺《たなべ》城籠城が繰り広げられる中盤、そして関ヶ原合戦を目前に控え、鎬《しのぎ》を削る朝廷工作が展開される後半の三つである。読者はこれらの場面を通して、作者が正史と呼ばれるものの水面下で画策した、新たな戦国史の創造と立ち会うこととなる。

それを可能としたのが、田辺城籠城をめぐる攻防戦が勅命による和議によって終止符が打たれた時、既に関ヶ原合戦の雌雄は決せられていたのではないか、という仮説である。そしてこの仮説を裏づけるのが、本朝で唯一人、古今集における秘伝「古今伝授《こきんでんじゅ》」を司《つかさど》る男、細川幽斎である。田辺城合戦については、この作品を評した小和田哲男《おわだてつお》がいうように、これまでは「『地方版・関ヶ原』の一つとして、あくまで局地戦としての扱い」にしかすぎなかった。そして細川幽斎にしても、武家としての側面と歌人としてのそれは、それぞれ切り離して考えられがちであった。が、それらを相矛盾するものではなく、一つの見解によってアウフヘーベンする時、そこには極めて魅力的な稗史《はいし》が見えて来るではないか。

つまり、「古今伝授」を受けることは、そのまま、和歌にこめられた霊力を、換言すれば、国を平安に治めるための王道＝敷島《しきしま》の道の何たるかを継ぐことであり、同時にまた、和歌の正統を継ぐことは、天皇の正統性をも保証するものである。とすれば、朝廷の動向は、唯一、「古今伝授」を司ることの出来る男細川幽斎の掌中にあり、ここに関ヶ原合戦における朝廷を引き込んだ第三の陣営が出現するというわけだ。

未読の方のためにこれ以上は書かないが、私見によれば、この作品は、浅田次郎《あさだじろう》『蒼穹の昴《そうきゆうのすばる》』、塚本青史《つかもとせいし》『霍去病《かくきよへい》』と並ぶ、一九九六年度、歴史・時代小説のベストスリーのひとつであり、天下分け目の合戦を描いた作品として、これまでにない物語性と史観、更には圧倒的な興奮に満ちた、気鋭の野心作かくあるべし、という巨篇に仕上がっていたのである。

しかしながら、作者の関ヶ原への取り組みは一朝一夕に成ったものではない。そのことを証明するのが本書『風の如《ごと》く 水の如く』である、ということが出来よう。この作品は平成六年五月から翌七年九月にかけて「小説すばる」誌上に連載されたもので、八年三月、集英社より刊行された。関ヶ原合戦に新解釈を施した作品としては、『関ヶ原連判状』の先陣ともいうべきものであり、両作の関係は、いうなれば不離不即――いや『風の如く 水の如く』の完成なくしては『関ヶ原連判状』の存在はなかったと断言してもよいのではあるまいか。

その『関ヶ原連判状』の細川幽斎に対して、本書において権謀をふるいにふるうのは黒田如水《くろだじよすい》――いうまでもなく、秀吉《ひでよし》の軍師であった官兵衛孝高《かんべえよしたか》であり、シメオンという洗礼名を持つ切支丹《キリシタン》大名。そして関ヶ原合戦においては、中津《なかつ》で兵を集め、豊後石垣原《ぶんごいしがきばる》で大友吉統《おおともよしむね》を破り、更に豊前《ぶぜん》、豊後一円を征覇、あわよくば、徳川家康《とくがわいえやす》に取って代わって天下を治めんとした、と伝えられる謀将である。

物語は、関ヶ原合戦の論功行賞に苦悩する家康が、大名たちが提出して来た膨大な訴状の中に黒田如水が天下を狙って策謀をめぐらしていたとの訴えがあったことに着目、本多正純《ほんだまさずみ》にその調査を命じることで幕があく。かくて正純は、黒田如水が謎の相手に宛てた謀叛《むほん》の証拠ともいうべき書状をはじめ、数々の切り札を手に如水と連携をはかった者たち、すなわち、その息子・黒田長政《ながまさ》、竹中重門《たけなかしげかど》、後藤又兵衛《ごとうまたべえ》、細川忠興《ただおき》らの間を訊問《じんもん》して廻《まわ》ることになる。こうした構成を見るにつけ、オールドファンは往年のフランス映画の名作『舞踏会の手帖《てちよう》』なぞを思い起こされるかもしれない。

が、ここに描かれているのはそうした諦観にあふれたロマンティシズムではない、弱肉強食の戦国の世に幕を引こうとする天下分け目の合戦の水面下で戦わされた権謀のドラマ――その凄《すさ》まじき応酬の全貌である。慶長《けいちょう》四年（一五九九年）閏《うるう》三月から五年七月という一年半のあいだに、一体どれほどの水面下のドラマが進行していったことか。初刊本あとがきにおいて作者は、そうした事件に謎が多いのは、一つには、五大老をはじめとする諸大名が天下を狙って虚々実々の駆け引きを繰り広げたこと、そして今一つには、徳川幕府成立後に自家に対して不都合な記録がすべて抹殺されたからではないか、と推理する。しかしながら、そうした不当に隠蔽された歴史の事実を探り起こし、それを卓抜した史観とともに再構成、一場の真実のドラマとして読者の前に提出するのは、この作者の最も得意とするところである。

実際、本書の各章の題名、「治部《じぶ》失脚」「家康暗殺」「加賀《かが》征伐」「上杉《うえすぎ》挙兵」等、この作品で扱われている事件そのものは決して珍しいものではない。だが、治部失脚に関する史実の背後に、もし「家康が三成《みつなり》を斬れば、それを理由に秀頼《ひでより》に家康討伐の命令を出させ、七将の軍勢で一気に雌雄を決する」という如水の策があった、とするなど、すべての事柄が徳川家康と黒田如水の謀略戦という太い一本の糸に絡め取られていく時、そこにはいままでとはまったく違う関ヶ原合戦が見えて来るはずなのである。事実、戦国の合戦もここまで来ると相手を力で倒すというよりは、合戦に至るまでの謀略が先行している節があり、そのやり方も武士道的な精神論より現実的な処世術が優先されるようになって来ている。安部龍太郎は、その転換期の群像を見事に捉えて、最大限、本作に活用しているのである。その中で、武士道に代わって戦国のもののふの心を捉えて離さないものとして登場して来るのが宗教であり、「神がわしを招いたのだ」と断じてはばからない、つまりは、旧来の精神論から現実主義への転換をはかることなく、切支丹という第三の道を選択した如水シメオンが関ヶ原合戦における三番目の陣営と成り得たことは必然であった、といってよいのではあるまいか。

そしてもうここからは是非とも本文を先に読んでいただきたいのだが、その如水の計画は、石田《いしだ》三成、徳川家康の双方を取り除いて神の国をつくることに他ならない。

これだけでも充分読み応《ごた》えのある設定といわねばなるまいが、作者は更にもう一つの仕掛け、いや実はテーマともいうべきものを本書に盛り込んでいる。これは先に述べた、本書に描かれている事件そのものは決して珍しくはないが、解釈自体がまったく新しいものとなっていることとも密接に関わって来るのだが、そのテーマは、実は既に本作冒頭において明確に打ち出されているのである。すなわち、息子長政から関ヶ原合戦の後、「(家康が) 真っ先にこの長政に声をかけられ、この手をお取りになって、こたびの勝利はひとえにそなたの働きによると、三度も押しいただかれたほどでござった」との報告を受けた如水が「そのとき左の手は何をしておったのじゃ」と問うたという、あの『古郷《こきよう》物語』に記された有名なエピソードの中にである。

そのテーマとは、ズバリ、父と子である。作者は「時に長政三十三歳、如水は五十五歳であった」と記すが、この差は大きい。正に血で血を洗う弱肉強食の戦国時代、その真っ只中《ただなか》に生を享《う》けた父如水と天下統一へ向けて大きな流れが一つの方向に向かいはじめた時代に生まれた息子長政を較《くら》べてみれば、同じ戦国の武将といってもその差は歴然としている。もっと分かりやすくいえば、桶狭間《おけはざま》の戦いも川中島《かわなかじま》の合戦も長政がこの世に生を享ける前の出来事なのである。稀代《きたい》の古狸《ふるだぬき》家康を前にして、この息子たちはどう戦えばよいのであろうか。ことは如水、長政の問題のみにとどまらない。死を目前に控えた前田利家《としいえ》が息子利長《としなが》のことを長政に託す心境を作者は次のように記している――「我が子の器量が劣ることを認めることは、戦国を生き抜いてきた武将にとって耐え難い屈辱であろう。だが戦国武将であるがゆえに、力量のない者がどれほど哀れな末路をたどるかを知り抜いているのだ」と。

　作者の意図は、関ヶ原合戦をこうした父子相剋《ふしそうこく》のドラマとして捉えることにあったのではあるまいか。父と子というテーマの捉え方は、他に細川幽斎と忠興という実のそればかりでなく、更に黒田如水と竹中重門、そして後藤又兵衛といった擬似父子の関係にまで及び、更に彼らを詰問する側、本多正純の所詮自分は父正信《まさのぶ》と家康の手駒でしかなかったという慙愧《ざんき》の念によって敵味方の別なく相対化されていくのである。が、それればかりではない、本作の冒頭で、その正純が長政に向かってつきつける如水謀叛の証拠たる書状の相手は誰であったのかという謎と、如水の企てが露見する原因をつくったユダは果たして誰であったのか、という本書における最大の興味――これもまた家康の「一人取られて一人取ったのだ」という一言、つまりは父子の問題へと収斂《しゅうれん》されていくのである。

　それでは天下分け目の合戦を武将たちの父子相剋のドラマとして描く、作者の真意は奈辺《なへん》にあったのであろうか。これはあくまでも私の推測の域を出ないが、こうした設定は作者自身の果敢なる挑戦のあらわれではないのか。すなわち、戦後の歴史・時代小説は一言でいってしまえば戦中派の死生観を問う文学として成立した、といっていい。これは五味康祐《ごみやすすけ》や柴田錬三郎《しばたれんざぶろう》ら伝奇小説の書き手にしても、杉本苑《すぎもとその》子《こ》、永井路子《ながいみちこ》ら、本格的な歴史小説の書き手にしても、作品の根幹を成すものは、自身の戦場、もしくは戦中体験であり、作品は常に過去を描いて現在を映し出す合わせ鏡として成立していた。そしてこれは故人となった隆慶一郎《りゅうけいいちろう》や池宮彰一郎《いけみやしょういちろう》まで続いている。こうした父なる世代の作家たちに対して安部龍太郎は、ちょうど長政の如水に対するが如く、子の世代に当たっていよう。そして戦中派のように自己の歴史観を左右するような大きな歴史の転換期の体験を持たぬ世代でもある。だからといって後れを取ってよいのか。苟《いやしく》も安部龍太郎は、歴史・時代作家としての道を選択したのである。いやでも父の世代の作家たちを超えて行かねばならないのである。とすれば、作中に刻まれた息子たちの苦悩や呻吟は正しく作者自身のそれであり、また遥《はる》かな道を歩きはじめた作者自身の決意の表明ではないのか。そしてだからこそ私は安部龍太郎に心からの声援を送りたいのだ。

なお、作者は、本書刊行後、『関ヶ原連判状』を経て、平成九年八月、『金沢城嵐の間』（文藝春秋）を上梓。こちらは関ヶ原合戦から大坂の陣に至るまでの過渡期、家康の思惑が絡んだ大名各家の御家騒動の中、まことのもののふたちが死を選び取らなければならなかったさまを描いた一巻。ここに描かれているのは、家康の遠隔操作によって牙をぬかれていく各家のありさまであり、戦国の終焉《しゅうえん》に他ならない。

作者はこの後、戦乱に対する文化の力をテーマとした『神々に告ぐ』を刊行、更に『信長燃ゆ』を加え、『関ヶ原連判状』とともに自らの〈戦国三部作〉とした。

その上でも本書の占める位置は重要といわねばならない。そして、話を『等伯』に戻せば、本書に描かれているのが、水面下の謀略であるとすれば、『等伯』に描かれているのは、一人の絵師のあからさまなまでの画業に対する純粋なたましいではないのか。

そしてそれは、安部龍太郎自身の歴史・時代小説への姿勢でもある。だから安部作品にはハズレがなく、次回作への期待があるばかりなのである。

（なわた・かずお　文芸評論家）

この作品は一九九六年三月、集英社から単行本として刊行され、一九九九年三月、集英社文庫として刊行されたものを新編集しました。

集英社文庫

風《かぜ》の如《ごと》く　水《みず》の如《ごと》く

2013年11月25日　第1刷
2013年12月24日　第2刷

定価はカバーに表示してあります。

著　者　安部龍太郎《あべりゅうたろう》
発行者　加藤　潤
発行所　株式会社　集英社
東京都千代田区一ツ橋2-5-10　〒101-8050
電話　03-3230-6095（編集部）
03-3230-6393（販売部）
03-3230-6080（読者係）

印　刷　凸版印刷株式会社
製　本　凸版印刷株式会社

フォーマットデザイン　アリヤマデザインストア　　マークデザイン　居山浩二


ISBN978-4-08-745133-7 C0193